여수의 사랑

한 강은 1970년 겨울 광주에서 태어났다. 1993년 『문학과사회』 겨울호에 시 「서울의 겨울」 외 네 편을 발표하고 이듬해 『서울신문』 신춘문예에 단편소설 「붉은 닻」이 당선되어 작품 활동을 시작했다. 소설집 『여수의 사랑』 『내 여자의 열매』 『노랑무늬영원』, 장편소설 『검은 사슴』 『그대의 차가운 손』 『채식주의자』 『바람이 분다, 가라』 『희랍어 시간』 『소년이 온다』 『흰』 『작별하지 않는다』, 시집 『서랍에 저녁을 넣어 두었다』 등을 출간했다. 오늘의 젊은 예술가상, 이상문학상, 동리문학상, 만해문학상, 황순원문학상, 김유정문학상, 맨부커 인터내셔널상, 말라파르테 문학상, 산클레멘테 문학상, 삼성호암상 예술상, 노벨문학상 등을 수상했다.

한강 소설집
여수의 사랑

초판 1쇄 발행 1995년 7월 25일
초판 11쇄 발행 2008년 8월 29일
재판 1쇄 발행 2012년 2월 27일
재판 8쇄 발행 2017년 9월 14일
3판 1쇄 발행 2018년 11월 9일
3판 7쇄 발행 2024년 10월 16일

지 은 이 한 강
펴 낸 이 이광호
편 집 이민희 조은혜 박선우 김필균
펴 낸 곳 ㈜문학과지성사
등록번호 제1993-000098호
주 소 04034 서울 마포구 잔다리로 7길 18(서교동 377-20)
전 화 02)338-7224
팩 스 02)323-4180(편집) 02)338-7221(영업)
전자우편 moonji@moonji.com
홈페이지 www.moonji.com

ISBN 978-89-320-3481-2 03810

이 도서의 국립중앙도서관 출판예정도서목록(CIP)은 서지정보유통지원시스템 홈페이지(http://seoji.nl.go.kr)와 국가자료공동목록시스템(http://www.nl.go.kr/kolisnet)에서 이용하실 수 있습니다.
(CIP제어번호: CIP2018031213)

여수의 사랑

한 강 소설집

문학과지성사

차례

여수의 사랑

상처의 시절은 단단히 기억하지,
밀려온 진눈깨비조차
참 따뜻한 나라라고
—김명인의 시「여수」

여수, 그 앞바다의 녹슨 철선들은 지금도 상처 입은 목소리로 울부짖어대고 있을 것이다. 여수만(灣)의 서늘한 해류는 멍든 속살 같은 푸릇푸릇한 섬들과 몸 섞으며 굽이돌고 있을 것이다. 저무는 선착장마다 주황빛 알전구들이 밝혀질 것이다. 부두 가건물 사이로 검붉은 노을이 불타오를 것이다. 찝찔한 바닷바람은 격렬하게 우산을 까뒤집고 여자들의 치마를, 머리카락을 허공으로 솟구치게 할 것이다.

얼마만큼 왔을까.

통곡하는 여자의 눈에서 쉴 새 없이 뿜어져 나오는 것 같은 빗물이 객실 차창에 여러 줄기의 빗금을 내리긋고 있었다. 간간이 벼락이 빛났다. 무엇인가를 연달아 부수고 무너뜨리는 듯한 기차 바퀴 소리, 누군가의 가슴이 찢어지고 그것이 영원히 아물지 않는 것 같은 빗소리가 아련한 뇌성을 삼켰다. 음산한 하늘 아래 나무들은 비바람에 뿌리 뽑히지 않기 위해 안간힘을 쓰고 있었다. 젖은 줄기와 가지가 금방이라도 부러질 듯 휘어졌다. 노랗고 붉게 탈색된 낙엽들이 무수한 불티처럼 바람 부는 방향으로 흩날렸다. 조금 큰 활엽수들은 의연하게, 줄기가 여린 묘목들과 갈대숲은 송두리째 제 몸을 고통에 바치며 흔들리고 있었다. 그들도, 그들의 뿌리를 움켜 안은 대지도 놀라운 힘으로 인내하고 있었다. 무수한 보릿잎 같은 빗자국들이 차창과 내 충혈된 눈을 할퀴었다.

손목시계는 얼추 오후 네 시를 가리키고 있었다. 열차가 종착역인 여수에 닿으려면 앞으로도 두 시간 가까이 철로를 달려야 했다.

나는 깍지 끼고 있던 손매듭을 풀어 허리 아래로 늘어뜨렸다. 캐시밀론 냄새가 희미하게 풍기는 좌석 등받이에 상체를 밀착했다. 며칠 잠을 설쳤던 탓에 저절로 눈꺼풀이 감겼으나, 심장은 여전히 초조하게 두근거리며 의식의 한 자락을 붙들고 있었다. 감은 눈앞에 물고기들이 맴돌기 시작했다. 반경 이십 센티미터가 채 안 되는 둥그런 어항, 그 속에 감질나게 몇 가닥 흔들리고 있는 청록색 수초들, 수초를 투명한 지느러미로 건드리며 빙글빙글 맴을 그리는 금붕어, 한 마리, 두 마리, 세 마리…… 불현듯 나는 두 개의 층계를 한꺼번에 헛디딘 것처럼 소스라치며 가수면에서 깨어났다.

그 물고기들은 죽었다.

어제 아침 나는 여섯번째이자 마지막으로 죽은 금붕어를 비닐봉지에 싸서 대문 밖 쓰레기통에 던져 넣었다. 자흔이 떠난 뒤의 나흘 동안 그녀의 물고기들은 아침마다 한 마리씩 두 마리씩 허연 배를 뒤집으며 수면으로 떠올랐다. 자흔이 하던 것과 똑같이 정성껏 먹이를 주고 물을 갈아주었지만 나는 그것들의 죽음을 막을 수 없었다.

나는 이제 쓸모없어진 어항의 물을 쿨렁쿨렁 소리를 내며 수챗구멍에 비웠다. 미끈거리는 어항 유리 안쪽을 물비누로 씻고 마른 행주로 물기를 닦아낸 뒤 높다란 선반 위에 얹어놓았다. 갑작스러운 욕지기가 치밀어 오른 것은 바로 그때였다. 우욱, 하는 신음과 함께 타액과 물이 싱크대 홈통에 토해졌다. 뱃속에 남은 것들을 마저 게우기 위해 나는 목젖 깊이 검지손가락을 밀어 넣었다. 아직 용해되지 않은 파랗고 노란 알약과 캡슐 들이 흐물흐물한 위액을 뒤집어쓴 채 토해져 나왔다. 그 모습을 보는 것만으로 다시 욕지기가 치밀었다. 수챗구멍으로 알약들을 밀어 넣었다.

구토한 다음이면 으레 입속에 고여드는 낯익은 체념과 회한 따위를 곱씹으며 나는 수도꼭지를 틀었다. 맵싸한 소독 약품 냄새가 풍기는 수돗물에 입을 헹구었다. 세면장의 계단 턱을 무릎으로 짚고 방문을 열었다. 고무 슬리퍼를 벗어 던졌다. 장판 바닥에 쓰러지듯 상체를 엎디었다. 이런 순간에 자흔의 목소리를 떠올리고 싶지 않았으므로 이마를 방바닥에 찧으며 고개를 가로저었다. 그러나 나직한 목소리의 환청은 이미 귓

전까지 다가와 내 먹먹한 고막을 어루만지고 있었다.

……왜 그런 짓을 해요?

처음 내가 손가락을 입에 집어넣고 토악질하는 것을 발견한 저녁에 자흔이 던졌던 물음이었다. 여간 눈여겨보지 않았다가는 다시 만났을 때 알아볼 수 없겠다 싶을 만큼 눈 코 입 어느 하나 특색이 없는 생김새의 자흔은 목소리만은 놀라울 만큼 아름다웠다.

손가락을 집어넣으면 멀쩡한 사람이라도 위경련을 해요. 정선 씨가 이러는 거 의사 선생님도 알고 있어요?

싱크대 홈통에 고개를 처박은 나의 어깨를 붙안으며 자흔은 나무라듯이 재차 물었었다. 그녀의 다급한 물음을 아랑곳하지 않은 채 나는 수도꼭지에 입술을 들이댔다. 이미 깨끗해진 혓바닥과 입천장을 손가락으로 문질러가며 연거푸 헹구었다.

상관 말아요.

나는 헐떡이며 중얼거렸다.

더러워, 더러워서 견딜 수가 없다구요.

그날 저녁 나는 언제나처럼 쉴 새 없이 싱크대로 달려가서 손을 씻었었다. 손이 청결하다는 것을 똑똑히 알고 있으면서도 계속해서 손을 씻고 세수를 했다. 손가락 끝이 우툴두툴하게 불어 오를 때까지 비눗물로 문지르고 닦아대다가 나는 기어이 토악질을 하고 만 것이었다.

뭐가요? 뭐가 더럽다는 거예요?

자흔이 묻는 말에 나는 대답하지 않았다. 욕지기가 치밀었다. 어깨를 붙들고 있는 자흔의 몸을 밀어냈다. 다시 홈통에 머리를 처박고 토하기 시작했다. 저녁 내내 씻어낸 쓰라린 뺨을 타고 생리적인 눈물이 흘러내렸다. 뺨이, 목줄기가 따끔따끔하게 젖었다. 눈물로 흐릿하게 가려진 시야 옆으로 자흔의 맨발은 차가운 세면장 바닥을 안타까이 서성거리고 있었다.

……그만해요.

자흔은 내 등을 두드리며 속삭였다. 그녀의 서늘한 손가락이 내 뜨겁게 젖은 이마와 뺨을 어루만지려 했다. 내가 그 손짓을 뿌리치자 자흔은 둘 데 없어진 열 손가락들을 가지런히 허공에 펼치며 쓸쓸한 어조로 중얼거렸었다.

이젠 괜찮아요…… 그만해요.

해질녘에 밀려 나가는 썰물처럼 환청은 천천히 귓가에서 잦아들었다. 자취방 유리창 가득 늦가을 오전의 다사로운 햇살이 내리비치고 있었다. 장판 바닥에 엎디었던 몸을 굼벵이처럼 모로 누이며 나는 두 눈을 가늘게 떴다. 명치 끝이 찢기듯이 아파왔다. 적요한 햇빛 속으로 무수한 먼지 입자들이 흩날리고 있었다. 아름답구나, 하고 나는 문득 생각했다. 먼지는 진눈깨비 같았다. 먼 하늘로부터 춤추며 내려와 따뜻한 바닷물결 위로 흐느끼듯 스미는 진눈깨비……, 여수의 진눈깨비였다.

열차는 여전히 비바람을 뚫고 달리고 있었다.

습기 먹은 스피커를 통해 차장은 불분명한 목소리로 남원

(南原)역이 가까웠음을 알려왔다. 추레한 차림의 아낙들이 둘씩 셋씩 일어나 선반에서 짐을 내리고 우산을 챙기느라고 부산스럽게 움직이기 시작했다. 여수까지 열차는 아직도 많은 역들을 남겨두고 있었다.

자흔의 이름자는 흔치 않은 것이어서 한자가 어떻게 되느냐고 물어오는 사람들이 종종 있었다. 그녀는 그때마다 그들에게 "기쁠 흔(欣) 자예요"라고 짤막하게 대답하곤 했다. 대답과 함께 자흔은 매우 익숙한 미소를 지어 보이곤 했는데, 그것은 이름자와는 달리 조금도 기쁘지 않은 표정이었다. 언젠가 나 역시 같은 질문을 던지면서 내심 그녀의 이름에서 자취라든가, 흔적이라든가 하는 다소 우울한 단어들을 기대하고 있었다. 자흔의 의외의 대답을 듣고 그 웃음을 보았을 때 나는 심술궂게도 '난자된 흔적'이라는 말을 떠올렸었다. 자흔의 무관심하고 지쳐 보이는 미소에서 드러나는 무수한 세월의 상흔, 나보다 두 살 어린 스물여섯 살 처녀의 표정이라고는 믿어지지 않는 어둠 탓이었을까.

그때 나는 얼핏 그 어둠이 자흔의 지성의 그늘일 것이라고 추측했었다. 그러나 이제 와서 생각해보면 그것은 단지 외로운 표정일 뿐이었다. 오랫동안 무엇인가를 기다려온 사람들에게서 손쉽게 발견되는 표정이기도 했다. 열차를 기다리며 승강장에 서 있는 얼굴들, 늦은 밤 버스 손잡이에 매달려 차창 밖의 휘황한 네온사인을 바라다보는 눈빛들, 출근 무렵 살갗이 터질 듯한 지하철에 올라 말없이 몸 부대끼는 사람들의 메마른 광대뼈 같은 데서 공통적으로 느껴지는 표정이었다. "기쁠 흔(欣) 자예요"라고 뇌까리는 자흔의 목소리는 마치 그 모든 사람들의 외로움을 빻아다가 반죽해놓은 흰 떡살같이 고즈넉했다.

내가 자흔을 만난 것은 지난 늦봄, 머리털을 태울 듯이 햇빛이 이글거리던 일요일 오후였다.

그 무렵 나는 자취방을 함께 쓸 사람을 찾고 있었다. 원래 그 방에 전세 들었던 대학 후배가 일 년 전에 군대에 가면서 나에게 월세를 놓았고, 그 후로 나는 부산에 있는 그 후배의 어머니의 계좌에 매달 삼십만 원씩을 입금하며 지내고 있었다. 빠듯한 월급에 혼자서 그 월세를 감당할 수는 없었으므로 룸메이트를 구해서 지냈는데, 그네들은 석 달이 멀다 하고 짐을 꾸려 떠나버리곤 했다.

마지막으로 떠난 사람은 친한 친구의 고등학교 후배였는데, 석사과정을 밟고 있던 그녀에게는 유난히 책이 많았다. 각종 월간, 계간 잡지에서부터 교양 문고와 수많은 단행본들이 네 평 남짓한 방의 절반을 차지했다. 나에게도 책이 적지 않은 편이라서 어쩌다 방문해 오는 사람들마다 '웬 간이 도서관을 차렸느냐'고 농을 걸어올 지경이었다. 저녁 늦게 퇴근하여 문을 열고 들어서면 낡은 종이 냄새와 곰팡이 냄새가 물씬 코를 찔렀고 그것을 나는 견딜 수 없었다. 나는 꼭두새벽부터 일어나 책꽂이를 걸레로 닦곤 했다. 출근 시간이 늦는 것도 아랑곳하지 않고 한 권 한 권의 책 낱장들을 후루룩 들춰가며 먼지를 털었다. 그러잖아도 아침저녁으로 방바닥을 쓸고 닦고 한 번 씻은 손을 연거푸 씻는 나의 결벽증에 불만을 표시했던 후배는 어느 날 자다가 일어나 그 광경을 보고 질겁을 했다. 잠옷 바람으로 머리를 풀어헤치고 눈을 번쩍이며 책을 털고 있는 내 모습이 흡사 유령 같았다는 것이었다.

더러워서, 더러움을 견딜 수 없어서 나는 그 후배의 손가방까지 열고 거기 담긴 얇은 시집들의 책갈피를 후루룩 털었다. 동트기 전부터 창문을 열어 더러운 방 안 공기를 내보내고 책꽂이와 창틀을 닦은 걸레를 두들겨 빨았다. 그래도 더 이상 견딜 수 없어진 어느 날 저녁 후배에게 '너무 낡아 누렇게 변색된 책들은 종이 상자에 넣어 세면장에 내놓는 게 어떠냐'고 물었을 때, 그녀는 아연해진 표정으로 내 초조히 빛나는 눈을 들여다보았다.

……제가 나가는 게 좋겠네요.

수 초간의 침묵 뒤에 후배는 메마른 목소리로 그렇게 말했다.

그다음 주 일요일에 후배는 떠났다. 그 많은 책들을 다시 노끈으로 묶고 상자에 넣어 소형 이삿짐 트럭에 가득 싣고 난 뒤, 그녀는 아직도 불쾌함이 가시지 않은 안색으로 나에게 말했다.

기분 나쁘게는 생각하지 마세요. ……제가 보기에 언니한테는 치료가 필요한 것 같아요.

자흔을 만나던 그 휴일 오후까지 나는 거의 자포자기한 상태였다. 내 결벽증은 이미 알 만한 사람은 다 알 만큼 소문이 퍼져 있었다. 자취방을 거쳐 간 사람들이 저마다 나에 대한 말을 퍼뜨리고 다니리라는 생각이 내 초조한 신경을 들쑤셔놓았다. 나로서는 조금의 악의도 품고 있지 않은데 단호히 떠나버린 그네들, 다시 찾아오는 것은 고사하고 안부 전화조차도 하지 않는 그네들에게 나는 은밀하게 상처받고 있었다. 더군다나 중간에 알음알음으로 소개해준 사람들에게까지 나는 얼굴을 들 수가 없었다. 이러다가 친하던 사람들을 모두 잃을지도 모른다는 생각은 참기 힘든 것이었고, 결국 나는 애초에 전혀 모르던 사람과 지내는 편이 낫겠다는 결론에 이르렀다.

그날 오후 나는 십육절 백지 석 장에 검정 사인펜으로 '동숙자(女) 구함. 세면장이 딸린 작은 방. 월세 15만 원 선불에 보증금 없음'이라는 문구와 내 전화번호와 약도를 또박또박 적었다. 동네가 작으니 석 장이면 충분하리라 여겨졌으며, 얼마간 기다려보아 희망자가 나타나지 않으면 지역 신문에 광고를 낼 생각이었다.

그 어설픈 광고지들과 풀통을 들고 대문 밖으로 나섰을 때 인적 없는 골목에는 하오의 강렬한 햇빛이 내리꽂히고 있었다. 어느 집에선가 빨래 삶는 냄새가 나고 있었다. 골목 끝 연립 주택 놀이터에서 어린아이들이 뛰노는 소리가 아스라하게 들려왔다. 가장 먼저 눈에 띈 전봇대에 광고지를 붙였을 때, 나는 누군가가 지켜보고 있는 것 같은 느낌에 흘긋 뒤를 돌아보았다.

삼 미터쯤 떨어진 단독 주택의 문간에 낯선 젊은 여자가 혼자 서서 이편을 바라보고 있었다. 여자의 발 옆에는 큼직한 여행 가방 두 개가 놓여 있었고, 한 손에는 조잡한 기하무늬의 보자기로 싼 큼직한 보퉁이가 들려 있었다. 골목에 아무도 없는 줄만 알았던 나는 다소 놀랐다. 저렇게 주저리주저리 짐까지 싸 들고 있는 사람을 못 보고 지나쳤구나 하고 생각하며 골목을 걸어 내려가다가, 문득 무엇인가가 목덜미를 잡아끄는 느낌에 다시 고개를 돌렸다.

여자는 더 이상 나를 지켜보고 있지 않았다. 보퉁이를 겨드랑이에 끼고 두 가방을 양손에 든 채 간신히 몇 발짝을 햇빛 가운데로 옮겨놓는가 싶더니 다시 짐들을 흙바닥에 팽개쳐놓았다. 때늦은 두꺼운 외투를 걸친 여자의 얼굴에는 쉴 새 없이 땀이 흐르고 있었는데, 그녀는 손수건도 없이 그리 깨끗해 보이지 않는 손바닥으로 그 땀을 닦아내고 있었다. 그녀는 얼굴을 닦는 동작에 너무도 몰입해 있어서 이를테면 마치 이목구비까지, 더 나아가 고유한 존재까지도 손바닥으로 닦아내버리려는 것처럼 보였다. 흡사 들지 않는 칼날로 단단한 과일의 내피(內皮)를 도려내려는 것 같은 집요한 손놀림이었다.

남은 광고지들을 동네 슈퍼마켓에 딸린 공중전화 박스와 버스 정류장 옆 영화 광고판의 여백에 붙이고 난 뒤, 나는 풀통을 트레이닝복 주머니에 집어넣고 빈손을 털며 골목길을 걸어 올라왔다. 반쯤 열린 대문을 열고 주인집 마당에 들어섰을 때였다. 툇마루에 앉아 고구마순을 다듬고 있던 주인집 할머니가 고개를 치어들며 나에게 대뜸 물었다.

아가씨가 무슨 광고를 붙였어?

어떻게 벌써 발견했는가 싶어 멋쩍게 웃으면서 '그렇게 되었어요' 하고 대답하려는데 마루 한켠에 걸터앉아 있던 여자가 부스스 몸을 일으켰다. 좀 전에 골목에서 보았던 그 여자였다. 아까와 같이 아무런 존재감도 없이 거기 앉아 있었던 탓에 나는 미처 그녀를 발견하지 못한 것이었다.

이 아가씨가 광고를 보고 왔다는데……

그때 여자는 가벼운 목례를 하며 소리 없이 웃었는데, 그것은 백치스럽게 느껴질 만큼 무구(無垢)한 웃음이었다. 가까이서 본 여자의 땀에 젖은 긴 머리카락은 몹시 헝클어져 있었다. 두꺼운 겨울 외투는 이제 보니 단추가 하나씩 어긋나게 채워져서 정강이께의 밑단이 ㄱ 자로 각져 있었다. 닦는 일을 게을리하여 검은색에 가까워진 고동색 구두는 옆쪽의 밑창이 반뼘쯤 떨어져서 걸을 때마다 흰 맨발의 살갗이 드러났다.

그 허술하고 이상스럽기까지 한 차림새에도 불구하고 여자가 비정상적으로 느껴지지 않은 것은 순전히 그녀의 얼굴에 어린 고즈넉한 표정 때문이었을 것이다. 여자는 무척 지친 기색이었다. 오랫동안 여행하다가 돌아온 사람에게서 종종 발견되는 피로와 너그러움이 그녀의 얼굴에 저녁 역광 같은 따뜻한 그늘을 만들어놓고 있었다. 어딘가 친숙하게까지 느껴지는 그 묘한 분위기 때문에, 나는 외투째로 두들겨 빨아주고 싶을 만큼 단정치 못한 그 여자에게 막연한 호감을 느꼈다.

여행 중이세요?

여자와 함께 세면장을 통해 자취방으로 들어서면서 내가 물었을 때, 그녀는 내 질문을 듣지 못한 듯 어릿어릿한 눈짓으로 방의 내부를 살피고 있었다.

……어항이 없네요.

그것이 그녀가 나에게 던진 최초의 말이었다. 그녀의 말씨는 허술해 보이는 첫인상과는 달리 나긋나긋하고 쾌활했다.

난 어항이 있는 집이 좋은데.

그렇게 중얼거리고 나서 여자는 키득키득 낮은 웃음소리를 냈다. 찰나, 그녀의 무구한 웃음소리를 뒤집어쓴 내 삭막한 자취방의 공기는 순식간에 한 색조 환하게 덧칠된 것처럼 보였다.

간략하게 통성명을 한 뒤 '생활비는 매달 십만 원씩 월세와 함께 거두고, 세금과 식비와 난방비 등속으로 아껴 써봐서 모자라는 돈은 다시 갹출하고, 그럴 리는 없겠지만 혹여 남는 돈은 벙어리저금통에 저축해서 나중에 헤어지게 될 때 반분하고' 어쩌고 하는 너저분한 원칙들을 주섬주섬 늘어놓고 나자 그녀는 대뜸 외투 안주머니에서 흰 봉투를 꺼냈다. 만 원권 지폐 스물다섯 장을 세어서 건네면서 그녀는 물었다.

그럼 오늘부터 살아도 되는 건가요?

당황한 내가 머뭇거리며 지폐를 받아 들자 그녀는 무거운 외투를 벗어 아무렇게나 방바닥에 내던졌다. 그녀는 "아아"

하고 음울하게 가라앉아 있던 눈을 빛냈다. 마치 방금까지 꾸어온 무서운 꿈에서 깨어난 것 같은 얼굴이었다. 갑자기 생각났다는 듯이 그녀는 나에게 말했다.

물 좀 주세요, 목말라요.

남쪽이 가까워질수록 차창 밖의 산세는 완만해졌고, 빗발은 더욱 거세어졌다. 이삭을 훑어낸 빈 황톳빛 논들은 단풍 든 능선을 향해 아득하게 뻗어 나가 있었다. 논두렁에 꽂힌 허수아비들은 젖은 누더기를 바람에 펄럭이며 묵묵히 바람에 흔들리고 있었다.

내 옆자리에 앉은 오십대 후반의 아낙은 이 객실 저 객실을 옮겨 다니며 두 좌석이 나란히 비어 있는 곳이 눈에 띄면 거기 눕는 식으로 하여 세 시간 넘게 잠을 잤다고 했다. 누운 곳마다 자리 주인들이 비켜줄 것을 요구하는 바람에 아무 데에서도 잠들 곳이 없어진 뒤에야 아낙은 비로소 자신의 자리를 찾아든 것이었다.

여태 난 편안히 잤어, 아가씨두 나 없는 새에 누워서 한숨 붙이지 그랬어?

웃음을 함빡 머금으며 자랑스럽게 말하던 아낙은 잠깐 사이에 다시 깊은 잠에 빠져들었다. 무슨 흉몽을 꾸는지 이따금씩 흐으음, 흐으음, 하는 신음 소리를 입가로 흘리면서도 아낙은 잠에서 깨어나지 않았다. 잠든 아낙의 얼굴에는 평생의 슬픔 같은 고랑과 잔주름 들이 깊숙이 패어 있었고, 퇴색한 젖빛

블라우스 소매 끝으로 꼬깃꼬깃한 흰 내복이 낼름 혀를 내밀고 있었다.

……지난번 약은 먹으면 오히려 구역질이 났어요.

어항을 비우고 토악질을 하고 난 어제 오후였다. 위경련에 뒤따르는 안두통(眼頭痛) 때문에 오른쪽 눈두덩을 검지손가락으로 짓누르며 내가 의사에게 말했을 때, 오십대 후반의 의사는 때 이른 저승꽃이 돋기 시작한 민둥머리를 들어 올리며 입꼬리에 단정한 미소를 지었었다.

약을 먹고 구역질을 하면 곤란하지요…… 약한 걸로 해드리지요.

의사의 볼펜이 갱지 위를 달리기 시작했다.

거기 나를 위한 처방이 적히고 있었다. 내 고질적인 통증을 일시적으로나마 구해줄 묘방이 그 쪽지 안에 있었다.

과로하시는군요?

불쑥 의사는 점술가처럼 단정적인 질문을 던졌다.

마음을 편하게 하고, 며칠간 죽을 드십시오.

의사의 손짓에 따라 진찰대에 눕자 섬뜩한 감촉의 청진기가 내 명치와 배를 두드렸다. 이어 의사의 노련한 손가락들이 배 이곳저곳을 누를 때마다 입을 굳게 다물려 했지만 짧은 신음이 새어 나왔다.

……이번엔 좀 심하군요. 주사 두 대 맞으시고…… 내일도 나올 수 있겠습니까?

의사는 다시 제자리에 앉아 처방전을 완성하고 있었다. 진찰대에서 상체를 일으키고 앉아 윗옷을 추스르며 나는 진찰실 창문의 블라인드 사이로 새어드는 찬란한 햇빛을 보았다. 아, 금요일인 이날은 휴가의 첫날인 것이었다. 번잡한 회사 일정을 비집고 가까스로 얻어낸, 주말까지 끼워진 이박 삼일의 휴가였다. 그 시간쯤 나는 서울에 남아 있지 않아야 했다. 여수로 향하는 일곱 시 삼십 분 첫 기차에 올라 있어야 했다.

내일은 곤란한데요, 실은……

나는 통증을 참으며 말했다.

오늘부터 모레까지 휴가예요. 가봐야 할 데가……

어째서 여수에 가야 한다는 말인가, 하는 생각이 치밀었으므로 나는 말을 끊어버렸다. 그곳에서 누구를, 무엇을 찾을 수 있다는 말인가.

아, 그렇다면 경과를 봐서 월요일에 오세요. 약은 삼 일분 지어드리지요.

늙은 의사는 처방전을 건네주며 "휴가 잘 보내십시오"라고 사무적으로 인사했다. 벌써 삼 년 넘게 단골이어서 나의 내장과 머릿속을 훤히 들여다보고 있는 의사였다. 처음 이 병원을 찾았을 때 나는 고통과 공포에 지질려 있었다. 땀과 눈물로 범벅이 된 나의 얼굴을 일별한 의사의 눈에 놀란 기색이 스쳐 지나갔었다.

대설(大雪)도 지난 늦겨울이었다. 오한이 들어 있던 나는 격앙된 목소리를 떨며 의사에게 외치기 시작했다.

……이번이 몇 번째인지 몰라요. 잊을 만하면 꼭 이렇게 되

고 말아요. 보세요, 전 이렇게…… 이렇게 새파랗게 젊은데 말예요. 대학 병원에서 내시경 검사까지 해봤는데 아무 이상이 없다는군요. 아무 병이 없다는 겁니다. 세상에 이럴 수도 있나요. 난 아파요, 정말로 아프단 말입니다.

여태껏 누구에게도 그렇게 많은 고통을 한꺼번에 호소한 적이 없었으므로 내 가슴은 뛰고 있었다. 나의 말을 듣는 둥 마는 둥 진찰을 마친 뒤, 늙은 의사는 예의 단정적인 억양으로 한마디를 내뱉었다.

과로하시는군요?

그 말에 서린 이루 표현할 수 없이 냉정하고 사무적인 음색 때문에, 그리고 이토록 냉정한 의사가 인정할 만큼 내가 피로에 시달려왔다는 것을 확인할 수 있었기 때문에 오히려 나는 위로를 받았던 것이었다. 수많은 내과를 전전하던 끝에 시장통의 초라한 건물 이층에 자리한 그 병원의 단골이 된 것은 그 때문이었다.

그날 엉덩이를 까 내리고 얼굴이 희고 입매가 새침한 간호사가 놓는 주사를 맞은 뒤 우중충한 병원 계단을 내려왔을 때, 전자오락실과 함께 쓰는 현관 바깥으로는 언제부턴지 모르게 눈발이 흩날리고 있었다. 선팅이 군데군데 벗겨진 유리문을 열고 나가자마자 차가운 공기가 와락 외투 속으로 파고들었다. 눈을 똑바로 뜨고 하늘을 노려보자 선득한 눈송이들이 하얗게 속눈썹에 맺혔다.

어제 오후, 삼 년이 지났어도 조금도 변하지 않은 그 음침

한 현관을 빠져나왔을 때 시장통은 온통 가을 햇빛으로 찬연하게 빛나고 있었다. 주사 맞은 자리가 몹시 뻐근했으므로 나는 어기적거리며 지하철역을 향해 걸어갔다. 지하철역 입구의 층계로 발을 내딛기 전에 문득 좌우를 살폈을 때, 결혼 예복 대여점에는 반라의 마네킹이 한쪽 팔이 떨어져 나간 채 진열되어 있었고 그 옆의 지하 레스토랑 간판은 먼지투성이의 불 꺼진 색전구들을 주렁주렁 매달고 있었다.

실업자와 대학생과 중년 여인 들이 가득한 지하철의 진동에 가볍게 몸을 흔들리며 나는 주사 기운이 혈관과 림프관을 타고 빠른 속도로 퍼져나가는 것을 느끼고 있었다. 요동치던 안두통이 서서히 잠잠해졌고 경직되었던 위장은 차츰 말랑말랑해졌다.

이렇게 고요해질 통증인 것을, 지난밤에는, 또 수없이 반복되었던 그 밤들에는 이런 순간을 믿지 못했었다. 마치 밤이 깊을 때마다 새벽을 믿지 못하듯이, 겨울이 올 때마다 봄을 의심하듯이 나는 어리석은 절망감에 사로잡히곤 했던 것이다.

전철은 어두운 터널을 달리고 있었다. 검은 유리창에 반사되어 음화처럼 어른거리는 낯선 얼굴들을 바라다보며 나는 갈 곳을 잃은 사람처럼 망연히 서 있었다. 이제 자취방으로 돌아가야 하는가, 하고 나는 생각했다. 의료보험증과 지갑만을 앞주머니에 찔러 넣고 휘청거리며 빠져나왔던 눅눅한 그곳으로 다시 돌아가야 하는가. 싸늘한 세면장에서 흰죽을 끓이고 그것을 억지로 떠넘겨야 하는가. 시간마다 내복약을 챙겨 입속에 털어 넣어야 하는가. 과연 나는 내일 여수로 갈 수 있을까. 이제 이십 년도 더 지나버린 그곳으로, 정말 갈 생각이었던가.

손바닥이 손톱에 파이도록 두 주먹을 불끈 쥔 채, 나는 어두운 전철 유리창을 쏘아보고 있었다.

자흔과 나의 생활은 한마디로 물과 기름 같은 것이었다. 언젠가 우리들의 자취방을 찾았던 선배 하나는 "두 사람이 꼭 자매처럼 닮았구나"라고 말했는데, 그것은 순전히 우리 두 사람이 오직 한 가지 공통점으로 지니고 있는 피로한 기색 때문이었을 것이다.

내가 자흔에게서 가장 참을 수 없었던 것은 그녀가 돈을 대하는 태도였다. 자흔은 아무 데나 눈에 보이는 곳에 자신의 소지품들을 늘어놓곤 했는데, 화장대며 싱크대며 세면장 문턱에까지 토큰과 동전 들, 심지어 만 원권 지폐까지 뒹굴고 있기 일쑤였다. 함께 살게 될 무렵 자흔은 무직 상태였고 금전적으로 어려운 눈치였는데도 그랬고, 한 달쯤 지나 건넛동네 봉제공장에 다니면서부터는 더욱 심해졌다.

나는 몇 번이고 여기저기 널려 있는 자흔의 돈에 대해 불만을 표시했다. 나는 분명한 것을 좋아하는 성격이다. 너저분한 것을 싫어할 뿐 아니라 돈이라는 것은 그렇게 간수해서는 안 된다고 교육받은 사람이다. 도대체 당신은 소유욕이라는 것도 없는 사람인가? 하고 당부하고 애원하고 따지다시피 했지만 그때마다 자흔은 미소를 지으며 고개를 연신 끄덕이기만 했을 뿐 조금도 달라지는 기색이 없었다.

그뿐만이 아니었다. 작고 마른 몸집인 자흔은 그에 어울리지 않게 행동거지에 조심성이라고는 조금도 없어서 모르는 사람이 보면 화가 난 것이 아닌가 싶을 만큼 문을 쾅쾅 소리가 나게 닫고 다녔다. 처음 그녀가 밥을 푼 뒤 부숴뜨리는 듯한 소리를 내며 전기밥솥 뚜껑을 닫는 것을 보았을 때는 어쩌면 자기 물건이 아니라고 저렇게 함부로 다루는가 하는 생각마저 들었을 정도였다. 그러나 그 모든 행동들이 자흔의 악의 없고 무원칙한 성격에서 비롯한 것이라는 것을 아는 데에는 많은 시간이 걸리지 않았다.

심지어 자흔은 자신의 몸조차 함부로 다루었다. 옷을 갈아입을 때 보면 얻어맞은 사람처럼 몸 여기저기에 푸릇푸릇한 멍이 들어 있기 일쑤였고, 공장에서도 바늘에 곧잘 손이 찔리는지 검지나 엄지손가락에서 소형 밴드가 떠나는 날이 없었다. 주말 같은 때에 시장에 같이 다니다 보면 자흔은 유난히 사람들과 어깨를 잘 부딪쳤다. 유리문이 없는 줄 알고 심상하게 지나쳐 가려다가 이마와 무릎을 찧곤 했고, 뒤에서 다가오는 승용차나 오토바이의 엔진 소리를 듣지 못하고 골똘히 생각에 잠겨 있곤 해서 내 가슴을 서늘하게 만들었다. 자흔과 함께 걸을 때면 나는 어린아이를 동반한 사람처럼 그녀가 행여 차에 치이지나 않는지, 무엇에 걸려 넘어지지나 않는지를 살피느라고 한시도 방심할 수가 없었다. 그러나 막상 당사자인 자흔은 마치 알지 못하는 무슨 거대한 뒷힘에 보호라도 받고 있는 양 태평하고도 무심하게 거리를 활보하곤 했다.

그렇게 모든 것을 생각 없이 다루는 자흔이 유일하게 소중히 여기던 것은 물고기들이었다. 함께 살게 된 지 사흘째 되던 날, 저녁 늦게 퇴근한 나를 반기며 자흔은 어항을 가리켰다. 손톱만 한 어린 금붕어들이 한가롭게 유영하고 있는 물속을 들여다보며 자흔은 나지막하게 웃으며 물었다.

보기 좋지요?

떨어진 치마 안단을 스카치테이프로 봉하고 다닐 만큼 무신경하던 그녀는 물고기들에게는 이루 말할 수 없는 정성을 퍼부었다. 하루 두 번씩 듬뿍 먹이를 주고, 이틀에 한 번씩 깨끗한 물을 갈아주었다. 사료가 떨어지면 늦은 밤이라도 시장을 헤매어 커다란 봉지째 한 아름 사 들고 돌아오곤 했다. 먹다 남은 식빵이나 다 먹은 카스텔라 종이에 붙은 빵가루는 언제나 물고기들의 몫이었다. 행여 조금이라도 붙어 있을까 카스텔라 종이가 찢어지도록 꼼꼼히 떼고 긁어낸 빵가루들을 수면에 뿌린 뒤 자흔은 분주히 먹이를 삼키는 물고기들을 하염없이 바라보고 있곤 했다. 언제였던가, 그러고 있다가 그녀는 나에게 혼잣말처럼 중얼거렸다.

……세상에 있는 모든 물은 바다로 흘러가고, 그 바다는 여수 앞바다하고 섞여 있어요.

자흔은 내 고향이 여수라는 것을 알자 우울한 얼굴에 환희에 찬 경련이 일어날 만큼 반가움을 표시했었다. 그녀는 틈만

나면 나와 함께 여수에 대한 이야기를 주고받고 싶어 했다.

난 그곳을 좋아하지 않아요, 그곳에 대한 얘기도 마찬가지예요.

나는 그녀에게 여러 차례 그렇게 못 박아두었으나 자흔은 귀 기울여 듣지 않았다. 나는 일곱 살에 그곳을 떠나왔고 줄곧 외가가 있는 수원에서 자랐으니 실제로 내 고향은 수원이라고 하자 자흔은 "그렇다고 어떻게 고향이 바뀔 수 있어요?"라고 어린아이 같은 어조로 반문했다. 당혹스러워진 나는 내 나이 다섯 살에 어머니가, 일곱 살에 아버지가 죽은 그곳에 두 번 다시 발을 들여놓지 않아왔다는 것까지 분명하게 밝혔지만 헛일이었다. 시시때때로 자흔은 기름한 흰자위 가운데 맺힌 유난히 새까만 눈동자를 반짝이며 목소리를 높여 재잘거리곤 했다.

여수항의 밤 불빛을 봤어요? 돌산대교를 걸어서 건너본 적 있어요? 돌산도 죽포 바닷가의 눈부신 하늘을 봤어요? 오동도에 가봤어요? 오동도의 동백나무들은 언제나 나무껍질 위로 뚝뚝 눈물을 흘리고 있는 것 같아요……

어느 날 내가 꼬막 한 접시에 붉은 양념을 해 밥상에 올렸을 때 그녀는 숟가락을 들다 말고 느닷없이 어깨를 떨며 오열을 터뜨렸었다. 영문을 모르고 울음을 달래는 나에게 자흔은 흐느끼며 어이없는 말을 되풀이했다.

……여수가, 여수가 울고 있는 것 같아요.

고향이 어디냐고 내가 자흔에게 물었을 때 그녀는 마치 대답하기 곤란한 사생활에 대한 질문을 받은 것처럼 얼굴을 붉히며 고개를 외틀었었다. 잠시 껄끄러운 침묵이 흐른 뒤 그녀는 인천이라고 대답했다. 그러나 잠시 뒤에 다시 전주라고 정정했다. 그녀는 다시 아니에요, 남원이에요, 라고 말했고 삼례, 곡성, 순천까지 끄집어냈다.

……아니요, 사실은 여수예요.

어안이 벙벙해진 내 얼굴을 흘긋 건너다보며 자흔은 마지막으로 그렇게 말했다. 내가 반신반의한 말투로 그러면 여수 어디에 살았느냐고 묻자 자흔은 더욱 당황스러워하는 얼굴로 말을 더듬었다.

잘 몰라요…… 워낙 어릴 때 떠나와서요.

나 역시 어릴 때 여수를 떠나왔지만 미평, 여서 따위의 동 이름 몇 가지는 기억하고 있었다. 그러면 몇 살 때 떠나온 것이냐고 물었을 때 자흔은 잠자코 내 시선을 피할 뿐이었다. 나는 마치 그녀에게 몹쓸 괴로움을 준 것처럼 느껴져서 그만 입을 다물 수밖에 없었다.

어릴 때 여수를 떠나와서 지금까지 어디에서 살았느냐는 질문에는 자흔은 선선히 대답했다. 인천과 속초와 대구와 충무와 광주, 그리고 그 밖의 자잘한 소도시들에 대하여 자흔은 노래하는 것 같은 천진한 어조로 이야기해주었다.

……제주도만 빼고는 각 도마다 일 년 이상씩 살아본 셈이에요.

여덟 살 때 전주에서 아버지가 돌아가셨고, 어머니는 자흔을 데리고 충무로 가서 식당을 차렸다고 했다. 어머니는 몇 년 뒤 중매로 만난 남자와 재혼을 했고, 자흔은 의붓아버지의 집이 있는 대구에서 일 년쯤 살다가 어머니의 친정이 있는 속초로 옮겨 갔다. 속초에서 고등학교를 마친 뒤 자흔은 다시 대구로 내려가 어머니가 소개해준 조그만 서점의 점원으로 기식하고 일하며 일 년가량을 지냈다.

……거기서 사랑도 했더랬어요.

자흔은 막연하고 외로운 웃음을 지으며 묻지도 않은 이야기를 꺼냈다.

……코딱지만 한 서점에 뭐 볼 게 있다고 맨날 인상 쓰고 들어와서 제목도 처음 들어보는 어려운 책만 찾다가 나가는 대학생이 있었어요. 그 사람이 주문해둔 책들을 먼저 읽어보느라고 난 종종 밤을 새웠는데, 책 내용이라는 게 맨날 죽음이 어떻고 운명이 어떻고 처절한 고독이 어떻고…… 내가 밤새 먼저 읽은 책을 그 사람이 사 들고 나갈 때면 가슴이 아팠어요. 고작해야 스물서넛이나 먹었을 나이인데, 솜털 뽀송뽀송해야 할 남자애가 그렇게 우울한 책들만 읽는다는 게, 그렇게 꺼멓게 타들어간 얼굴로 살아간다는 게 싫었어요. ……그냥 그렇게 싫기만 했는데, 언젠가부터 하루 일이 끝나고 서점 뒤에 딸린 골방에서 새우잠을 잘 때면 그 사람 생각이 나더라구요.

그 사람 손을 잡아주고 싶다. 옷깃을 매만져주고 뺨을 쓸어주고 싶다, 지금, 바로 내 곁에 그 사람이 누워 있다면 얼마나 좋을까, 얼마나 눈물 나게 좋을까……

'함께 있다' '지금 함께 있다' 하고 주문처럼 외우면서 선잠에 들었다가 눈을 뜨면 그 사람은 옆에 없었지요. 당연한 일인데도 그걸 견딜 수 없었어요. 단 한 순간이라도 그 사람이 보고 싶어서, 한마디라도 목소리를 듣고 싶어서 나는 불을 켜고 서가를 서성거렸어요. 아무 책이라도 붙들고 눈에 들어오지도 않는 활자들을 읽고, 또 읽고…… 그러다가 겨우 잠들어 새벽에 일어나보면 베갯잇이 온통 젖어 있었어요……

그러던 어느 날 밤 자흔은 마침내 다시 그 대학생이 책을 사러 오면 어떻게든 자신의 마음을 전해야겠다는 결심까지 하게 되었다고 했다. 한데 그로부터 며칠 뒤 자흔이 일하는 서점에 찾아온 대학생 옆에는 처음 보는 젊은 여자가 서 있었다고 했다. 대학생은 평소처럼 우울한 표정을 짓고 있지 않았다고 했다. 몹시 허둥지둥하고, 말을 더듬고, 여자가 불쑥불쑥 뜻 없는 말을 던질 때마다 어쩔 줄을 몰라 했다는 것이었다. 자흔의 표현에 따르면 여자는 인형처럼 예쁘기는 했지만 '단지 그뿐'이었다고 했다. 대학생은 어렵사리 책 한 권을 골라서는 표지 다음 장에 정성 들여 서명을 한 뒤 여자에게 건넸는데, 그것은 그 무렵 새로 번역되어 나온 영미 연애 시선집이었다. 대학생과 여자가 나간 뒤로 한 권 더 남아 있던 그 책을 읽으며 자흔은 눈물을 흘렸다고 했다.

……그 책의 첫 구절은 아직도 기억나요. 사랑이여, 그대는 내 영혼이 애타게 갈망하는 모든 것……*

자흔은 희미하게 눈자위를 빛내며 소리를 죽여 웃었다.

……내가 바보 같은가요?

며칠 뒤 짐을 싸 들고 그 서점을 나온 자흔은 창원에 있는 조그만 무역 회사의 경리직으로 들어가 일했고, 그 회사가 부도 때문에 문을 닫은 뒤로는 이곳저곳을 옮겨 다니며 그달 벌어 그달 쓰는 생활을 해왔다고 했다. 어린 시절부터 떠돌아다니는 것이 몸에 배어서인지 일 년쯤 한곳에 있으면 떠나고 싶어지곤 해서 어찌어찌 전국을 누비다가 서울에까지 입성하게 되었다는 것이었다. 두 개의 여행 가방과 계절이 지난 옷 보퉁이, 그리고 얼마 전까지 묵었던 천안에서 마지막으로 받은 상여금과 월급이 자흔의 재산 전부였다. 그것들을 들고 그녀는 이 서울 변두리 동네까지 찾아든 것이었다.

제가 살아본 도시들 중에는 서울이 제일 정머리 없어요.

긴 이야기를 마친 자흔은 지독한 여독에 찌들린 것 같은 얼굴을 하고 그렇게 뇌까렸다.

……오래 못 있을 것 같아요.

자흔의 마지막 독백을 들으며 나는 어렴풋한 사실을 깨달았다.

그녀에게는 미래가 없는 것이었다.

무엇이 젊은 그녀에게서 미래를 지워내버린 것인지, 아무런 희망 없이 이 도시에서 저 도시로 옮겨 다니게 하는 것인지 나는 알 수 없었다. 내가 알 수 있는 것은 자흔이 지쳤다는 것,

---

* E. A. 포,「하늘에 계신 그대에게」.

이십몇 년이 아니라 천 년이나 이천 년쯤 온 세상을 떠돌아다닌 사람처럼 외로워하고 있다는 것뿐이었다. 다만 신기한 것은 때때로 자흔의 얼굴에 떠오르는 웃음이었다. 모든 것에 지쳤으나 결코 모든 것을 버리지 않은 것 같은 무구하고도 빛나는 웃음이 순간순간 거짓말처럼 그녀의 어둠을 지워내버리곤 했다. 그런 자흔을 보면서 나는 종종 어떻게 사람이 저토록 희망 없이 세상을 긍정할 수 있는 것일까 하는 생각에 의아해지곤 했던 것이었다.

이를테면 자흔과 나란히 앉아서 아홉 시 뉴스를 볼 때면 나는 언제나 나도 모르게 한마디씩 "개자식들!" "미친놈들!"이라고 내뱉곤 했는데, 그때마다 자흔은 키득키득 웃으며 즉흥적인 곡조를 흥얼거렸다. 개자식들, 개자식들, 개자식들…… 자흔은 내가 방금 뱉은 욕지거리가 아름다운 가사인 양 세면장과 방을 들락날락하며 노래를 불렀다. 그 노래는 그녀가 나를 놀리려 한다고 생각될 만큼 끈질기게 계속되곤 해서, 한번은 참다못해 '그만해둬요'라고 말하려고 자흔을 돌아본 적이 있었다. 그러나 뜻밖에도 자흔의 얼굴에는 웃음기가 없었다. 오히려 그 얼굴에는 견고한 평화가 어른거리는 것처럼 보였다. 개자식들, 나쁜 놈들, 더러운 놈들…… 따위의 가사에 붙여진 곡조는 어린아이를 잠재우는 자장가처럼 부드럽고 따스했다. 그때 나는 도대체 이 여자가 누구인지, 무슨 생각으로 사는 사람인지, 이 사람을 비난해야 하는 것인지 어쩐지를 알 수 없어 망연히 자흔의 얼굴을 바라다보고만 있었다.

언제나 그런 식이었다. 내가 위경련을 일으키는 것을 처음 본 자흔은 언니처럼, 마치 어머니처럼 나를 반듯이 눕혀놓고 배를 쓰다듬어주었다. 자흔의 손바닥은 따스했고, 싫증 내지 않고 계속해서 나의 배를 문지르는 손길에는 안타까움과 정성이 가득했다. 그녀는 내 흐트러진 머리카락을 쓸어서 귓바퀴 뒤로 넘겨주며 말했다.

의사 선생님은 뭐래요? 지병 같은 거 갖고 살기에 정선 씨는 아직 젊은 것 같아요……

자흔은 얼마 안 있어 내가 "이제 그만 됐어요. 괜찮아졌어요"라고 말하자 뛸 듯이 기뻐하며 외쳤다.

내 약손이 효력이 있네! 그럼 잠깐 눈을 붙여봐요.

반복되는 고통스러운 밤을 위해 나는 책상 서랍 속에 일정량의 신경안정제를 넣어두고 있었다. 옆에 누운 자흔이 잠들기를 기다려 나는 몸을 일으켰다. 단골 내과 의사가 처방해준 파랗고 노란 내복약보다도 잘 듣는 조그만 알약들을 한꺼번에 삼키며 나는 오한 든 사람처럼 어깨와 고개를 덜덜 떨고 있었다.

어쩌자고 이렇게까지 되었을까, 하고 생각하며 물잔을 책상 위에 올려놓고 이불 속으로 들어갔을 때, 새벽 어둠 속에서 자흔은 고요한 숨소리를 규칙적으로 내쉬고 있었다. 다 큰 어른이 그렇게 순식간에 곤히 잠들 수 있다는 것이 신기할 만큼 자흔의 자는 얼굴은 평화로웠다. 마치 세상의 모든 고통과 회한들이 그녀의 천진한 영혼과 함께 잠든 것 같은 모습이었다.

그 얼굴을 나는 그 후로도 종종 보았다. 자흔은 이불을 펴고 누우면 내가 형광등을 끄기도 전에 이미 잠들어 있곤 했다. 언젠가 그녀는 나에게 의기양양한 목소리로 말했었다.

난 어디에서든 머리만 바닥에 닿으면 잘 수 있어요.

그러나 새벽이 되어 자명종 시계가 울리고 창문으로 희부윰한 빛이 스며들 때면 자흔은 두 눈을 질끈 감은 채 식은땀을 흘리며 누워 있었다. 내가 출근 준비를 하려고 불을 켜고 세면장을 들락거리기 시작하면 자흔은 상체를 반쯤 일으킨 채 눈을 감고 있었다. 헝클어진 머리카락이 흩어져 내려 절반쯤 가려진 자흔의 얼굴은 핏기가 없는 데다가 입가와 뺨에 온통 하얗게 버짐이 피어 흡사 분가루를 뒤집어쓴 광대 인형 같았다.

그렇게 수 분 동안 어깨를 늘어뜨리고 앉아 있던 자흔은 가까스로 팔을 뻗어 앉은뱅이책상에 놓인 녹음기의 재생 단추를 눌렀다. 낡은 스피커에서 터져 나오는 음악은 언제나 똑같은 춤곡풍의 아리아였다.

> 만일 그대가 나 사랑하지 않는다고 해도
> 나는 그대를 사랑하오.
> 하지만 만일 그대가 날 사랑한다면
> 지금 이 순간 나에게 달려와주오!*

---

* 가극 〈카르멘〉 중 「하바네라」.

경쾌한 노랫말과 가락에 조금도 어울리지 않는 몸짓으로 자흔은 장판 바닥을 짚고 비틀거리며 일어섰다. 그제야 풀려 있던 태엽이 감겼다는 듯이, 다 떨어진 배터리에 충전이 시작되었다는 듯이, 그녀는 기계적으로 이불을 개키고, 장롱 문을 열고 베개와 담요를 집어넣었다.

정열적인 아리아는 자흔의 허리와 어깨를 채찍처럼 내갈겼으며, 그녀는 묵묵히 그것을 맞으며 맥없는 손과 발을 움직거리고 있었다. 그런 자흔의 얼굴이 너무도 어둡고 외로워서 나는 내심 사람이 저렇게까지 불행할 수도 있구나, 하는 생각마저 하곤 했던 것이었다.

그러나 그 생각이 채 끝나기도 전에 자흔은 자신을 바라보고 있는 나를 향해 놀라울 만큼 환한 웃음을 지어 보이곤 했다. 들쭉날쭉하지만 희고 깨끗한 떡니에 형광등 불빛이 쟁그렁 부서졌다. 방금 전까지만 해도 곧 바스러져버릴 것 같은 몸짓을 하고 있던 여자라고는 도저히 믿어지지 않는 환한 얼굴이었다.

또 아침이네요.

아름답고 부드러운 목소리로 자흔은 아침 인사를 했다.

다시 아침이 왔다는 것이 기쁘다는 것인지 혹은 지겹다는 것인지, 신기하다는 것인지 아니면 괴롭다는 것인지 짐작할 수 없는 단조로운 억양으로 자흔은 또박또박 그렇게 인사하곤 했다. 그러고는 다시 이루 말할 수 없이 지쳐 보이는 얼굴이 되어 밥술을 떠넘기고는 나와 함께 자취방을 나섰다.

제발 그 똑같은 음악 좀 바꾸면 안 돼요? 자흔 씨는 도대체 그 음악이 아니면 아무것도 못 할 사람 같아요.

언제였던가, 그 지루할 만큼 명랑한 아리아를 견딜 수 없어진 내가 그렇게 투덜댔을 때 자흔은 헝클어진 머리털을 아무렇게나 쓸어 올리며 시무룩하게 대답했다.

……여수로 가면, 나한테도 음악 같은 건 필요 없어요.

열차는 삼 분간 정차했던 구례구(求禮區)역을 떠나고 있었다. 섬진강의 드넓고 짙푸른 물살은 검은 빗발을 타고 올라가 검푸른 하늘에까지 아득하게 잇닿아 있었다. 강한 바람이 몰아칠 때마다 젖은 황토흙이 먼 산자락을 타고 안개처럼 흩날리는 것이 보였다. 그 거대한 흙바람 위로, 차창에 반사된 공허하고 낯선 얼굴이 메마른 눈빛으로 이편을 응시하고 있었다.

정선 씨 안색이 며칠 전부터 왜 그래? 갑자기 휴가는 왜? 어디 아파?

갑작스럽게 금요일과 토요일 양일의 휴가원을 내고 돌아왔을 때 앞자리의 부서 선배가 나에게 불쑥 던진 말이었다.

내 언젠가 그럴 줄 알았어. 그만하면 웬만큼 된 일들을 무슨 충성 났다고 혼자서 야근하면서 정리하고, 또 정리하고……그래가지고 어디 몸이 배겨나겠어? 젊다고 몸 함부로 굴리면 그 스트레스 어느 날 한꺼번에 터진다구.

악의인지 선의인지 잘 분별되지 않는 선배의 말에 내가 할 수 없이 웃어 보였을 때, 그녀는 책상으로 고개를 떨구며 뾰족하게 덧붙였다.

사람이 좀 허투루 살아봐, 천년만년 살 것도 아니면서……

그러나 그날 밤도 나는 자리를 비우게 된 시간만큼의 일을 보충하기 위해 늦도록 사무실에 남아 있었다. 뻐근한 고개를 뒤로 젖히면 빈 등받이 의자들은 어딘가 쓸쓸한 모습으로 각자의 책상들을 가만히 바라보고 있었다.

중얼거리거나 한숨을 쉬어 정적을 깨면 그 소리로 인해 더욱 내가 혼자임이 실감된다는 것을 알고 있었다. 나는 용케 침묵을 지켰다. 숨소리를 죽이며, 아무것도 생각하지 않으려 애쓰며 일했다. 그러나 마침내 일을 마치고 사무실 문을 잠그고 두꺼비집의 퓨즈를 내린 뒤 엉거주춤한 자세로 불 꺼진 계단을 더듬어 밟아가다가 나는 아, 하고 낮은 신음을 토했다. 자흔의 얼굴은 어느 사이엔가 의식을 비집고 돌아와 눈앞의 어둠 속에 어른거리고 있었다. 무엇인가를 안타까워하는 것 같은, 그러나 그 안타까움을 발설할 수 없음을 괴로워하는 것 같은 눈길로 그녀는 나를 물끄러미 응시하고 있었다. 그녀는 나직하게 속삭였다.

뭐가 그렇게 두려워요?

서울의 대기가 오래된 면실유처럼 역한 열기를 내뿜으며 끓어오르기 시작하던 칠월 어느 토요일 저녁이었다. 자흔과 나는 파리한 형광등이 가늘게 떨고 있는 지하철역 구내 파출소에 앉아 있다. 그날 자흔이 지갑을 소매치기당하지 않았다면 우리는 새로 들어온 폴란드 감독의 영화를 볼 예정이었다. 종종 혼자서 영화를 보고는 눈두덩이 빨갛게 부어서 돌아오곤 하던 자흔은 또 눈물을 흘렸을 것이고, 우리는 의좋은 자매처럼 밤늦은 제과점에서 식빵을 사 들고 자취방으로 돌아갔을 것이었다.

일호선으로 갈아타려고 막 승강장으로 나왔을 때였어요. 열려 있던 가방으로 누가 그냥 손을 집어넣어서 가져간 모양이에요. 섬뜩한 한기같이, 누군가 나를 해치려 하는 것 같은 이상한 기분이 들어서 설마 하고 가방 속을 보니까 지갑이 없었어요. 사람이 워낙 많아서 누가 누군지도 모르겠고 난 그냥 멍청히 서 있었어요……

역 구내 파출소에서는 두 개의 책상이 ㄱ 자로 놓여 있었고, 젊은 의경과 사십대의 경찰관은 책상 한 개씩을 차지하고 반쯤 뜬 눈으로 졸고 있다가 자흔과 나를 맞았다. 자흔은 눈에 띄게 허둥거리고 있었다. "진정하고 앉아보세요" 하고 의자를 끌어다 놓는 경찰관에게 고맙다는 말조차 잊은 채 그녀는 "찾을 수 있을까요? 찾을 수 없을까요?" 하고 다급한 물음을 연신 되풀이했다. 나는 이미 다시 찾을 수 없게 된 물건이고 경찰서에 가보았자 번거롭기만 한 일이라고 설득했지만 자흔은 내 손을 잡아끌며 이곳으로 뛰어 들어온 것이었다.

……그러니까 검은색 지갑하고 그 안에 있던 주민등록증, 현금 사만오천 원가량, 자취방 열쇠, 그게 분실물 전부라는 말입니까?

경찰관은 나른한 얼굴로 누런 갱지에 조서를 작성하고 있었다. 입을 딱 벌리고 하품을 하는 그의 눈에 흥건한 눈물이 맺혔다. 그 현금은 자흔의 공장에 물량이 밀려 지난 일요일에 특근했던 수당을 하필 이날 받는 바람에 생긴 것이었다. 자흔에게는 소중한 돈이었지만 경찰관에게야 하잘것없는 것일 터였다. 지갑도 열쇠도 주민등록증도 모두 맥 빠지는 분실물들이라는 듯이 그는 권태로운 어조로 다시 한번 물었다.

……그게 전붑니까?

자흔은 한동안 손가락들을 꼼지락거리고 있다가 가까스로 입을 떼었다. 그녀의 목소리는 좀 전에 비해 차분히 가라앉아 있었다. 서서히 충격이 가시자 지갑을 되찾을 수 없다는 것을 깨달았는지 얼굴에는 우울한 체념의 기색이 감돌고 있었다.

그리고…… 열차표가 한 장 들었어요.

어디로 가는 푭니까?

경찰관은 조금은 흥미가 생겼다는 듯이 고개를 쳐들어 자흔의 얼굴을 살피며 물었다.

자흔은 눈살을 모으며 손바닥으로 이마를 문지르기 시작했다. 손놀림이 차츰 거칠어졌다. 내가 처음 그녀를 보았던 골목길에서처럼 자흔은 자신의 눈과 코와 입을, 얼굴 윤곽까지를 집요하게 닦아내고 있었다.

한참의 침묵이 흐른 뒤, 그녀는 얼굴을 닦던 두 손을 무릎 위로 내려뜨리며 대답했다.

……여수.

그때 내 몸속 어디에선가 가냘픈 유리그릇 같은 것이 날카로운 파열음을 내며 부서졌다.

그동안 나는 자흔이 지껄이곤 했던 여수에 대한 이야기를 애써 귀담아듣지 않고 있었다. 그곳이 자흔의 고향이라는 말도 아마 사실이 아니리라고 생각했다. 그녀의 여수에 대한 집착이 이 정도일 것이라고는 미처 짐작도 하지 못했었다.

언제 떠나는 폽니까?

자흔은 묵묵히 고개를 떨구었다.

그녀의 머릿속에 무엇이 스쳐 가고 있는지 나는 알 수 없었다. 다만 그녀의 지치고 외로운 얼굴에 여수(麗水) 아닌 여수(旅愁)가 어두운 그림자를 끌고 지나가는 것을 나는 보았다.

이윽고 자흔은 들릴 듯 말 듯한 목소리로 대답했다.

……내일 밤, 열 시 삼십오 분 차예요.

그날 밤 자취방에 돌아오는 길에 나는 자흔에게 물었다. 왜 미리 말도 하지 않고 갑자기 여수에 가려고 했는가, 여수에는 누가 있는가, 어디서 언제까지 묵을 생각이었는가. 자흔은 그 가운데 어느 질문에도 대답하지 않았다. 그 고집스러운 침묵을 깨고 자흔이 입을 연 것은 방에 돌아와 손발을 씻고 자리를 펴고 형광등을 끈 뒤 한 식경이 지났을 때였다.

……지금 대구에 계신 어머니, 내 친어머니가 아녜요.

자정이 가까운 시각이었다. 당연히 자흔이 잠들어 있는 줄만 알았던 나는 놀라서 몸을 일으켰다.

창문 틈으로 새어 들어온 골목의 가등 빛이 모로 누워 있는 자흔의 얼굴을 어슴푸레하게 비추고 있었다. 그 빛에 드러난 자흔의 음울한 시선은 방 안 곳곳에 깃들인 혼탁한 어둠을 차례차례 끌어다가 어루만지고 있는 것처럼 보였다.

두 살쯤 되었을 때 나는 강보에 싸인 채로 열차 안에서 발견됐대요. 보호자 없이 울고 있는 것을 서울역에서 발견한 역원들이 파출소까지 데려다주었대요.

자흔은 담담한 어조로 말을 이어갔다.

내 고향, 여수가 아닐지도 몰라요. 다만 그 기차가 여수발 서울행 통일호였다고 하니까 어릴 때부터 그곳이 내 고향일지도 모른다는 생각을 했던 거예요. ……지나가는 얘기라도 여수, 라는 말을 들으면 가슴이 쩡 하고 울리곤 했어요.

두 살배기 자흔은 일 년 가까이 보호 기관을 떠돌다가 인천에 있는 시립 고아원에 들어갔고, 곧 입양이 되었으나 다섯 달이 지나도록 한마디도 말을 하지 못하는 바람에 이태 만에 고아원에 돌려보내졌다고 했다. 특수 교육을 받아야 하는 것이 아닌가 하는 의논까지 오갔던 어린 자흔의 말이 터진 것은 양부모에게서 돌아온 지 석 달쯤 지난 여름이었는데, 자흔이 제일 처음 뱉은 한마디는 엄마도 아빠도 아니었다고 했다. 바보라고 곧잘 놀림을 받던 어린 그녀는 어느 날 미끄럼틀에서 어떤 아인가가 등을 미는 바람에 데굴데굴 굴러서 미끄럼 받침대를 지나 흙밭에 고꾸라졌다고 했다. 지켜보던 교사가 달려와 어린 자흔의 상처 난 무릎을 만지려 했고, 그때 그녀는 두 눈 가득 눈물을 담은 채 분명한 말씨로 "너무 아파요"라고 말했다는 것이었다.

그 이듬해 자흔은 전주의 어느 유복한 가정에 입양되었으나, 이 년도 채 못 되어 양아버지가 죽고 그의 회사가 문을 닫자 예전에 이야기했던 대로 어머니를 따라 충무로 옮겨 갔다고 했다. 그 후 오갈 데 없는 식객인 자신을 고등학교까지 마치게 해준 양어머니와 속초의 외삼촌댁에는 명절 무렵마다 간단한 선물들을 소포로 부치곤 할 뿐이라고 했다. 안부 전화도 가끔 걸곤 하는데, 자신만의 생각인지는 모르겠으나 장거리 통화가 끝나려 할 때마다 '언제 한번 오너라'라고 덧붙이는 그분들의 담담한 목소리가 어쩐지 자꾸만 '이제 그만 연락하거라' 하는 말같이 들린다는 것이었다.

결국 기차간에서 발견된 그 순간부터 이미 자신은 평생토록 떠돌아다니도록 되어 있었던 것이었다고 말하며, 자흔은 짐짓 일그러뜨린 입술로 웃어 보였다.

……어느 곳 하나 고향이 아니었어요. 모든 도시가 곧 떠나야 할 낯선 곳이었어요. 매일 아침 눈을 뜰 때마다 길을 잃은 기분이었죠. 여수에 가보기 전까지는 그랬어요. 하루하루가 지옥이었어요.

자흔은 갑작스럽게 정색을 했다.

하지만 지금은 그렇지 않아요.

잔뜩 웅크려서 모로 누웠던 몸을 반듯이 누이며, 그녀는 혼잣말처럼 중얼거렸다.

……괴롭지도 않아요.

그것이 그날 밤 그녀가 말한 전부였다. 한꺼번에 너무 많은 말을 지껄였다는 것이 쓸쓸하다는 듯이, 자흔은 예의 기쁘지도 고통스럽지도 않은 불가해하고 고즈넉한 표정으로 물끄러미 나를 바라보고 있었다.

그때, 어째서 나는 못 볼 것을 본 사람처럼 자흔에게서 고개를 돌려버렸던가. 무엇이 내 몸속에서 잠들어 있던 혈관 하나하나를 끄집어내며 끓어오르기 시작했던가.

여름 탓이었을지도 모른다. 모든 도시의 뒷골목에서 살인과 패싸움이 벌어지고 있을 것만 같은 울컥울컥한 무더위가 한 달도 넘게 계속된 탓이었을지도 모른다. 모처럼 잘 지내고 있는 룸메이트를 잃지 않기 위해 노력한 탓에 차츰 사그러들고 있었던 내 결벽증이 발작적으로 악화되기 시작한 것은 그 무렵부터였다.

온갖 눈병과 귓병이 지하철과 버스 손잡이를 통해 옮겨 다녔다. 나는 내 살갗에 다른 사람의 살이 닿는 게 싫어서 기를 쓰고 세 정거장 네 정거장의 거리를 걸어 다녔다. 복사열이 끓어오르는 아스팔트 위에서의 체감 온도는 오십 도에 가깝다고 했다. 땀은 이마에서, 목에서, 겨드랑이에서, 사타구니와 종아리와 발가락 하나하나에서까지 흥건하게 흘러내렸고, 숨을 헐떡이며 나는 계속해서 걸었다.

퇴근하여 자취방으로 돌아오자마자 나는 온몸의 피부가 발갛게 부어오르도록 비누칠을 하고 수건으로 문질러대곤 했다. 몸에 땀이 차는 끈적끈적한 느낌을 나는 견딜 수가 없었다. 할 수만 있다면 땀샘을 모조리 도려내고 싶은 심정이었다. 동남아시아의 여러 나라에서 콜레라가 창궐했다고 했고 나는 버스 옆 좌석에 앉은 사람이 그 나라에서 돌아온 여행객이 아닐까 하고 의심하곤 했다.

여행객이 아니라면 여행객의 가족일지도 모른다. 여행객의 직장 동료일지도 모른다.

나는 회사에서도, 집에서도 아무 일에도 열중할 수 없을 만큼 병원균들에 대한 공포에 사로잡혀 있었다. 자흔의 허술한 생활 태도가 나를 더더욱 괴롭게 했음은 말할 것도 없었다. 자흔이 휴일에 한꺼번에 빨려고 대야에 구겨서 쌓아놓은 옷가지들을 나는 밤중에라도 자청해서 빨아 널어놓았다. 며칠 동안 열대 우기의 날씨처럼 비가 내리다 말다 하며 후텁지근했던 적이 있었는데, 젖은 빨랫감들이 풍기는 냄새를 견디지 못한 나는 그것들을 빨아 말리느라고 한밤중에 때아닌 연탄보일러를 때야 했다. 두 사람이 그날 하룻밤을 꼬박 세면장 바닥에서 지새운 것은 물론이었다.

급기야 나는 모든 사물에서 썩어가는 냄새를 맡기에 이르렀다. 나의 손에 코를 들이대면 내 살이 썩어가고 있었고 책을 펼치면 종잇장들이 손가락 끝에 엉기며 부패한 냄새를 풍겼다. 구정물 냄새가 세면장의 수챗구멍을 통해 범람하고 있었다. 수돗물과 나무 주걱과 도마, 심지어 플라스틱으로 만든 밥그릇에서마저 악취가 났다.

나는 자흔이 음식을 만드는 것을 견딜 수 없어서 조리대 가까이에는 다가오지도 못하게 했다. 처음에는 영문을 모르고 내 지나친 호의에 어쩔 줄 몰라 하던 그녀는 차츰 나의 혐오와 공포를 깨달았다. 밖에서 돌아온 자흔이 손을 씻지 않은 채 문고리를 잡으면 나는 기어코 비눗물로 그것을 닦아내야만 했다. 마치 자흔이 모든 병원체의 숙주라도 되는 듯이, 나는 그녀의 손이 내 몸에 스치기만 해도 진저리를 쳤다.

그러나 무엇보다도, 더위와 눈병과 콜레라보다도 나를 괴롭혔던 것은 자흔에게서 풍겨오기 시작한 여수의 냄새였다. 방금 목욕을 하고 들어온 자흔의 젖은 머리털에서 나는 여수 앞바다의 짠물 냄새를 맡았다. 그녀의 손에서도 입에서도 여수 선착장에 버려진 상한 생선들의 냄새가 났다. 아침에 눈을 뜨면 자흔의 잠든 얼굴에 그곳 부두의 검붉은 노을이 어리어 있는 것을 보았다. 그녀가 손을 뻗는 곳에서마다 꿈틀거리는 선창가의 노랫소리, 구슬피 흐느껴 우는 소리, 밤새워 가슴을 앓는 소리들이 뒤섞여 들려왔다. 조그만 체구의 내 어머니가 숨을 거두며 마지막으로 토해냈던 무시무시한 기침 소리가 자취방의 벽면을 타고 음습한 메아리를 울렸다.

제발 내 몸에 손대지 말아요!

어느 날 밤 싱크대 앞에서 공포에 지질린 목소리로 내가 그렇게 외쳤을 때, 자흔은 내 어깨에 얹었던 손을 거두며 뒷걸음질을 쳤다. 가스레인지 위에서는 저녁 찌개가 끓고 있었고, 세면장 가득 밥 뜸 드는 다정한 냄새가 자욱이 깔려 있었다.

……내가 뭘 잘못했나요?

자흔이 더듬거리며 그렇게 물었을 때 나는 격한 동작으로 가스레인지 불을 끄고 앞치마를 벗으며 외쳤다.

내 얼굴을 보고 이야기도 하지 말아요……

이를 악물며 나는 분명한 말씨로 덧붙였다.

더러우니까.

자흔은 그날 이후 몇 차례 나에게 말을 붙여보려 했으나 잔인하게도 나는 아무 대답도 표정도 없이 뒷모습을 보여버리는 것으로 응수했다. 그때마다 그녀는 꺼내려던 첫마디를 더듬으며 되삼켰고, 내 정수리 깊숙이 내리꽂히는 듯한 고통스러운 한숨을 몰아쉬곤 했다.

열대야는 계속되었다.

성능이 좋지 않은 선풍기는 회전을 할 때마다 머릿속을 긁는 듯한 마찰음을 냈으며, 우리는 속옷 바람으로 멀리 떨어져 누워 뜬눈으로 밤을 지새웠다. 닦아도 닦아도 땀은 계속해서 흘러내렸다. 밤새 열어놓은 창문으로는 간간이 더운 바람이 불어 들어왔다. 한마디의 말도 주고받지 않은 채, 새벽이 올 때까지 우리는 등을 돌리고 누워 미지근한 장판 바닥을 뒹굴곤 했다.

자흔은 눈에 보이게 우울해져가고 있었다. 그녀의 무구한 웃음소리가 사라진 자취방의 공기는 무겁고 혼탁했다. 일찍 퇴근한 두 사람이 말없이 따로따로 벽에 기대어 앉아 있자면 적요한 방 안에서 움직이는 것은 자흔의 물고기들뿐이었다.

투명한 어항 속에서 쉴 새 없이 거품을 뿜으며 맴을 그리는 금붕어들…… 오십 년 만에 서울을 찾아왔다는 잔인한 여름은 그렇게 서서히 우리의 끈적이는 몸뚱이를 짓이기며 지나가고 있었다.

비닐 호스로 쏟아붓는 듯한 빗물이 흥건하게 차창을 뒤덮었다. 차창 밖으로는 무수한 나뭇잎새들이 툭툭 부러져 나부꼈다. 번들거리는 감색 비닐 우비와 검정색 장화 차림의 농군이 논두렁 위로 몰아치는 비바람을 뚫고 나아가기 위해 안간힘을 쓰고 있었다. 보이지 않는 어마어마한 거인의 다리를 온몸으로 밀어내듯이 농군은 한 걸음 한 걸음을 힘겹게 내딛고 있었다.

내 옆자리에 앉았던 아낙은 주름진 얼굴 가득 질박하고 순한 작별의 웃음을 지어 보인 후 순천(順天)역에서 내렸다. 시시각각 열차는 남쪽을 향해 달리고 있었다. 이제 여수에 닿으려면 삼십 분도 남지 않았다.

가슴이 조여오고 있었다. 지금껏 나는 내 발로 다시 그곳에 가게 되리라고는 생각해본 일이 없었다. 언젠가 우연히 가게 될지도 모른다고, 등을 떠밀리듯 어쩔 수 없는 일로 가서 그곳의 하늘과 바다를 다시 보게 될지도 모른다고 상상하는 것만으로도 견딜 수 없어 했던 나였다.

차창 밖으로 자그마한 순천의 포구가 스쳐 지나갔다. 듬성듬성 붉은빛으로 물든 동산이, 젖은 벌판이, 짙푸른 머리채를 나부끼는 사철나무 숲이 빠른 속도로 흘러갔다. 자흔은 저 풍경들 속에서 무엇을 보았을까, 하고 나는 생각했다. 저 멀어져가는 풍경을 끝까지 지켜보기 위해 애타게 고개를 뒤로 꺾으면서 무엇을 생각했을까.

가지 않을게요, 라고 자흔은 내 머리카락을 어루만지며 말했었다.

약속할게요, 가지 않을게요.

그리고 다음날 아침 자흔은 떠났다. 왔을 때처럼 허술하게 많은 흔적들을 남기고 떠났다. 다 말랐는데 세면장 빨랫줄에 널어놓은 흰 양말 한 켤레, 새벽에 머리를 감고 갔는지 세숫대야에 붙어 있는 긴 머리카락 여러 가닥, 이를 닦은 뒤 깜박 잊고 칫솔 통에 도로 꽂아놓았을 노란 칫솔, 필요도 없는데 화장대 서랍에 넣어놓은 동강 난 머리핀, 하도 반복하여 가수의 목소리가 한 음조 낮게 늘어지기 시작한 노래 테이프까지 빠뜨리고 갔다.

자흔이 봉제 공장을 그만둔 것은 영원히 계속될 것만 같던 무더위가 입추와 말복을 거치며 급격하게 누그러져갈 즈음의 어느 날이었다. 내가 야근을 마치고 돌아왔을 때 세면장 문의 자물쇠는 열쇠가 꽂힌 채 열려 있었다. 의아해하며 어두운 세면장에 들어선 순간 내 구둣발에 물컹하게 밟히는 것이 있었다.

자흔이었다. 소리도 칠 수 없을 만큼 놀란 나는 불을 켜고 자흔의 몸을 가까스로 끌어다가 방문 앞 계단 턱에 앉혔다. 의식을 잃은 그녀의 늘어진 팔뚝에는 핏자국이 엉겨 있었다. 얼굴에도, 긴 치맛단 아래 드러난 다리 곳곳에도 피멍이 들어 있었다.

공장에서 돌아오던 골목길에서 자흔은 맞은편으로부터 빠른 속력으로 달려오던 자전거에 받힌 것이었다. 어둠 때문에 그녀는 자전거에 탄 사람의 얼굴 윤곽조차 알아볼 수 없었다고 했다. 아마도 십대였다고 짐작되는 그 사람은 겁에 질린 나머지 자흔을 근처 연립 주택 앞에 눕혀놓고 달아나버린 모양이었다. 자흔은 자신이 어떻게 의식을 차리고 기어서 돌아왔는지 모르겠다고 했다. 열쇠로 문을 열고 들어선 찰나 '돌아왔구나!' 하고 안도했던 기억뿐이며, 그다음부터는 아무것도 생각나지 않는다고 했다.

다음날 오전 나는 괜찮다는 자흔을 억지로 병원에 끌고 가 엑스선 촬영을 했다. 촬영 결과를 기다리기 위해 복도 철제 의자에 나란히 앉았을 때, 그녀는 줄곧 내리깔고 있던 눈길을 들어 물끄러미 나를 바라보았다. 자흔의 눈길에는 온갖 미움과 질책과 원망 대신 형언할 수 없는 쓸쓸함이 아득하게 배어 있어서, 어깨를 맞대고 있었지만 마치 불러도 들을 수 없을 만큼 먼 곳에 떨어져 앉은 낯선 사람처럼 느껴졌다.

얼마 안 있어 중년의 간호사가 자흔을 호명했다. 절름거리는 자흔을 부축하여 진찰실에 들어가자, 뒷머리를 짧게 치켜 올린 젊은 의사는 라이트 박스에 비친 엑스선 사진을 알루미늄 막대로 무성의하게 짚으며 그녀의 뼈에 아무런 이상이 없다고 말했다.

밤마다 자흔은 뜨거운 물수건으로 자신의 다리를 찜질했다. 타박상 때문에 팔에 기력이 없는지 플라스틱 대야에 젖은 수건을 비틀어 짤 때면 팔뚝뿐 아니라 고개와 온 상반신까지 후드득 몸부림을 치곤 했다. 보다 못한 내가 도우려고 일어설 때마다 괜찮아요, 아프지 않아요, 라고 완강히 만류하던 자흔은 그러나 통증을 참느라고 이를 악물고 있었다.

일주일이 꼬박 지나자 겨우 근육통이 풀리고 걷는 데에 지장이 없게 되었지만 자흔은 공장에 다시 나가지 않았다. 새벽이 밝아도 음악을 틀지 않았고, '다녀올게요' 인사하며 내가 출근할 때까지 멍한 눈으로 창문을 올려다보며 누워 있었다. 퇴근하여 돌아와서 보면 자흔은 내가 나간 동안 밥 한술도 뜨지 않은 채 어항 앞에 바싹 붙어 앉아 부유(浮游)하는 물고기들을 향해 무슨 말인가를 중얼거리고 있곤 했다.

날은 갔다. 간간이 비가 내렸고 초가을의 햇살은 건조하고 따갑게 도시 위로 내리꽂혔다. 자흔의 몸 곳곳에 맺혔던 피멍은 시간의 흐름과 함께 어느덧 풀려가고 있었으나 그녀의 마음속의 멍울은 더욱 옹골차게 맺혀가고 있는 것처럼 보였다. 그것은 나 역시 마찬가지였다. 발작적인 결벽증은 여름과 함께 수그러들었지만 폭음 끝의 숙취 같은 황폐함이 내 몸과 마음을 귀퉁이에서부터 서서히 무너뜨려오고 있었다. 온갖 욕망과 고통과 좌절이 뒤범벅되어 있던 시궁창이 오랫동안 햇빛 아래 방치되어 말라붙은 자리처럼, 악취를 풍기는 흙바람이 쉴 새 없이 내 메마른 얼굴을 뒤덮으며 불어대고 있었다.

언젠가 자흔이 나에게 고백했던 것처럼 하루가 시작될 때마다 나는 길을 잃은 기분이었다. 하루가 끝나면 차라리 모든 것이 함께 끝나기를 바랐다. 날마다 눈에 보이게 무너져가는 자흔의 모습을 지켜보는 것은 차라리 고문과도 같은 것이었다.

그렇게 달포가 흐르고, 그 위로 다시 몇 주가 흘러갔을 때였다.

저녁상을 물린 뒤 자흔은 엉금엉금 이불 속으로 기어 들어갔고, 방문을 소리 없이 닫고 나와 그릇을 씻던 나는 기어이 물 묻은 접시를 내동댕이치며 세면장 바닥에 무릎을 꿇고 말았다.

아버지, 아……아버지.

나는 이빨 사이로 주먹을 악물며 신음 소리를 막았다. 잠든 줄만 알았던 자흔이 힘없는 몸짓으로 문을 열고 나온 것은 그때였다. 멍하게 풀려 있던 그녀의 시선이 한순간 알 수 없는 빛을 머금고 나의 울고 있는 눈과 부딪쳤다.

……당신 때문이야……

싱크대에 상체를 기대어 주저앉으며 나는 불분명하게 내뱉었다.

당신 때문에 내가 견딜 수가 없어……

푸르게 질린 입술로 떨고 있는 나에게 자흔은 슬리퍼도 신지 않은 맨발로 다가왔다. 몇 달 사이에 몰라보게 여윈 그녀의 걸음걸이는 마치 허공을 딛고 오는 사람처럼 허전거리고 있었다. 나와 어깨를 나란히 하여 싱크대에 기대어 앉으며, 그녀는 또렷한 목소리로 나에게 물었다.

뭐가 그렇게 두려워요?

삼십 촉 백열전구의 불빛을 받은 자흔의 눈두덩에는 푸르스름한 병색이 깃들어 있었다. 그러나 그녀의 눈동자는 어느 때보다도 분명하게 빛나고 있었다. 그 빛나는 눈으로 내 눈을 똑바로 응시하며 자흔은 나, 내일 떠날 거예요, 라고 말했다.

어설프게 쌓아놓았던 설거지 그릇들이 젱그렁, 소리를 내며 무너져 내렸다. 나는 허겁지겁 몸을 일으켜 그것들을 제자리에 올려놓았다. 혀끝에 들큰한 맛이 느껴져 수돗물에 입을 헹구자 맑은 피가 섞여 나왔다. 조금 전에 칫솔을 세게 문지른 탓에 상처 난 잇몸에서 피가 흐르기 시작한 것이었다.

……어째서?

다시 자흔의 옆에 주저앉으며 나는 떨리는 목소리로 물었다.

어째서요? 그 몸으로 어딜 간단 말예요?

무서운 침묵이 자흔과 나 사이에 가로놓이고 있었다. 나는 떨리는 손으로 그녀의 팔을 거머잡았다. 들리지 않는 소리로 입만 달싹이며 되뇌었다. 날 용서해줘요. 몸서리쳐지는 한기가 내 어깨와 목덜미를 억세게 물어뜯고 있었다.

……어디로 간단 말예요?

모든 벌레가 울음을 멈추고 모든 꽃과 나무 들이 생장을 멈춘 것 같았다. 정적이, 모든 산이 몸을 웅크리고 모든 하늘과 땅이 물러나 앉은 것 같은 정적이 흐르고 있었다. 입속에 들큰하게 고이는 핏물을 조금씩 목구멍으로 넘기며 나는 숨조차 크게 쉴 수 없었다.

얼마의 시간이 흘렀을까.

자흔의 잠긴 목소리가 나직하게 세면장의 타일 벽과 바닥에 울리기 시작한 것은 내가 더 이상 그 침묵을 견딜 수 없다고, 무슨 말이든 소리치고 울부짖어버리고 싶다고 느낀 찰나였다.

……여수 앞바다의 해안을 따라 한없이 동쪽으로 가면 소제라는 이름의 시골 마을이 있어요. 아마 정선 씨는 못 가봤을 거예요. 나도 타고 가던 버스가 고장 나는 바람에 우연히 내리게 된 후락한 마을이었으니까요……

자흔의 목소리는 물에 젖은 솜처럼 무겁게 잦아들어 있었다.

그때가 저녁 무렵이었는데…… 완만한 뒷산 능선에는 해가 지고 있었고 그 주위로 새 깃털 같은 구름이 노랗게 번쩍이고 있었어요. 그 풍경이 어쩐지 마음에 들어서 다음 버스를 기다리는 대신 마을 길을 따라 올라가봤지요. 길 여기저기에 소들이 쟁반만 한 똥을 갈겨놓은 진짜 시골이었어요. 뒷짐 진 손으로 염소를 끌고 다니는 백발 성성한 노인도 보고, 하얗고 누런 머릿수건을 동치고 탈곡하는 아낙네들, 그 옆에서 일을 거드는 상고머리 소년들도 보고…… 그렇게 한없이 올라가니까 논이 끝나는 곳에 착하고 둥글둥글하게 생긴 무덤 몇 개가 비석도 없이 길가에 돋아 있었어요. 더 올라가면 캄캄해질 것 같고 해서 그쯤에서 내려가보려고 돌아섰지요. 마을 아래를 내려다보니까 둥그런 만(灣)과 다도해 섬들이 파란 바다를 둘러싼 모양이 꼭 가느다란 푸른 실 하나하나를 촘촘히 엮어놓은 것같이 잔잔했어요. 그런데 이상하지요…… 그냥 '아름답구나' 하고 생각하면서 다시 길을 내려오는데 갑자기 눈물이 쏟아지는 거예요. 마을 앞 버려진 부두에는 누더기 같은 천막이며 더러운 판자때기들이 뒹굴고, 검푸른 물결은 갯벌을 향해 천천히 다가왔다가 밀려가고…… 염소 울음소리, 새소리, 바람, 두엄 냄새, 일하는 아낙네들…… 그 가운데 어느 하나도 낯익은 것이 없었는데도 마치 내가 얼굴도 모르는 어머니 품속에 돌아와 있는 것 같았어요.

……기쁘면서도 초조하고, 어쩐지 안타깝고 괴로운 마음으로 언덕바지 마을을 내려와 바다를 끼고 한없이 걸었어요. 시시각각 바다는 저물어가고, 아스라이 보이는 여수항에 빨갛고 노란 불빛들이 켜지고, 마침내 건너편 섬에도 하나둘 불이 밝혀졌어요. 울음을 참느라고 나는 숨도 제대로 쉴 수가 없었어요. 그걸, ……그걸 뭐라고 설명할 수 있을까요?

자흔은 자신의 이야기에 취한 듯 두 눈 가득 넘칠 듯한 눈물을 글썽거리고 있었다.

……바로 거기가 내 고향이었던 거예요. 그때까지 나한테는 모든 곳이 낯선 곳이었는데, 그 순간 갑자기 가깝고 먼 모

든 산과 바다가 내 고향하고 살을 맞대고 있는 거예요. 난 너무 기뻐서 바닷물에 몸을 던지고 싶을 지경이었어요. 죽는 게 무섭지 않다는 걸 그때 난 처음 알았어요. 별게 아니었어요. 저 정다운 하늘, 바람, 땅, 물과 섞이면 그만이었어요, ……이 거추장스러운 몸만 벗으면 나는 더 이상 외로울 필요가 없겠지요, 더 이상 나일 필요도 없으니까요…… 내 외로운 운명이 그렇게 찬란하게 끝날 거라는 것이 얼마나 기뻤는지, 얼마나 큰 소리로 그 기쁨을 외치고 싶었는지, 난 그때 갯바닥을 뒹굴면서 마구 몸에 상처를 냈어요. 더운 피를 흘려 개펄에 섞고 싶었어요. 나를 낳은 땅의 흙이 내 상처 난 혈관 속으로 스며들어 오게 하고 싶었어요……

세면장 타일 벽 너머의 보이지 않는 먼 곳을 응시한 채, 자흔은 길고 습기 찬 한숨을 몰아쉬었다.

……그러니까 어디로 가든, 난 그곳으로 가는 거예요……

열차가 여천(麗川)역을 지났을 때 비바람은 바야흐로 절정에 이르러 모든 나무들을 뿌리 뽑을 듯이 몰아치고 있었다. 선로 양편을 둘러싼 짙푸른 사철나무 숲 위로 하늘은 눈부신 벼락과 함께 조각조각 무너져 내리고 있었다. 순천과 여천에서 상당수의 승객이 빠져나간 뒤여서, 객실의 좌석들은 삼분의 이도 넘게 비어 있었고 복도에는 비닐봉지와 빈 맥주병들이 함부로 굴러다니고 있었다.

이제 하차를 준비해야 했다.

나는 선반에서 가방을 내려 물병과 내복약 한 첩을 꺼냈다. 물을 머금은 뒤 고개를 뒤로 젖혔다. 객실 천장을 올려다보며 몇 정의 알약과 가루약을 한 번에 털어 넣었다. 역하고 쓴 약들이 메마른 식도를 타고 빈 내장 속으로 떨어져 내렸다. 내 거짓말 같은 젊음이, 스스로 기쁨을 저버렸던 저 모든 나날이 아득하게 천장 위로 멀어지고 있었다.

여수, 그 앞바다는 아직도 검푸른 파도를 세우며 선착장의 철선들을 향해 밀물져 오르고 있을 것인가. 나 살던 여인숙 골목의 밤은, 부두 끝 선술집의 노랫소리는 아직도 통곡처럼 자지러지고 있을 것인가. 입술에 묻은 가루약을 닦다 말고 문득 나는 움츠러드는 손바닥을 눈앞에 펼쳤다.

더러운 손이었다.

손을 씻고 싶었다. 구역질이 치밀었다. 여태껏 삼켜온 모든 것을 다 토해내고 싶었다. 벌겋게 열이 오를 때까지 나는 두 손바닥을 문지르고 또 문질렀다. 동생 미선의 따스한 손바닥, 내가 뿌리쳐버린 손바닥의 온기가 내 불붙는 듯한 머릿속을 헤집었다.

언니, 같이 가, 아, 아부지……!

잘 뛰지 못하는 미선의 손을 냅다 뿌리치고 달아나던 나는 그 아이의 혀 짧은 외침이 부두 아래 바닷속으로 곤두박질치는 소리를 들었다. 뒤돌아보았을 때 미선의 조막손과 조그만 머리통은 거품을 뿜으며 바닷속으로 가라앉고 있었다. 나는 비명을 질렀다. 있는 힘껏 달렸으나 얼마 못 가 붙잡혔다. 술에 젖은 아버지의 가슴을 밀어내기 위해 나는 안간힘을 썼다. 아버지의 역한 숨결이 내 이마에, 눈에 뜨겁게 끼얹어졌다.

갑자기 몸이 가벼워졌다. 부두 시멘트 바닥이 급경사로 기울었다. 미선이를 집어던진 아버지는 이번에는 반항하는 나를 목에 감아 안은 것이다. 짙푸른 물살 속으로 머리부터 곤두박질쳤다. 눈과 입과 코로 정신없이 들이닥치는 짠물, 짠물.

의식이 돌아왔을 때 나는 젖은 시멘트 바닥 위에 반듯이 누워 있었다. 가장 먼저 내 눈에 들어온 것은 까마득히 높은 하늘 위에서 뭉클뭉클 피어오르는 흰 적란운 덩어리들이었다. 나를 둥그렇게 둘러싼 사람들의 입에서 "살았다" "살았다" 하는 낮은 탄성들이 돌림노래처럼 퍼져나갔다. 방금 짠물과 음식을 토해 엉망이 된 윗옷자락에 손바닥을 비비며, 누운 채로 나는 빠개질 듯한 고개를 쳐들었다.

죽을라면 혼자 죽을 것이지 어쩐다고 죄 없는 어린것들을……

자줏빛 꽃무늬 몸뻬를 걸친 아낙이 검게 그을려 번들거리는 손으로 눈물을 훔치고 있었다. 맞은편에 서 있던 다른 아낙이 짐짓 큰 소리로 장단을 맞추었다.

……제 어매가 살아서 이 징한 꼴을 봤으면 뭐라고 했을까잉.

멀리 떨어져 있던 중년 남자의 목소리가 퉁명스럽게 울려온 것은 그때였다.

……저것 혼자서 살아난 것이 정말로 다행한 일인가 모르겄네.

이 열차는 종착역인 여수, 여수역에 도착하게 되겠습니다. 열차 교환 관계로 예정보다 오 분가량 연착되었사오니 양해해주시기 바랍니다.

습기 먹은 스피커에서 흘러나오는 차장의 목소리는 남도의 곰살궂은 억양을 타고 한산한 객실 의자들 사이로 스며들고 있었다. 그 귀에 익은 억양은 그 순간 가장 먼저 나에게 실감으로 다가온 여수의 인상이었다.

어제 오후, 병원을 나서서 지하철에 올랐던 나는 언젠가 자흔이 지갑을 잃어버렸던 그 번잡한 역에서 일호선으로 바꾸어 타고 서울역으로 향했다. 평일 오후인데도 서울역 대합실은 떠나려는 사람들로 몹시 붐비고 있었다.

내일 오전 열 시 삼십오 분발 통일호…… 여수까지 한 장이오.

매표구에서 내가 더듬대며 행선지와 시간을 말했을 때, 말쑥한 제모를 쓴 삼십대 중반의 역무원은 잘 듣지 못했다는 듯이 눈을 크게 떴다. 다시 같은 말을 반복해야 하는가 싶어 내가 머뭇거리자 역무원은 짜증 섞인 목소리로 "어디라구요?" 라고 되물었고, 그 물음이 떨어지자마자 나는 울부짖듯이 그에게 "여수!"라고 외쳤던 것이었다.

열차표와 함께 거스름돈으로 밀려 나온 몇 장의 천원권과 동전들을 서둘러 바지 호주머니에 구겨 넣은 뒤, 나는 도망치듯 휘황한 대합실을 빠져나왔다. 역 광장 가장자리에 일렬로 늘어선 공중전화 박스 중 한 곳의 유리문을 열고 들어갔다. 한꺼번에 백동전 두 개를 집어넣고 가장 먼저 기억나는 친구의 전화번호를 눌렀다. 친구가 삼 년 가까이 시간강사로 근무하고 있는 고등학교 교무실이었는데, 전화를 받은 중년의 여교사는 나의 친구가 퇴근한 지 오래라고 했다. 이번에는 집으로 전화를 하자 친구의 어머니는 그녀가 아직 돌아오지 않았다고 했다. 다른 친구의 전화번호를 누르자 단정한 목소리의 자동 응답이 흘러나왔다.

삐 소리가 울리면 메시지를 남겨주십시오.

금속음이 울렸고, 나는 망설이다가 이내 재발신 단추를 눌렀다.

선배의 집에서는 전화를 받지 않았고, 후배는 출장 중이라고 했다. 모두가 통화 중이었고, 모두가 자리를 비웠고, 모두가 바빴다.

수화기를 내려놓은 뒤 유리문을 열고 나왔을 때 황량한 역 광장에는 땅거미가 내리고 있었다. 수많은 역에서 떠나온 사람들이 저마다 지친 얼굴로 택시를 잡기 위해, 떠나는 버스를 잡아타기 위해 종종걸음을 치고 있었다.

이제 이곳에서 내가 할 일은 남아 있지 않았다.

잔뜩 찌푸린 하늘에서 한두 방울 가문 비가 떨어지기 시작했다. 지하철역을 향해 나는 걷기 시작했다. 아무도 나를 기다리지 않는 불 꺼진 자취방으로 돌아가야 했다.

역 구내에 들어서자마자 전동차는 고막을 찢을 듯한 굉음을 남기고 떠났다. 퇴근 무렵이었고, 하루의 일을 마친 사람들이 시시각각 안전선을 따라 모여들고 있었다. 선로는 어둡고 깊었다. 기다리는 이들의 얼굴은 마치 똑같은 주형틀에서 빚어져 나온 것마냥 천편일률적인 외로움과 피로를 뒤집어쓰고 있었다. 마침내 오래 기다렸던 전동차가 라이트를 밝히며 천천히 승강장으로 들어왔을 때, 저마다의 눈에서 어슴푸레하게 빛났다가 이내 스러지는 무감각한 희망들을 나는 보았다.

……가지 말아요.

자흔이 떠나기 전날 밤, 이가 부딪치도록 차가운 세면장 바닥에 웅크려 앉아 나는 자흔의 앙상한 팔을 붙안고 애원했었다. 처음에는 "안 돼요"라고 또렷이 대답했던 자흔은 "가지 말아요, 가면 안 돼요"라는 말을 되풀이하며 떨고 있는 나의 머리를 자신의 가슴에 끌어다 안았다. 앓고 있는 어린아이를 안타까이 달래듯이 그녀는 대답했다.

그래요, 가지 않을게요.

스물다섯 살의 나이로 세상을 등진 어린 어머니의 아련한 품속처럼, 수천수만의 물고기 비늘들이 떠올라 빛나는 것 같던 봄날의 여수 앞바다처럼 자흔의 가슴은 다사롭고 포근하였다.

그리고 새벽녘이 되어 내가 깊이 잠든 사이에 자흔은 떠났다. 밑창이 떨어진 단벌 구두를 꿰어 신고, 두 개의 볼썽사나운 여행 가방과 옷 보퉁이를 싸 들고 갔다.

내가 눈을 떴을 때는 사위가 훤하게 밝아 있었다. 아무렇게

나 못에 걸리고 바닥에 널려 있던 자흔의 소지품들이 사라진 방은 낯설고 적막했다. 온 방과 세면장이 안개 같은 정적으로 부옇게 젖어 있었다.

갔구나, 하고 나는 소리 내어 중얼거려보았다. 새삼스러운 눈으로 니스 칠이 벗겨진 장판 바닥을 내려다보았다. 역시 니스 칠이 벗겨진 베니어판 문에 걸린 대학 노트만 한 거울 앞에 섰다. 꺼멓게 타들어간 얼굴에 퀭한 눈두덩, 그 속에서 고통에 지질린 짐승의 애원하는 듯한 눈빛이 나를 물끄러미 바라보고 있었다. 나는 타인의 얼굴을 무례하게 들여다보다가 주의를 받은 사람처럼 황황히 눈길을 피했다. 수초간 허공을 더듬다가 다시 거울 속의 눈빛으로 시선을 돌렸을 때, 거울 속의 얼굴은 나를 향해 핏기 없는 팥죽색 입술을 달싹였다.

……아버지.

자흔이 떠난 뒤의 나흘 동안 나는 한 번도 책장과 창틀의 먼지를 닦지 않았다. 아무 일도 할 수 없게 만드는 집요한 걸레질도, 때 묻을 겨를도 없는 흰 걸레를 몇 번이고 두들겨 빨아야만 했던 강박 증상도 사라지고 없었다. 퇴근하여 돌아와 누우면 한 번도 맛본 적 없는 평화가 피로한 육신을 어루만지며 밀려들었다. 아침에 눈을 뜨면 창문 틈으로 적요한 햇빛이 춤을 추었다. 자흔의 말간 얼굴이 그 햇빛과 먼지 속에 고요하게 흔들리고 있었고, 예리한 칼날이 겨드랑이로부터 젖가슴까지의 살갗을 한 꺼풀 한 꺼풀 저미어오는 것 같은 슬픔에 나는 눈을 감아버리곤 했다. 그러나 토악질만은 멈출 수 없었다.

이제는 '왜 그런 짓을 해요?'라고 물으며 물끄러미 바라보는 자흔이 없었으므로 나는 마음 놓고 구역질을 했다. 그녀의 부재를 확인할 때마다, 내 더러운 손바닥을 들여다볼 때마다 나는 욕지기를 느꼈다. 내가 뿌리친 자흔의 손, 그녀가 가지런히 허공에 펼쳐 보이곤 했던 열 손가락들이 내 수많은 혈관들을 비집고 살갗 속으로, 숭숭 구멍 뚫린 뼛속으로 파고들었다.

열차가 멈추었다.

승객들은 저마다 커다란 가방을 들고, 간혹 머리 위에 웬만한 사람의 몸통만 한 짐들을 이고 승강장으로 내려섰다. 나갈 차례를 기다리며 나는 객실 가운데에 서 있었다. 차창 밖 승강장에는 얼마나 바람이 불어대는지 승객들의 머리카락과 옷자락이 금방이라도 뒤집혀질 듯 흩날리는 모습이 보였다. 저마다 빗물에 젖은 얼굴을 손바닥으로 닦으며, 승객들은 뒤도 돌아보지 않은 채 역사를 향해 달려가고 있었다.

여수, 마침내 그곳의 승강장에 내려서자 바람은 오래 기다렸다는 듯이 내 어깨를 혹독하게 후려쳤다. 무겁게 가라앉은 잿빛 하늘은 눈부신 얼음 조각 같은 빗발들을 내 악문 입술을 향해 내리꽂았다. 키득키득, 한옥식 역사의 검푸른 기와지붕 위로 자흔의 아련한 웃음소리가 폭우와 함께 넘쳐흐르고 있었다.

어둠의 사육제

1

모두 그것을 미친 여름이라고 불렀다.

사월이 다 가도록 우박 같은 진눈깨비가 흩뿌려대더니 오월이 되자 봄도 없이 수은주가 삼십 도를 오르내렸으며, 유월로 접어들면서는 유황 가스 같은 아열대 기류가 창백한 행인들의 숨통을 틀어막았다. 태양은 제 혈관의 뜨거움에 지레 숨이 막힌 미친 여인처럼 습기 찬 옷자락을 섶섶이 열어젖힌 채 비지땀을 흘렸다. 행인들은 무더위에 단련되지 못한 허약한 몸을 이끌고 높다란 빌딩의 그늘이나 가로수 그림자를 찾아 어기적거렸다. 그들이 기다리는 것은 지친 호흡기와 사타구니를 식혀줄 선선한 밤바람이었으나, 하지가 가까웠으므로 땅거미가 깔리기까지의 긴 오후 동안 끈적거리는 목덜미를 문지르며 묵묵히 헐떡일 수밖에 없었다.

마른 화선지가 먹물을 빨아들이듯이 거리는 황급히 어둠에 뒤덮였다. 러닝셔츠 바람의 남자들이 둘씩 셋씩 무리를 지어 소줏집으로 들어갔다. 찻집과 상점 들이 불빛을 밝히기 시작했다. 거리 여기저기에서 숨구멍을 틔우는 것 같은 음악 소리가 새어 나왔다. 때 묻은 적갈색 플라스틱 바구니를 두 손으로 내민 거지들이 지하보도에 포진하고 앉았다. 그들 앞을 무심하게 지나쳐 가는 행인들 저마다의 얼굴에는 지나간 한낮의 무더위에 지친 기색이 역력했으나, 구두 소리에는 차츰 생기가 되살아나고 있었다. 마치 밤이 왔으므로 이제는 모든 것을 용서받았다는 것처럼, 더 이상 죄지을 필요도 뉘우칠 필요도 없다는 것처럼, 등과 어깨를 겹겹이 포갠 그들은 옆과 뒤를 살피지 않고 앞만을 향해 피로한 미소를 지으며 지하보도를 흘러가고 있었다.

그 행인들의 물결에 떠밀려 나는 후텁지근한 지하철역을 빠져나왔다.

나는 걸음을 멈추고 방금 빠져나온 지하철역 출입구를 뒤돌아보았다. 사각의 출구는 마치 수많은 새끼들을 줄지어 해산하는 짐승의 피 묻은 자궁 같았으나, 나는 오히려 그 속으로 다시 빨려 들어가고 싶은 충동을 느꼈다. 출입구의 더러운 계단 턱으로 되돌아가 주저앉고 싶은 충동도 함께 느꼈다. 지하철 안에서부터 간신히 지탱해온 두 무릎이 금방이라도 고꾸라질 듯 후들거리고 있었다.

어둠이 베어 먹다 말고 뱉어놓은 살덩어리 같은 달이 떠 있었다. 이지러진 달의 둥근 면은 핏기 없이 누리끼리했고, 베어져 나간 단면에는 검푸른 이빨 자국이 박혀 있었다. 그 깊숙한 혈흔(血痕)을 타고 번져 나온 어둠의 타액이 주변의 천체들을 집어삼키고 있었다. 밤하늘은 온몸을 먹빛 피멍으로 물들인 채 낮은 소리로 신음하며 뒤척이고 있었다.

이따금씩 머리를 들어 그 하늘을 치어다보면서, 고꾸라지려는 무릎을 힘주어 가누면서 나는 꼿꼿이 앞을 향해 걸었다. 어둠은 수천수만의 현란한 색채를 띠고 눈앞에서 너울거리고 있었다. 그 어둠들이 창(槍)날을 세우고 덤벼드는 족족 뿔뿔이 흩어져 달아나는 파리한 가로등 불빛의 입자들, 차량들의 꽁무니마다 매달려 몸부림치는 붉고 노란 후미등의 불빛들을 나는 눈을 부릅뜨고 노려보았다. 마침내 아파트 정문에 이르러서야 나는 사방을 탐색하던 시선을 내리깔고 한숨을 내쉬었다.

이날도 그는 그 자리에 없었다.

사흘 전까지 명환은 하루도 빠짐없이 정문 경비실 모서리에 기대어 서서 내 퇴근을 기다리고 있었다. 나는 남달리 밤눈이 어두운 편이어서 어둠 속에 서 있는 명환의 얼굴과 몸뚱이를 분별하지 못했다. 희끄무레하게 윤곽을 드러낸 목발과, 오른손이 있을 자리쯤 해서 붉은 점으로 빛나고 있는 담뱃불을 정문 어귀에서 알아볼 수 있을 뿐이었다. 그의 목발은 경비실의 벽면에 칠해진 주황색 야광 페인트 빗금과 평행을 이루면서 비스듬히 땅을 짚고 있곤 했다.

나는 명환이 서 있던 자리에서 걸음을 멈추고 가방을 들지 않은 손으로 허리를 짚었다. 명환이 없다는 안도감 때문인지 허탈함 때문인지 알 수 없는 피로와 허기가 엄습해왔다.

어디로 간 것일까.

나는 고개를 세차게 흔들었다. 명환이 어디로 갔건 내 앞에 나타나지 않는 것만으로 다행스럽게 여겨야 한다고 생각했다. 그러자 서늘한 통증이 앙가슴을 내리긋고 지나갔다.

밤이 왔다고는 하나 아직 콘크리트 건물의 열기는 가시지 않았다. 마주 보고 서 있는 십오 동과 십육 동 건물의 세대들은 어둠이 내리자 에어컨디셔너를 끈 뒤 베란다 유리문과 복도 창문들을 활짝활짝 열어젖히고 있었다. 그 속에서 제각기 빠져나온 소리들이 뒤섞여 기묘한 화음을 이루었다. 여인네가 아이를 부르는 소리, 한꺼번에 터지는 웃음소리, 방문 여닫는 소리, 전화벨 소리, 계단 오르내리는 구둣발 소리들이 한데 어울려 적요한 아파트 광장에 나직한 합창을 울렸다. 여기서 이 소리가 들리는가 싶으면 다른 곳이었고, 그곳에 귀를 기울이면 또 다른 낯선 소리가 들려왔다.

그 소리들은 거대한 그림자와 같았다. 내가 이곳에서 보낸 지난 오 개월 동안 단 한 번도 그 안에 합류하지 못했던 수백의 가정, 수천의 인간들이 드리운 그림자였다.

다섯 살쯤 되어 보이는 계집아이가 칠층 층계의 창문으로 조막만 한 갈래머리를 내밀며 소리쳤다.

"엄마! 같이 가!"

십오 동 현관 앞에서는 삼십대 초반의 다소 비만한 여인이 두 팔을 벌리고 서 있었다.

"……어서 내려와라, 어서……!"

여인의 팔 동작은 어찌나 자연스러웠던지 마치 아이더러 창문을 딛고 훌쩍 뛰어내리라는 것 같았다. 아이는 잠시 망설였는데, 그때 나는 그 갈래머리 계집아이가 불 켜진 창들을 조막손으로 어루만지며 거꾸로 낙하하는 환영을 보았다.

"거기 가만있어, 엄마!"

계집아이는 뛰어내리는 대신 다급히 창문에서 머리를 빼냈다. 출입문이 닫히려 하는 승강기를 향해 달음박질치는 모양이었다. 나도 모르게 이마에 맺혔던 땀을 손등으로 닦아냈다.

부질없는 상상이다.

나는 다시 한번 고개를 가로저으며 명환의 방을 올려다보았다.

십오 동 십사층에 있는 명환의 방에는 언제나 불이 꺼져 있었다. 명환은 외출할 때뿐 아니라 방 안에 있을 때에도 불을 켜지 않았다. 내가 언젠가 그 까닭을 묻자 그는 특유의 음울하고 건조한 목소리로 "무엇 때문에 불을 켜겠소?"라고 되물었었다. 그 불 꺼진 창을 명환은 이 자리의 어둠 속에서 노려보고 있곤 했다. 명환의 눈빛은 주술사의 그것과 흡사했다. 누군가의 그림자가 창문 너머로 어른거리다가 마침내 전기 스위치가 올려지고 온 창문과 베란다가 빛으로 충만해지기를 기다리는 듯이, 그는 집게손가락까지 타들어간 담뱃재를 터는 것도 잊은 채 자신의 방을 주시하고 있었다.

나는 명환을 흉내 내듯 고개를 뒤로 꺾고 내 베란다 방을 올려다보았다. 그 방은 명환의 방의 맞은편인 십육 동 십삼층에 있었다. 베란다 천장에 매달린 삼십 촉 알전구는 꺼져 있었으나, 거실에서 흘러나온 불빛을 배경으로 이부자리와 책 더미가 아련한 윤곽을 드러내고 있었다. 눈이 시리게 그것들을 올려다보던 내 안구에 의미 없는 물방울이 맺혔다. 시야가 흐려졌다. 불빛들이 촛농처럼 아파트 벽면을 타고 흘러내렸다.

"짐을 대체 어디로 나르고 있는 거요?"

사흘 전, 명환은 앞을 가로막으며 위협하듯 말했었다. 그의 입에서 역한 술냄새가 났다. 암순응(暗順應)이 더딘 내 눈에 명환의 얼굴 생김새는 어둠과 함께 함부로 짓뭉개어져 있었다. 다만 그의 눈 속에서 동물질의 인광이 퍼렇게 이글거리고 있는 것만은 똑똑히 알아볼 수 있었다.

"내 집을 가지라고 했잖소. 내 집, 내 집을 가져달란 말이오. 어디로 가려는 거요?"

명환의 체취가 연신 콧잔등으로 끼얹어졌다. 오래 빨지 않은 걸레 조각에서 풍기는 것과 같은 퀴퀴한 냄새였다. 이를 악물며 나는 반문했다.

"……무슨 권리로 저를 감시하고 있었나요?"

입안이 바짝바짝 타왔다. 침 한 덩어리를 소리 내어 삼키며, 언제 광포하게 변할지 모를 명환의 얼굴 표정을 어둠 속에서 분별하려 애썼다.

"방을 구해놨어요. 하루빨리 이곳을……"

나는 떨리는 말끝을 짐짓 단호하게 끝맺었다.

"이곳을 떠날 생각이에요."

여차하면 큰 소리로 비명을 질러야겠다고 생각하며, 나는 명환에게서 한 발 뒤로 물러섰다.

"무슨 소리요."

명환은 낮게 으르렁거렸다.

"약속이 다르잖소, 나는 어떻게 하란 말이오? 내 집은 어떻게 하란 말이오!"

"나는 그 집을 가질 생각이 없어요. 약속 같은 것도 한 적 없어요."

명환이 완강한 힘으로 내 멱살을 틀어쥔 것은 그때였다. 숨이 멎는 듯했다. 공포에 지질려 나는 한마디의 비명도 지를 수 없었다.

"……똑바로 들으시오, 짐작하고 있었겠지만 나에게도 계획이 있소. 그쪽이 버티는 바람에 여태까지 미뤄왔던 것뿐이오, 이렇게…… 이렇게 한없이 놔둘 수는 없소!"

명환은 떠밀듯이 멱살을 놓았다.

내가 가쁜 호흡을 애써 진정하는 동안, 그는 적요한 아파트 광장에 둔탁한 목발 소리를 굴리며 어둠 속으로 사라져갔다. 나는 떨리는 손가락으로 구겨진 블라우스 깃을 여몄다.

그러고 나서 어디로 간 것일까.

나는 두 눈을 질끈 감았다. 그날 밤 어둠 속으로 멀어지던 명환의 경직된 어깨가 눈앞에 어른거렸다. 마치 오랜 시간 혼자서 굳혀온 음험한 확신이 어깨 근육으로만 집중되어 뭉쳐진 것 같은 뒷모습이었다.

어디로 간 것이 아니라면 저 불 꺼진 방 안에서 무엇을 하고 있는 것일까.

불빛을 어루만지며 낙하하는 계집아이의 모습이 아스라이 떠올랐다. 나는 아랫입술을 더욱 힘주어 물었다.

명환에게 한 말은 사실이었다. 보름 전, 나는 붓기 시작한 지 석 달도 안 된 적금을 파기한 돈으로 삼양동 산기슭의 월세방을 계약했다. 그 방의 전 세입자는 지난주 일요일에 이미 이삿짐을 꾸려 나갔으나, 나에게는 뾰족이 이사를 도울 만한 사람이 없었으므로 출근할 때마다 두 손으로 운반할 만한 짐을 챙겨 갔다가 퇴근길에 월세방에 부려놓는 일을 반복하고 있었다. 이제 휴일인 다음날 아침 책들과 세면도구, 이부자리를 싸 들고 떠나면 그 어줍잖은 이사는 끝나게 될 것이었다.

명환이 그 이사를 알고 있었다는 것은, 그가 나의 일거수일투족을 샅샅이 감시하고 있었다는 것을 의미했다. 나는 두려웠다. 유례없는 기상 난동에 대구 최고 기온이 사십삼 도까지 올라갔다며 신문과 텔레비전이 요란스럽게 떠들어댔던 지난 사흘 동안, 월세방에 들른 뒤 지하철에 몸을 싣고 돌아올 때마다 나는 어둠 속에서 맞닥뜨리게 될 집요한 명환의 모습을 생각하며 치를 떨었다. 그러다가 막상 명환의 부재를 확인하고 나면 설명하기 힘든 허탈함과 초조함에 사로잡히는 것이었다.

2

내가 명환을 알게 된 것은 그 아파트에 들어가 산 지 석 달이 지난 사월 중순의 일이었다. 그곳에 살기 전, 나는 인숙언니와 함께 전세방을 얻어 자취를 하고 있었다.

나는 청주에서 버스를 두 번 타고 들어가야 하는, 그러나 사십여 가구에 붙박이 주민만 백여 명에 이르는 평야 지대 마을에서 태어났다. 날 때부터 농군이었던 부모는 슬하에 칠 공주를 두었는데, 나는 그중 셋째였다. 초등학교에 갓 입학한 막내까지 줄줄이 학교에 다니고 있는 형편에, 성적도 특출하지 않은 데다 똑부러진 데 없이 내성적이기만 한 셋째 딸의 대학 진학이란 꿈도 꿀 수 없는 일이었다. 자매들 가운데 가장 영민했던 둘째 언니를 충남대에 들여보낸 뒤, 부모는 더 이상의 대학 진학은 있을 수 없음을 선언했다. 적지 않은 딸자식들을 모두 고등학교까지 마쳐주는 것만 해도 그들로서는 큰 부담이었다.

나는 청주에서 여상을 졸업하자마자 부모의 도움 없이 대학 등록금을 벌기로 결심하고 혼자 상경했다. 상업을 가르쳤던 모교 담임선생의 알음알음으로 용케 조그만 무역 회사의 경리직을 얻은 뒤, 나는 석 달에 한 번씩 나오는 상여금을 어머니의 농협 계좌로 송금하는 것 외에는 알뜰히 내 통장에 적금을 부었다. 나는 대학에 가서 영문학을 공부할 생각이었다. 영어 선생을 하며 번역을 할 작정이었다. 먹을 것 입을 것을 아껴가며 나는 대입 수험서와 영문판 소설들을 사 읽곤 했다. 사는 곳과 옷차림이 남루했지만 나에게는 희망이 있었다. 비록 눈밭에서 잠들었을지라도 잠결에 흐트러진 의식 속에서는 뜨뜻한 이부자리 속에 누워 있는 것처럼 느껴지는 그런 종류의 희망이어서, 그 솜털 같은 꿈에서 깨어날 때마다 나는 뒤끝이 쓴 행복감에 깔깔한 입맛을 다시곤 했다.

그렇게 사 년 가까이 부은 적금이 만료되어가고 있던 초여름의 토요일 오후, 나는 직장 근처의 떠들썩한 유흥가 골목을 혼자 서성거리고 있었다. 객지 생활의 외로움 때문만은 아니었다. 내가 서울에서 보낸 기간은 함께 중고등학교를 다녔던 몇몇 동기들의 대학 시절이었고, 다른 몇몇 동기들은 진작 시집을 가 아이들을 거느리고 있다고들 했다. 그 긴 시간이 어떻게 지나가버렸나 하고 되짚어보니 내 마음은 우울했다. 업무가 지루한 만큼 퇴근까지의 하루는 길었으나, 그 비슷비슷한 하루들이 반복되어 흘러가는 큰 단위의 시간들은 짧기만 했다. 일주일도, 한 달도, 일 년도 어느 날 뒤돌아보면 후딱 지나가버리고 없었다. 나의 처지는 조금도 달라지지 않은 채였다.

그날 오후 나는 과연 계획대로 대학에 가게 될 수 있을까 하는 생각에 풀이 꺾여 있었다. 누구도 격려해주지 않는 초라한 구석 자리에서 무엇을 바라고 혼자 버텨왔나 하는 부질없는 후회마저 치밀었다. 그 약한 마음을 달래보려고 어둠이 채 내려앉기도 전에 불빛이 켜지기 시작하는 상점들과 술집들을 바라보며 걷고 있었는데, 같은 처지의 인숙언니와 우연히 마주친 것이었다.

나보다 네 살 위인 인숙언니는 고향 마을에서 샛길 하나를 사이에 둔 앞집에 살았었다. 내가 중학교 졸업반에 올라갈 즈음해서 인숙언니의 부모가 삼 개월 간격으로 세상을 등졌다. 간이 나쁘던 아버지가 먼저였고, 병명도 모르고 시름시름 앓던 어머니가 아버지의 뒤를 따랐다. 외동딸이던 인숙언니는 고등학교를 채 마치지 못한 채 열여덟 살의 나이로 고향을 떠났다. 그녀는 그 후 한 번도 고향에 내려오지 않았다. 서울에 있는 봉제 공장에 다닌다느니, 악바리같이 돈 한 푼 안 쓰고 일만 열심히 하고 있다느니 하는 소문만 간간이 들려왔다. 그때 헤어진 후로 인숙언니와 나는 넓은 서울 바닥에서 십 년 만에 다시 만난 것이었다.

우리는 가까운 찻집에 들어가 산동네 월세방을 전전하는 비슷한 처지의 괴로움을 토로했다.

"너는 조금도 변하지 않았구나, 그렇게 착하기만 해서 어떻게 이 험한 세상을 살겠냐? 부모님한테 손 벌리는 게 어때서? 어머니가 안 된다고 하면 떼라도 써봐. 네 언니 입학금은 어디서 나왔다던? 이년아, 그렇게 살다가는 평생 남한테 이용만 당하고 본전도 못 찾는다."

인숙언니는 마르고 작은 몸집에 어울리지 않게 말씨가 거칠어져 있었다. 커다랗고 감정이 풍부했던 눈이며 부드럽기만 했던 입매에서도 고향에서 함께 자랄 때는 볼 수 없었던 독한 구석이 느껴졌다. 욕설 섞인 핀잔에 잔뜩 주눅이 든 나에게 인숙언니는 느닷없이 서로의 재산을 공개할 것을 제안했다. 허심탄회한 의논 끝에 우리는 두 사람이 가진 돈을 얼추 잘 맞추어보면 지하철역이 가까운 전세방을 구할 수 있겠다는 결론에 이르렀다. 인숙언니보다 저축해둔 액수가 적었던 나는 얼마간의 돈을 회사에서 융자하기로 했다.

인숙언니는 앞장서서 값싸고 괜찮은 방을 구하러 다녔다. 마침내 제법 널찍한 방에 말끔한 부엌이 딸린 반지하 방에 살림살이를 풀어놓은 날 밤, 우리 두 사람은 늦도록 병째로 맥주를 마시며 안주 대신 서울의 고달픈 삶을 씹었다.

"……지나간 세월 모두 잊어버리게……"

술에 취한 인숙언니는 혼곤한 목소리로 흘러간 유행가를 흥얼거리다가 먼저 곯아떨어졌다.

인숙언니보다 퇴근 시간이 빠른 나는 일찍 돌아와 밥을 하고 연탄불을 넣고 물을 덥혀놓았다. 인숙언니는 새벽 여섯 시에 나갔다가 저녁 여덟 시를 넘겨 파김치가 되어 들어오곤 했다. 좀체로 쉽게 잠들지 못하고 자다가도 몇 번씩 일어나곤 하는 나와는 달리 인숙언니는 잘 씻지도 않은 채 쓰러지듯 잠들었으며, 밤 내내 한 번도 뒤치락거리지 않고 죽은 듯이 잤다. 휴일이면 인숙언니는 아침부터 이불을 뒤집어쓰고 누워 있었다. 밥상을 차려놓으면 밥술을 뜨는 시늉만 하다가 물을 벌컥벌컥 들이켜고는 도로 이불 속으로 기어 들어갔다.

"피곤해, 피곤해 죽겠어."

그것은 인숙언니가 입에 달고 사는 말이었다.

그러다 보니 함께 산다고는 하나 나는 인숙언니와 이야기할 시간이 많지 않았다. 이따금씩 툭툭 내뱉는 말들이 직선적이고 신경질적이기까지 한 인숙언니 앞에서 나는 늘 어렵고 서먹서먹하기만 했다.

그러던 우리가 친자매와 같은 친밀감을 가지게 된 것은 연탄가스에 함께 중독되고 난 뒤부터였다. 그날 밤 먼저 잠에서 깨어난 사람은 나였다. 아랫목에 웅크리고 누워 있는 인숙언니의 얼굴을 문턱까지 끌어 올려놓고 부엌으로 나오던 나는 축축한 시멘트 바닥에 엎어져 목줄기를 움켜쥐며 토악질을 했다. 주인집 현관 돌계단을 어떻게 기어올랐는지, 문을 어떻게 두들기고 도움을 청했는지 기억할 수 없었다.

더 소리칠 기력이 없어진 나는 주인집 현관문 앞에 모로 누워 있었다. 지린 오줌이 차갑게 식어가며 까무룩 의식을 잃었을 즈음, 새벽잠이 옅은 주인 남자가 슬리퍼를 끌며 나왔다. 그가 현관문을 열기 위해 미는 대로 내 늘어진 몸은 바닥에 끌리며 계단으로 굴러 내리고 있었다. 가냘픈 의식은 머물렀다가는 멀어지고, 다시 돌아와 머물곤 했으나 신음조차 발음해 낼 수 없었다.

인숙언니는 다음날 내내 산소마스크를 쓰고 있었다. 비교적 증상이 가벼웠던 나는 지끈거리는 머리로 출근을 했다. 나는 그날 아무것도 먹지 못했다. 종일 물만 마시며 이따금 눈을 들어 어찔어찔한 허공을 올려다보았다. 퇴근하자마자 병원으로 달려갔다. 한 시간 전에 산소마스크를 떼었다는 인숙언니의 핏기 없는 뺨을 쓰다듬으며, 나는 무슨 말이든 해야 한다고 생각했으나 정작 아무 말도 내어놓지 못하고 있었다.

"억울하면 출세해야지?"

의식을 회복한 인숙언니는 숨찬 목소리로 그렇게 물었다. 이를 악물고 애써 너털웃음을 지어 보이려는 인숙언니의 뺨에 눈물이 번쩍이고 있었다.

인숙언니에게 모성애와 비슷한 감정까지 느끼게 된 것은 그로부터 일주일쯤 지나 인숙언니가 공장에서 쓰러졌을 때였다. 연탄가스 중독으로 허약해진 몸이 간신히 회복되어가고 있을 무렵 공장 급식에 급체를 한 것이었다. 구토 끝에 탈진해버린 인숙언니를 어떻게 해야 할지 몰라 난감해진 공장 동료가 내가 일하는 사무실로 전화를 했다.

진눈깨비가 어지럽게 흩날리는 오후였다. 얼굴이 허옇게 뜬 인숙언니를 부축하여 택시 뒷좌석에 태우며 나는 울었다. 인숙언니의 턱에는 실신하면서 계단 턱에 부딪힌 상처가 삼 센티미터가량 으깨어져 있었다. 택시가 출발하자 인숙언니는 옆에 앉은 내 어깨에 얼굴을 묻은 뒤 그나마 지탱하고 있던 의식을 잃었다. 택시 앞유리 창에서는 두 개의 와이퍼가 뿌옇게 흐려지는 서울 거리를 닦아내고 있었고, 라디오에서는 퀴즈 프로를 진행하는 남녀가 기성(奇聲)에 가까운 웃음을 터뜨렸다.

그 일이 있은 뒤부터 인숙언니는 부쩍 우울해졌다. 공장에서 돌아와 아무 말 없이 벽을 노려보고 있는 날이 많아졌다.

인숙언니의 누런 얼굴색은 갈수록 핏기가 없어졌다. 어떨 때 보면 커다란 눈의 흰자위에까지 그 누리끼리한 빛깔이 번져 있는 것처럼 보였다.

건강이 악화될수록 인숙언니의 짜증은 강도가 심해졌다. 나는 인숙언니가 곧 회복되리라 믿었으므로 그때그때 웃음으로 답해보았으나 허사였다. 별것 아닌 일들로 히스테릭하게 공격해오곤 하는 인숙언니를 피해 나는 잠자코 이부자리를 펴고 누웠다. 내가 잠을 이루려 애쓰는 동안 그토록 잠이 많던 인숙언니는 혼자서 술을 마시곤 했다. 외출도 하지 않을 것이면서 밤화장을 했다. 인숙언니는 넋을 잃고 거울 속에 비친 자신의 화장한 얼굴을 들여다보고 있다가 부엌에 나가 어푸어푸 소리를 내며 찬물로 세수를 하곤 했다.

"너한테는 아직도 희망이 많지?"

그러던 어느 날 밤 인숙언니는 누워 있는 나에게 물었다.

"아직 나이도 어리고, 성격도 성실하니까 곧 대학에 갈 테지. 대학 나온 남자 만나서 우쭐거리며 살려는 거지, 그렇지?"

내가 대답을 망설이자 인숙언니는 대뜸 새된 소리를 질렀다.

"넌 언제나 좋은 것만 생각하지? 좋은 방향만, 아주 잘되어 나갈 것들만 말이야. 하지만 난 달라, 난 언제나 나쁜 쪽만 생각해. 내 인생도!"

인숙언니는 바르다 만 립스틱을 허공에 휘두르며 외치고 있었다.

"언제나 나쁜 쪽으로만 흘러왔으니까."

"뭣 때문에……"

나는 정말로 주눅이 들어서, 더듬거리며 흥분한 인숙언니를 만류했다.

"뭣 때문에 모든 게 나쁘게 되었다는 거야, 언니는 모아둔 돈도 있고 기술도 베테랑인데……"

인숙언니는 대꾸 없이 숨을 헐떡이며 나를 노려보았다.

"내 얼굴은 갔어."

그녀는 정성 들여 그려놓은 붉은 입술선 안에 연분홍 립스틱을 발랐다. 눈 밑에 검은 화장 연필로 속눈썹 선을 그으며 인숙언니는 혼잣말처럼 중얼거렸다.

"이젠 아무도 쳐다봐주지도 않아."

눈 밑에 자꾸만 얼룩이 졌으므로 인숙언니는 연방 화장지를 뽑아 그곳을 닦아내고 있었다. 벌겋게 살갗이 일어났는데도 인숙언니는 계속해서 연필 선을 그렸다가 지우는 일을 반복하고 있었다.

그날 밤 늦게 인숙언니는 잠든 내 어깨를 흔들었다. 곤한 잠에 흠뻑 빠져 있던 나는 간신히 눈을 떴다. 어둑신한 밤 한가운데에서, 숱 많은 긴 머리를 치렁치렁 늘어뜨린 인숙언니는 한쪽 무릎을 세우고 앉아 있었다.

"저 소리 좀 들어봐."

뒷집 지붕 위에 사는 도둑고양이들이 사람의 목소리 같은 울음을 울고 있었다. 들을 때마다 기분 나쁜 소리였다.

"고양이잖아."

나는 심드렁하게 대꾸한 뒤 다시 이불을 뒤집어썼다.

"잘 들어봐."

인숙언니는 야멸차게 이불을 걷어치웠다. 나는 영문을 모른 채 몸을 반쯤 일으켰다. 눈을 비비며 그 소리에 귀를 기울였다.

아닌 게 아니라 이날 밤의 고양이 울음소리는 이상스러웠다. 평소에 듣던, 갓난아이들이 배고파서 보채는 것 같은 울음이 아니었다. 젊은 여자의 앙칼진 목소리와 으르렁거리는 쇳소리가 섞인 듯한 그것은 마치 거대한 산짐승의 발톱과 이빨에 조각조각 찢기면서 지르는 비명 같았다.

나는 일어서서 창문을 열었다. 뒷집은 유난히 지대가 낮아서 반지하인 우리 방 창문과 지붕을 나란히 대고 있었다. 홍수가 지면 안방까지 물이 차오른다는 집이었다.

그 뒷집의 슬레이트 지붕 위에 두 마리의 고양이가 있었다. 얼룩덜룩하게 희고 검은 줄무늬가 있는 암고양이가 팔뚝만한 몸뚱이를 뒤틀고 있었다. 그놈은 허리와 모가지를 비비 꼬며 지붕에 문지르다가는 단말마의 고함을 지르면서 펄쩍 몸을 일으킨 뒤 다시 힘없이 늘어져버리곤 했다. 그로부터 반 미터쯤 떨어진 지붕 용마루에 검은 수고양이가 우두커니 서 있었다. 어둠 속에 꼿꼿이 네 발을 세운 채로, 경련하는 암고양이의 모습을 소리 없이 주시하고 있는 검은 수고양이의 모습은 흡사 악령 같았다.

"쥐약을 먹었나 보다."

인숙언니가 속삭이듯 말했다. 그녀의 숨이 내 목덜미에 닿았다. 열이 있는 숨결이었다.

과연 암고양이는 죽어가고 있었다. 점차 발작적으로 경련하고 있었다. 슬레이트 지붕이 바람에 흔들리지 않도록 여기저기에 흩어 놓아둔 벽돌 조각들은 암고양이의 등과 배가 닿을 때마다 덜그럭거리는 소리를 냈다. 차츰 암고양이의 고함은 처절해졌다. 수고양이는 여전히 그 자리에 서 있었다. 무엇이 그놈으로 하여금 제 짝의 죽음을 지켜보게 하고 있는지 알 수 없었다.

언제부터 저러고 있었을까.

나는 머리털이 곤두서는 것을 느꼈다. 기척도 없이 서 있는 인숙언니의 옆얼굴에 시선을 돌렸다. 인숙언니는 대체 무슨 생각을 하고 있는 걸까. 그때 인숙언니가 속삭였다.

"……죽이고 싶어."

잔인한 목소리였다. 나는 흠칫 진저리를 쳤다. 인숙언니의 눈이 푸르스름하게 번쩍이고 있었다. 살점이 움푹 떨어져 나간 턱의 흉터가 어슴푸레한 빛을 받아 마치 반점(斑點)처럼 보였다.

"저기 서 있는 저 까만 고양이, 모가지를 비틀어 죽여버리고 싶어."

하현달이 뜨고 있었다. 창백한 달빛을 온몸으로 빨아들이며 검은 고양이는 용마루에 꼿꼿이 서 있었다. 그놈의 눈빛이 집요하게 꽂히는 곳에서, 얼룩덜룩한 암고양이는 최후의 고함을 내지르고 있었다.

연말연시에 우리는 고향에 내려가지 않았다. 인숙언니는 어차피 고향에 기다리는 가족이 없었고, 나는 나대로 이번 한 해 동안 매운 마음 먹고 대학 입학시험을 준비하여 좋은 결과를 얻을 때까지 가족들의 얼굴을 보지 않을 생각이었다.

유난히 바람 끝이 차던 일월의 토요일 오후, 나는 퇴근길에 시장에 들러 양손에 찬거리를 사 들고 돌아왔다. 비닐봉지들을 내려놓고 열쇠를 꺼내려다 보니 자물쇠가 잠겨 있지 않았다. 인숙언니가 벌써 퇴근한 것인가, 의아해하며 문을 열고 들어서자 부엌과 방은 누군가 한바탕 쓸어간 것처럼 난장판이었다. 놀란 마음을 진정하고 자세히 살펴보니 인숙언니의 짐이 사라지고 없었다. 내 물건들 중에서도 헤어드라이기나 전기다리미 따위 쓸 만한 것들은 함께 없어졌다. 노끈 토막들과 먼지 뭉텅이들, 내 책 더미와 옷가지들만 여봐란듯이 방바닥에 널려 있었다.

섬뜩한 예감이 가슴을 훑었다. 주인집 현관문을 두들기자 낮잠을 자고 있던 주인 아낙이 손등으로 눈을 비비며 나왔다.

"나는 나대루, 갑자기 전세금 마련하느라고 빚까지 얻었다우. 계약 기간이 아직 반년이나 남았는데 말야. 둘이서 급한 사정이 있나 부다 했지, 그때 이상하다는 눈치를 챘어야 했는데…… 아가씨가 모르는 일일 거라구는 생각두 못 했어……"

주인 아낙은 인숙언니와 내가 따로 작성해 가지고 있었던 계약서 두 장을 꺼내 보였다. 인숙언니는 전세금을 모두 빼낸 뒤 이삿짐 트럭까지 불러 이날 오전에 떠나버렸다는 것이었다. 내 사진첩 깊숙이 뒤집어서 꽂아두었던 계약서를 언제, 어떻게 인숙언니가 찾아냈는지 알 수 없는 일이었다.

믿을 수 없었다.

그날 밤 어질러진 장판 바닥에 넋을 잃고 앉아 나는 모든 것을 믿지 못하고 있었다. 인숙언니가 빼간 전세금은 지난 사 년간 내가 키워온 희망이었다. 내 대학이었고, 장래였고, 젊음의 담보였다. 그것은 내 인생 전부였다.

월요일이 되자마자 봉제 공장에 찾아가보았으나 인숙언니는 지난 연말에 이미 그 일을 그만두었다고 했다.

"인숙이를 그렇게 안 봤는데…… 아가씨 처지만 딱하게 되었네."

모두 나를 향해 혀를 찰 뿐이었다.

하루아침에 나는 갈 곳이 없어졌다. 인숙언니와 함께 지내는 동안 받은 월급은 회사에 진 빚 밑으로 다 들어갔다. 곧 비워주어야만 할 전세방에서 나는 꼬박 사흘 밤을 뜬눈으로 새웠다. 모든 것을 포기하고 고향으로 내려갈 것인가 하는 생각도 해보았다. 그러나 오글오글 학교에 다니고 있는 동생들과 부모님을 볼 면목이 없었다. 대학 졸업장을 들고 돌아오겠다며 큰소리쳤던 자신의 목소리를 나는 이제 증오하고 있었다. 무슨 수를 써서라도 인숙언니를 찾아내겠다는 생각도 했다.

내 모든 것을 끝장나게 만들어놓았으니, 인숙언니의 인생도 끝장을 내야 한다고 생각했다. 인숙언니와 함께 보낸 몇 달이 모조리 배신을 위한 준비였다고 생각하면 더욱 견딜 수 없었다. 나는 처음으로 한 인간에게 살의를 느꼈다.

책밖에는 남지 않은 짐을 어깨에 짊어지고 옷가지며 이불은 양손에 든 채 전세방을 나선 일요일 오전, 나는 여태 잘못 살아온 것이라는 생각을 하고 있었다. 모든 것이 처음부터 틀려왔다. 인숙언니 말마따나 나는 평생 이용만 당하다가 신세를 망칠 인물이었다.

내가 찾아간 곳은 서울에 사는 유일한 친척인 이모의 아파트였다. 초인종을 누르자 둘째 사촌 여동생이 "누구세요?"라고 물었다. 어릴 적에도 몇 번 만났고 서울에 올라오자마자 인사차 방문한 적도 있었으므로 나는 그 아이의 목소리를 기억하고 있었다. 그러나 그 아이는 "나 영진이야, 네 사촌 언니"라는 대답에도 의심스러운 목소리로 자꾸만 "누구시라구요?"라고 되물었다.

"한 달만 신세 지고 싶습니다. 그 이상은 바라지도 않아요."

욕실이 두 개 딸린 사십이 평의 아파트였다. 푹신한 소파에 황송스럽게 하반신을 묻어놓은 채 나는 이모의 얼굴을 차마 똑바로 올려다보지 못하고 있었다. 동글납작한 얼굴에 화사하게 화장을 한 사람 좋은 인상의 이모는 금세 난색을 표했다. 가난한 농군에게 시집와 고생만 한 어머니와는 달리, 유망한 중소기업체를 이끌어온 이모부를 만나 평생 가난을 모르고 살아온 작은이모였다.

"네 처지는 딱하게 되었다만 그건 곤란해, 안방 말고 방은 세 개인데 막내는 사내애고, 큰딸아이는 재수 중이니 천상 작은딸아이하고 한방을 써야 하는데…… 그 아이는 유독 신경이 예민해서 말이야……"

그곳에 눌러살 생각은 없었다. 다만 그 유난히 추운 겨울이 지날 때까지만 몸을 의탁하고 싶다는 생각뿐이었다. 이모의 대답에 나는 눈물을 흘렸다. 한나절 동안 뺨을 깎는 추위에 시달리다가 안온한 아파트의 내부에 들어설 때부터 나는 눈물을 참고 있었다. 눈물을 더 이상 참을 수 없다는 것에 나는 굴욕을 느꼈다. 자신이 눈물로 동정을 호소하고 있다는 것에는 더한 굴욕을 느꼈다.

그러나 결국 그 눈물 때문에 이모는 둘째 사촌 동생의 방에 내가 잠시 묵는 것을 허락했다. 나는 그것을 견딜 수 없었으나 어쩔 수 없는 일이었다.

몇 번의 어색한 저녁 식사 후 나는 일찍 퇴근하지 않았다. 이모부도, 세 사촌 동생도 나를 향해 미묘한 불쾌감을 표시하고 있었다. 가장 견디기 힘들었던 것은 이제 중학교 삼 학년에 올라가는 사내아이가 쏘아 보내는 멸시의 눈빛이었다. 저녁 여덟 시 넘어까지 일을 해주고 가는 파출부 아주머니만은 호의를 보였다. 그러나 동정심이 드러나 보이는 아주머니의 친절은 오히려 내 약한 마음을 들쑤셔놓곤 했다.

모두 퇴근한 뒤에 회사에 남아 있는 일에도 지치면, 사무실

문을 잠근 뒤 식빵 조각이나 몇 개 입에 물고 늦게까지 얼어붙은 거리를 헤매다가 아파트로 돌아갔다. 누구에게도 토로할 수 없는 마음의 괴로움을 입안에 쑤셔 넣으며 닫힌 승강기 문을 쏘아보았다. 이따금씩 십팔층 꼭대기에 붙박여 옴짝달싹하지 않는 바람에, 꼬박 십삼층의 계단을 터벅터벅 걷게 만들곤 하는 승강기였다. 여러 차례 관리소에 진정이 들어가 점검을 받았으나 시공에서부터의 문제인지 별다른 효과가 없었다고 했다.

승강기가 내려오지 않으면 차분히 가방을 대각선으로 둘러메고 계단을 밟아가기 시작했다. 싸늘한 난간을 오른손으로 짚으며, 구부정하게 허리를 수그린 채 오르다가 층계참의 창문 앞에 멈추어 어둡고 적막한 아파트 광장을 내려다보았다. 그렇게 십삼층까지 다다르고 나면 마침내 초인종을 눌러야 할 철문이 거기 있었다.

문은 육중했다. 마치 모든 가난을, 허기진 육체를 완강히 거부하려는 것처럼 느껴졌다. 그 철문만큼 육중한 침묵이 계단식 아파트의 밀폐된 공간을 채우고 있었다. 뜻 없이 하나부터 스물까지 헤아린 뒤에야 나는 초인종을 누를 수 있었다. 문을 열고 현관으로 들어서면 솜털같이 훈훈한 공기가 고단한 몸을 휩쌌고, 그때마다 나는 까닭 모를 배신감을 남몰래 씹어 삼키곤 했다.

"저 언니는 도대체 언제까지 우리 집에 있을 거래?"

그러던 어느 날 밤 우연히 잠기지 않은 문을 열고 들어섰을 때 나는 부엌에서 둘째 사촌 동생이 이모에게 묻는 말을 들었다. 소리 없이 구두를 벗으며 나는 사촌 동생의 볼멘 말씨에 귀를 기울였다.

"처음부터, 아주 눌러 있을 생각이었나 봐. 벌써 이월도 다 가고 있잖아. 미치겠어…… 나 공부하는데 뻔시락거리는 것두 싫고, 그렇다구 먼저 쿨쿨 자는 것도 싫고 다 싫어."

"또 그 철딱서니 없는 소리 한다. 걱정 마라, 신학기 시작할 때까지는 꼭 나간다고 했으니까. 그리고 그 애가 너하고 남남이냐? 잠깐이니까 좀 참고 살아봐."

이모의 대답은 분명했으나 어딘지 불만스러운 어조였다.

"참 뻔뻔스럽기두 하지, 쫓아낼 때까지는 버텨볼 셈인 거야. 그러니까 엄마, 나가라고 얘기라도 해봐, 운이라두 띄워달란 말이야."

"알았다, 나 참. 알았으니까 그만해두렴."

나는 다시 가방을 들고 구두를 신었다. 문을 열고 나섰으나 갈 곳은 없었다. 승강기가 가동되고 있었으나 일층까지 계단으로 걸어 내려갔다. 층계를 하나씩 밟으며 나는 생각했다.

악하게 살아남아야 한다.

내 마음은 이상하리만치 침착하게 가라앉아 있었다.

그날 밤 다시 승강기를 타고 올라가 망설이지 않고 초인종을 누른 나는 이모에게, 신학기가 시작된다 해도 나에게는 달리 갈 곳이 없다고, 전세방이라도 얻을 만한 돈을 벌기 전에는 쫓아낸다 해도 나갈 수 없겠다고 말했다. 한 번도 도중에 쉬지 않고 말을 끝맺었을 때 이모의 동글동글한 얼굴은 하얗게 질려 있었다.

"너, 어쩌다가 이렇게 되었니?"

이모는 말끝을 떨었다.

"네 어머니가 이런 널 본다면 뭐라고 하시겠니?"

나는 말없이 이모의 얼굴을 올려다보았다.

그 다음날부터 나는 일찍 퇴근해 식탁 앞에 앉아 파출부 아주머니가 숟가락을 놓고 국을 퍼주기를 기다렸다. 두 그릇씩 밥을 퍼서 먹었고, 한방을 쓰는 둘째 사촌 동생이 함부로 짜증을 내면 두 배로 호되게 꾸지람을 했다.

그러던 어느 오후 퇴근길, 지하철역까지 가는 시내버스를 타려고 정류장에 서 있다가 나는 한 여학생을 보았다. 연보라색 하드보드지를 말아 가방에 꽂고 있는 것으로 보아 미대생인 것 같았다. 귀티 나는 흰 이마에 오밀조밀한 이목구비를 갖춘 그녀의 옆모습을, 나는 공연스러운 참담한 기분이 들 때까지 끈질기게 훔쳐보았다. 기다렸던 버스가 도착했다. 십여 명의 승객들이 버스의 앞문을 향해 무질서하게 달려갔다. 그 와중에 여학생의 가방에 꽂혀 있던 하드보드지 뭉치가 뒤따라 버스에 오르려던 한 중년 여자의 얼굴을 후려쳤다.

그때였다. 놀란 여학생이 뒤돌아보며 어머나, 죄송합니다, 라는 사과의 말을 외치려던 바로 그 찰나, 중년 여자는 무지막지하게, 자신의 얼굴을 때린 그 딱딱한 종이 뭉치로 여학생의 얼굴을 내갈겼다. 여학생의 얼굴이 창백하게 질렸다. 중년 여자가 입에 담지 못할 욕설을 악써댔고 여학생의 도톰한 입술 속에서 흡사 경기(驚氣) 같은 울음이 터져 나왔으나 그들을 말리는 사람은 아무도 없었다. 소란 끝에 버스가 출발했을 때 여학생은 버스 뒤편의 손잡이에 매달려 어깨를 들먹이고 있었고, 중년 여자는 운전석 뒤에 앉은 한 남학생에게 뻔뻔스럽게 양보를 요구하고 있었다.

그때 어처구니없게도 나는 그 중년 여자에게 친밀감을 느꼈던 것이었다. 얼마나 세상에 밟히고 뒤둥그러지면 저렇게 되는 것일까, 하고 나는 생각하고 있었다. 그 여자의 동물적인 분노와 보복을, 번들거리는 눈과 기차 화통 같은 목소리를, 그 이상 철면피할 수 없을 되바라진 억양을 묵묵히 관찰하며 나는 연민이나 환멸이라고만은 설명하기 힘든 야릇한 슬픔에 사로잡히고 있었다.

그날 나는 지하철에서 발을 밟혔다. 나는 머쓱한 얼굴을 한 그 발의 주인을 매정스럽게 쏘아보았다. 자선을 요구하면서 지나가는 노인과 고아 들을 물끄러미 바라다보며, 토큰 하나라도 그들에게 쥐여주어야 마음이 편해지곤 했던 기억들을 마치 남의 일이었던 것처럼 회상했다.

지하철 창문에 비친 객실의 음산한 풍경 속에 내 얼굴은 어딘가 낯설어 보였다. 나는 그 가면 같은 얼굴을 뒤집어쓴 사람이 더 이상 눈물 따위를 흘릴 수 없다는 것을 깨닫고 있었다. 몸속의 혈관들은 모두 가문 저수지처럼 말라붙어 있었다. 서울에서 처음 우연히 만난 인숙언니의 얼굴이 그랬듯이 내 뺨은 흉하게 꺼져 들어갔고, 바싹 여윈 목줄기는 무수한 푸른 실정맥들을 비쳐 보이고 있었다.

그렇게 며칠이 지난 뒤 이모는 나를 부엌의 식탁으로 불러다 앉혔다.

"아직 나이도 어린 네가 딱한 처지라는 것은 나도 잘 안다. 그래서 나가달라는 말을 못 했던 거야. 며칠 동안 네 생각, 네 어머니 생각을 많이 했다."

이모는 잠시 말을 끊으며 내 얼굴을 찬찬히 살폈다.

"……베란다 말이다."

나는 탁색(濁色)으로 칠해놓은 이모의 얄따란 입술을 바라보고 있었다. 손마디를 되는대로 툭툭 꺾으며, 이모의 소프라노 목소리가 파편처럼 귓전에 날아와 박히는 것을 느끼고 있었다.

"거기를 네 방으로 하는 게 어떻겠니? 예전에 거실을 넓힐 생각으로 거기에도 비닐 장판을 깔아놨어. 좀 춥긴 하겠지만, 담요를 깔고 창문을 닫으면 그런대로 괜찮을 거다. 뭐하면 잠은 이불 갖고 소파에서 자도록 하고…… 독방이니까 너 지내기에도 좋지 않겠니?"

이월이 끝나던 주말에 나는 베란다로 짐을 옮겼다. 식구들이 드나들기 쉽도록 중앙에 빨래 건조대를 놓고 그 오른편에 이불을 개켜놓았다.

거실 쪽은 불투명 유리로 된 미닫이문으로 가려져 있었으나, 좋은 말로 한 면 전체가 창문인 셈이었다. 십육 동 건물은 맞은편 십오 동을 비스듬히 건너다보고 있었으므로 내 베란다에서는 십오 동 건물뿐 아니라 서울 시가지와 시 외곽에 우뚝우뚝 섰는 산들의 윤곽까지 조망할 수 있었다. 나는 앉은뱅이책상으로 써온 플라스틱 상을 베란다 왼편의 가장자리에 놓은 뒤 오후 내내 그 옆에다 책과 노트를 정리했다. 이따금 고개를 돌려 베란다 바깥으로 눈부시게 쏟아지는 얼음 가루 같은 늦겨울 햇살을 바라보았다. 맞은편 베란다에서 젊은 여자가 화분에 물을 주고 있었다. 아파트 광장 가운데 열십자 모양으로 조경된 화단 곁에서는 예닐곱 살 또래의 아이들이 흰 분필로 금을 그어놓고 사방치기를 하고 있었다.

아파트촌에 밤이 왔다. 나는 거실 쪽의 유리문에 기대어 앉아 서울의 야경을 바라보고 있었다. 담요를 깔고 이불을 덮자 불빛과 어둠이 내 옆에 나란히 누웠다.

그곳은 너무 높았다.

마치 낭떠러지에 매달려 있는 기분이었다. 그날 밤 나는 몇 번이고 선잠에서 깨어나 내 몸뚱이 아래 거대하게 펼쳐진 서울의 야경을 보았다.

밤눈이 어두워지기 시작한 것은 그때부터였다. 미술과 학생들이 석고 데생을 하다가 흰빛에 시력을 잃는 것처럼, 어둠을 뚫어지게 바라보던 나는 차츰 어둠 속의 사물들을 분별할 수 없게 되었다. 암도(暗度)를 분별할 수 없었으므로 서울의 밤 불빛들은 마치 먼 밤바다에 무수한 집어등을 밝힌 오징어잡이 어선들처럼 보였다. 한낮의 사무실에서, 혹은 햇살이 쏟아지는 거리에서, 눈을 감을 때마다 나는 간밤 내내 뒤척이며 곁눈으로 흐르던 밤 불빛들을 보았다.

외투를 입고 이불을 감고 잠들어도 어김없이 새벽녘에 눈이 떠졌다. 한 겹 유리문으로 스며들어 오는 한기 때문이었다. 늦게 돌아오는 이모부가 잠들 때까지 기다려 넓은 거실 구석에 웅크려 눕는 일도 몇 차례 시도해보았다. 그러나 그렇지 않아도 깊은 잠을 못 드는 나로서는 화장실 드나드는 식구들과 무엇보다 이모부의 눈치를 견딜 수 없었다.

그러나 나는 이모 집 식구들과 함께 지낼 때면 조금도 그러저러한 것을 내색하지 않았다. 천덕스러운 목소리로 웃어댔으며, 못 말릴 만큼 철없는 사람이라는 인상이 박힐 때까지 태연을 가장했다. 그래야만 그곳에서 버텨낼 수 있다는 것을 깨달았기 때문이었다. 차츰 식구들은 내가 으레 그런 사람이라는 것을 인정하였다. 직장의 동료들도 나에게 무척 변했다고 말했으나, 그 변한 모습이 오히려 상대하기에 편한 듯한 기색이었다. 인숙언니는 그녀가 충고했던 대로의 내 모습을 만들어놓고 떠났는지도 몰랐다. 십 개월에 걸쳐 갚아간 회사의 빚은 삼월부로 간신히 청산되었고, 대학 입학금이라고도 독립자금이라고도 딱히 이름 붙이지 않은 적금을 다시 붓기 시작했을 때 나에게 희망 따위는 없었다. 그 대신 인숙언니에게서 배운 오기가 나를 버티어주고 있었다. 그것을 얻기 위해서 얼마나 큰 대가를 지불하였는가 하고 나는 생각했다.

때때로 가슴 안쪽에서부터 날카로운 송곳이 살갗을 뚫고

나오는 것 같은 통증이 찾아들기도 했다. 그럴 때면 나는 피로에 지친 몸으로 어두운 밤거리를 걸어서 돌아왔다. 밤이면 급격히 나빠지는 시력으로, 넘어지거나 부딪치지 않기 위해 촉각과 청각을 곤두세우면서, 이따금 고개를 들어 어두운 하늘 가운데 우울하게 빛나고 있는 달을 바라보며 돌아왔다. 거실과 통하는 미닫이문을 닫고 밤 불빛 앞에 서는 것과 동시에 내가 하루 동안 가장했던 모든 천연스러움과 빈정거림은 흔적 없이 흩어지고 말았다. 세상 속에 있을 때에 나는 외로웠고 세상에서 돌아와 서면 더욱 그러했다. 한눈에 내려다보이는 드넓은 서울의 야경 위로는 지난 겨우내 단 하루도 잊어본 적 없는 인숙언니의 얼굴이 겹쳐져 일렁거리고 있었다.

이상한 일은, 밤 불빛 위로 일렁이는 인숙언니의 얼굴이 그녀 특유의 독기 어린 인상을 하고 있지 않다는 것이었다. 인숙언니는 나의 사 년을 빼앗아간 사람이었다. 나를 배반한 사람이었으며, 이 세상의 끝 같은 베란다로 몰아낸 사람이었다. 짐을 꾸리고 전세방을 나서면서 나는 어떻게든 인숙언니를 찾아 따귀를 올려붙인 뒤 돈을 되찾고 말리라고 다짐했었다. 그런데 이제 인숙언니의 갸름한 얼굴은 어둠 속에서 희부옇고 서글픈 물그림자를 그리고 있었다. 그것은 진눈깨비가 몹시 흩날리던 오후, 택시 뒷좌석에 나란히 앉았을 때 보았던 창백한 얼굴이었다. 나는 그런 내 마음을 이해할 수 없었다. 나의 마음이 괴로우면 괴로울수록, 말라붙지 않은 먹피가 턱에 엉겨 있던 인숙언니의 눈 감은 얼굴은 불빛들 위에서 자꾸만 희어졌고, 여위어만 갔다. 내가 아무리 잠을 청하려 해도 잠을 이룰 수 없게 하는 고통스러운 환영이었다.

쉽사리 잠을 이룰 수 없었으므로 나는 상 위에 스탠드를 켜고 책을 읽었다. 언제 등록금이 마련될지 모르는 일이었으나 대입 서적을 들여다보았고, 하루 다섯 페이지씩 영역된 『안나 카레니나』를 읽었다. 밤이 늦어 고개가 앞으로 고꾸라질 만큼 졸음이 밀려오면 스탠드를 껐다. 베란다 천장의 삼십 촉짜리 백열전구만은 밤새 켜놓았다. 사방에서 발톱을 세우고 덮쳐오는 것 같은 어둠 때문이었다. 망망한 밤바다를 표류하는 뗏목을 붙들고 실낱같은 손전등을 밝히듯이, 나는 그 백열전구가 발산하는 왜소한 빛에 매달리고 있었다. 발꿈치가 드러나지 않도록 주의하여 담요를 감고 모로 누울 때마다 나는 이를 악물었으며, 불빛 찬란한 서울의 야경을 쏘아보다가 어렵사리 잠이 들곤 하였다.

내가 강명환이라는 사내를 만난 것은, 그렇게 삼월이 가고, 황사 바람에 뒤섞여 우박 같은 진눈깨비가 어지럽게 나부끼곤 하던 사월의 일이었다.

3

투명한 알전구 속에서 필라멘트가 예리하게 번쩍이고 있는 경비실을 통과하자 해쓱한 형광등 불빛이 밝혀진 현관이었다. 경비실 안에서는 볼륨을 높여놓은 십사 인치 텔레비전이 날씨를 예보하고 있었다.

"연일 예년보다 오륙 도가량 높은 이상 기온이 계속되는 가운데, 휴일인 내일 역시 대체로 맑고 무덥겠습니다……"

나는 여태껏 어둠 속을 주춤거리며 걸어왔던 자세를 바로 잡으며 승강기 앞에 섰다. 느린 속도로 내려오고 있는 승강기를 참을성 있게 기다렸다.

이제 내일이면 이곳에서의 생활은 끝난다.

그러나 나는 기쁨이나 안도감을 느낄 수 없었다. 아랫입술을 씹으며, 회칠한 시멘트 벽을 손가락으로 두드리며, 현관 바깥에서 또아리 틀고 있는 어둠을 초조히 돌아보았다.

승강기는 비어 있었다. 나는 행여 누군가 뒤쫓아 들어올세라 서둘러 닫힘 단추를 누른 뒤 숫자 십삼을 눌렀다.

마지막이다.

나는 생각했다. 이 승강기를 타고 오르는 것도 마지막이다.

십삼층에 이르자 승강기 문이 열렸다. 마주 보고 있는 두 개의 철문 사이에 육중한 침묵이 흐르고 있었다. 나는 초인종을 누르기 위해 습관적으로 망설였다.

이 망설임도 마지막이다.

그러자 곧 초인종을 누를 수 있었다.

"영진이니?"

이모의 경쾌한 소프라노 목소리가 응답해왔다.

"늦었구나."

현관문을 열어주며 이모는 활짝 웃음을 지어 보였다.

내가 방을 구했다고 말하자 이모는 숨김없는 기쁨을 드러냈었다. 지난 보름 동안 이모는 나에게 눈에 띄게 자상해졌다. 나는 이모가 원래 착한 여인이라는 것을 알고 있었으므로 그리 감동하지 않았다. 정을 준다는 것도 정을 받는다는 것도 모두 어리석은 일이라고 나는 생각했다. 나는 앞치맛자락에 젖은 손을 문지르고 서 있는 이모의 눈을 정면으로 마주 보지 않은 채 가볍게 목례했다.

"다녀왔습니다."

"저녁은?"

"먹었어요."

"덥지, 과일이라두 먹을래?"

이모는 다시 미소 지으며 물었다.

"생각 없어요."

나는 미닫이 유리문을 열고 어두운 베란다 방으로 들어갔다. 스위치를 올려 베란다 천장의 알전구에 불을 밝힌 뒤 주저앉아 속옷과 평상복을 주섬주섬 챙겼다. 뜨거운 물로 샤워라도 하면 기분이 나아질 것 같았다. 이제 이곳을 떠나면 집에서 더운물로 목욕하는 혜택도 누릴 수 없게 될 것이었다. 거실로 나와 욕실 문을 노크하자 둘째 사촌 동생의 볼멘소리가 응답해왔다.

"나 오래 걸려."

변비가 있는 둘째는 언제나처럼 삼십 분 이상 욕실을 독차

지하고 있을 모양이었다.

나는 베란다 방으로 돌아왔다. 명환이 서 있곤 하던 아파트 광장의 구석 자리를 어림해보았다. 명환의 목발은 보이지 않았다. 눈을 들어 명환의 방을 건너다보았다. 그 방은 평소와 다름없이 불이 꺼져 있었다. 나는 무릎을 세우고 앉았다. 지난 며칠 동안 땀띠가 함부로 돋아난 등허리와 가슴을 쓸어 만지며 플라스틱 상 옆에 뒹구는 영문판 시집을 펼쳐 들었다.

You are like a flower that grows in the shade; the gentle breeze comes and bears your seed into the sunlight, where you will live again in beauty.*

너는 음지에서 자라는 꽃과 같다. 부드러운 바람이 불어와 네 씨앗을 햇빛 속으로 나를 것이니, 너는 그 햇빛 속에서 다시 아름답게 살게 될 것이다.

맞은편 아파트의 불 켜진 창문들이 일제히 이죽이며 나를 건너다보고 있었다. 소리 내어 책을 덮었다. 있는 힘껏 불빛들을 향해 내던졌다. 베란다 창살에 부딪친 책은 내 발치에 맥없이 굴러떨어졌다.

"집이 필요하지 않소?"

지난봄, 명환은 나에게 대뜸 그렇게 물었었다.

---

* K. Gibran, "Of the Martyrs to Man's Law".

"집이 필요한 것 같아서 묻는 거요."

눈을 가늘게 뜨고 다녀야 할 만큼 황사가 기승을 부리던 휴일 오후였다. 종일 잠옷 바람으로 집 안을 오락가락하는 이모부에게 눈치가 보여 아파트를 나선 나는 내친걸음에 시내의 대형 서점에 가서 새로 나온 수험서를 사와야겠다고 마음먹고 있었다. 아파트에서 지하철역까지 걸어가려면 팔 차선 도로를 건너야 했다. 붉은 신호등에 걸린 횡단보도 앞에서 멈추었을 때, 목발을 짚고 중앙선에 서 있는 한 사내를 발견했다.

사내는 지난번의 푸른 신호가 다하도록 중앙선까지밖에 걸어올 수 없었던 모양이었다. 삼십대 후반쯤으로 보이는 그는 날씨에 걸맞지 않은 겨울 털점퍼에 투박하고 빛바랜 군청색 기지바지 차림이었다. 목발을 짚은 왼쪽 바짓가랑이는 무릎 위까지 비어 있어서 황사 바람이 거세게 불어오는 대로 펄럭거리고 있었다.

단지 그뿐이었다면 나는 사내를 눈여겨보지 않았을 것이다. 그러나 나뿐 아니라 횡단보도에 늘어서 있는 사람들 모두가 사내에게서 눈을 떼지 못하고 있었다. 그것은 다름 아닌 사내의 눈빛 때문이었다.

그 눈빛은 노골적인 증오를 내뿜고 있었다. 이를 악문 채 나를 포함한 맞은편의 사람들을 집요하게 노려보고 있는 사내의 얼굴에는 섬뜩한 살의마저 담겨 있었다. 사내는 모든 인간들에게 살의를 품고 있는 것 같았다. 온 힘을 다하여 인생을 노려보고 있는 것 같았다.

그때 불현듯 나는 그 사내를 전에도 본 적이 있다는 것을 기억해냈다.

내가 베란다에서 살게 된 지 한 주일이 지난 휴일 아침이었다. 나는 파출부 아주머니와 함께 빨래를 건조대에 널고 있었다. 아파트 광장에는 이삿짐 센터의 트럭 두 대가 나란히 서 있었는데, 거대한 곤돌라가 그 옆에서 흉물스럽게 머리를 쳐들고 있었다. 팔층의 베란다에서 인부 한 사람이 곤돌라를 통해 가구를 내려보내면 광장에서 기다리고 있던 인부 둘이서 그것을 트럭에 옮겨 담았다. 집채만 한 가구들이 일사불란하게 운반되는 광경도 볼만했지만, 그보다 내 흥미를 끌었던 것은 트럭 옆에 오두마니 서 있는 키 작은 꼬마들이었다. 이사가는 집의 아이들로 보이는 두 사내 녀석은 연신 주먹으로 눈가를 훔쳐댔다. 이삿짐을 나르느라 소란스럽게 오가는 주위 어른들을 아랑곳하지 않은 채, 그들은 잠자코 서로의 들먹이는 어깨에 의지해 울고 있었다.

그것은 참으로 적막한 풍경이었다.

나는 빨래를 털다 말고 망연히 그 아이들을 바라보았다. 옆에 있던 아주머니가 혀를 찼다.

"기어이 가는구나. 더 견딜 수가 없었겠지. 불쌍하게 되었어……"

아주머니는 하던 말을 갑자기 끊고 에구머니나, 소리치며 한 손으로 자신의 입을 가렸다.

"저, 저 사람 보게. 저 사람, 이사하는 데에까지 나와 있네.

저런 저, 애들이 무서워서 우는 것 좀 보아."

나는 그때 처음으로 그 사내를 보았다. 사내는 아파트 정문의 경비실에 기대어 서 있었다. 거리 때문에 자세한 얼굴 생김새를 볼 수는 없었으나, 펄럭거리는 바지 자락과 후줄근한 차림새는 뚜렷한 인상을 남겨주었다.

아주머니의 설명에 따르면 그날 이사하던 집의 젊은 가장은 지난해 여름밤 중형 승용차를 과속으로 몰고 가다가 나란히 횡단보도를 건너고 있던 한 쌍의 젊은 부부를 치었다고 했다.

임신 오 개월이었던 여인은 그 자리에서 목숨을 잃었고, 사내는 한쪽 다리를 바퀴에 갈렸다. 사내는 영업직 샐러리맨이었는데, 다리를 잘라내는 수술을 받고 나자 직장을 그만두어야 할 처지가 되었다.

명문 기업체 이사의 조카뻘이 된다는 젊은 가장은 다리를 잃은 사내에게 막대한 액수의 배상금을 물어주는 것으로 사건을 마무리했다. 그러나 사람을 죽였다는 정신적 타격은 석 달 이상 지속되었으며, 그 집의 젊은 부인은 그런 남편을 몹시 걱정했다. 한데 막상 젊은 가장이 죄책감과 고통에서 벗어나 정상적인 생활의 리듬을 되찾았을 때 문제가 생겼다.

사내가 목발을 짚은 모습으로 그들 식구 앞에 나타나기 시작한 것이었다. 사내는 놀이터로 찾아와 그 집의 두 아이들이 노는 모습을 노려보았으며, 그의 음산한 응시는 아이들이 공포 때문에 놀이를 그만둘 때까지 계속되었다. 젊은 부인이 혼자 집을 보는 아파트 초인종을 누르고 들어가 차 대접을 요구하기도 했다. 부인은 떨리는 가슴을 진정하며 커피를 내주었는데, 사내는 자신이 받은 배상금으로 층은 다르지만 같은 동의 아파트를 샀음을 고백했다.

"당신들 옆에서 살고 싶었소. 그게 이유의 전부요."

사내의 얼굴에는 웃음기가 없었으며, 부인의 몸을 머리끝부터 발끝까지 훑어보는 눈빛은 소름이 끼칠 만큼 차가웠다.

차츰 사내는 그 집 식구들의 생활을 침범해 들어오기 시작했다. 낮 시간에 부인을 자주 방문했다. 한번은 소파에 걸터앉아 부인을 향해 "내 아내도 당신만큼 행복했었소……"라고 혼잣말처럼 뇌까렸다. 부인이 뭐라고 대답해야 할지 몰라 망설이고 있자 사내는 느닷없이 거실의 집기들을 닥치는 대로 부수기 시작했다.

"그런데 당신들은 끔찍하게도 잘 살고 있군, 아주 잘들 살고 있어……!"

부인이 경비실에 인터폰으로 구원을 요청할 때까지 사내는 목줄기에 암청색 핏줄을 꿈틀거리며 악다구니를 썼다.

아주머니의 말에 따르면 그 집 식구들은 평소 인정 많고 착하기로 소문난 사람들이었다. 이미 배상금을 물어내 완료된 사건이니 경찰에 신고하면 그만이었는데도 그들은 그러지 못했다는 것이었다.

부인은 날로 안색이 나빠졌다. 더욱 딱한 일은 아이들까지 덩달아 정서 불안 증상을 보였다는 것이었다. 젊은 가장은 눈에 띄게 수척해졌으며, 한밤중에도 소리를 치며 잠에서 깨어나곤 했다. 견디다 못한 부부는 사과 상자와 고기를 사 들고 사내의 집으로 찾아갔다.

"열려 있소."

부부가 초인종을 누르자 사내의 목쉰 음성이 대답해왔다. 사내의 집에는 가구가 없었다. 커튼을 치지 않은 베란다를 통해 쏘는 듯한 햇살이 쏟아져 들어왔고, 텅 빈 거실 바닥에는 뭉쳐진 먼지 덩어리들만 이리저리 굴러다니고 있었다.

"가구를 아직 안 들여놓으셨나요?"

어색한 침묵을 추슬러보려고 부인이 묻자 사내는 딱딱한 얼굴로 대꾸했다.

"없소."

"그래두 전에 쓰시던……"

"모두 불태웠소."

사내의 얼굴은 죽은 사람처럼 냉랭했다. 젊은 부부는 사죄와 위로의 말을 간신히 내뱉은 뒤 사 가지고 간 과일과 고기, 그리고 얼마간의 자기앞수표가 든 봉투를 슬며시 내려놓고 현관을 나섰다. 그들이 승강기에 오르려는 찰나, 사내의 방에서 무시무시한 고함 소리가 터져 나왔다. 두 팔과 한 다리로 기어 나와 사과 궤짝을 힘껏 현관 밖으로 밀어낸 사내는 돈 봉투와 비닐에 싼 쇠고기를 복도에 내팽개쳤다. 빳빳한 수표들이 공중에 날렸다. 잘 저미어진 핏빛 살코기들이 복도에 질펀하게 흩어졌다.

파출부 아주머니는 그렇게 두 달간 계속된 전쟁을 견디지 못하고 이사하는 젊은 부부에게 깊은 동정을 표하고 있었다.

"……공연히 한밤중에 그 부부네 집 현관 앞에서 어슬렁거리곤 해서, 그 옆집 식구들까지 아주 죽을 맛이었다는 거야."

나는 경비실에 기대어 서 있는 사내를 내려다보았다. 사내는 미동도 하지 않고 이삿짐들이 트럭에 실리는 모양을 보고 있었다. 짧은 파마머리에 긴 플레어스커트를 입은 젊은 부인이 승용차 운전석에 올라탔다. 그 젊은 가장, 돈으로 용서와 구원을 사보려고 했으나 뜻대로 되지 않았다는 더블 양복 차림의 남자도 울고 있던 아이들을 데리고 뒷좌석에 몸을 실었다. 훤칠한 체격에 금테 안경을 낀 그는 자신을 지켜보는 사내의 존재를 애써 무시하고 있었다.

승용차가 출발하자 트럭들도 뒤따라 요란한 엔진음을 내며 떠났다. 이제 널따란 아파트 광장에는 쓰레기 봉지들과 종이 조각들만 차가운 바람에 흩날리고 있었다. 사내는 뿌리만 박힌 채 몸뚱이는 잘려져 나간 고목 등걸처럼 광장 구석에 붙박여 서서 모두가 떠나고 남은 자리를 물끄러미 바라다보고 있었다.

나는 사내에게 강한 호기심을 느꼈다. 이제 사내는 어떻게 할 것인가 하고 생각했다. 다시 그들이 사는 집을 알아내 그 옆으로 이사할 것인가? 그들의 영혼과 육신이 모두 파산할 때까지 게임을 계속할 것인가?

그러나 사내는 아파트를 떠나지 않았다. 이모와 파출부 아주머니가 부엌에서 그 사내에 대해 수군거리는 말이 나에게까지 들려오곤 했는데, 초췌한 얼굴로 아파트 광장과 놀이터를 어슬렁거리는 사내의 모습이 여러 사람에게 목격되었다고들 했다. 비슷비슷한 사람들끼리 어울려 살아가는 아파트촌에서 그 유별난 사내는 흥미 있는 이야깃거리인 모양이었다.

"아무래도 애들 교육상 좋지 않은 것 같아요……"

"……그렇다고 우리가 내쫓을 방법도 없잖수?"

아파트 가까운 곳의 식당에서 사내의 모습을 본 사람도 있다고 했다. 앉은자리에서 두 홉들이 소주 세 병을 비우고 술집 바닥을 기어서 나가더라는 소문도 들려왔다.

그런데 이날 오후 사내를 비교적 가까운 거리에서 보게 되자 사내는 예상했던 것보다 더 강한 느낌을 불러일으키고 있었다. 그것은 성냥불을 당겼을 때 피어오르는 황냄새와 비슷한 느낌이었다. 한번 들이켜면 폐 속에서 평생토록 분해되지 않는다는, 불가항력적인 파멸의 냄새였다.

맞은편에 늘어선 행인들을 노려보던 사내의 눈이 나와 마주쳤다. 푸른 신호가 켜졌다. 사내는 갑자기 생각이 변했는지 뒤돌아서서 거꾸로 도로를 횡단했다. 내가 내심 의아하게 여기며 지나쳐 가려 했을 때 사내가 외쳤다.

"이보시오."

설마 나를 부른 것이라고는 생각하지 않았으므로 나는 뒤돌아서서 흘긋 사내에게 눈길을 던졌을 뿐이었다. 그러나 사내의 음울한 얼굴은 분명하게 나를 향하고 있었다. 증오에 찬 눈빛과 달리 사내의 목소리는 지쳐 있었다. 온몸의 무게를 목발에 의지한 채 그는 피로한 목소리로 물었다.

"십육 동 십삼층에 살고 있지 않소?"

나는 순간 숨을 멈추었다. 사내의 접어 올린 점퍼 소맷자락 아래로 담뱃불을 지진 화인(火印)이 도드라져 보였던 것이다. 나는 살 타는 냄새와 누릿한 연기 속에서 입술을 악물며 욕설을 내뱉는 사내의 얼굴을 상상했다. 그 끔찍한 자해의 흔적과 어울리지 않게 사내의 목소리는 침착하기까지 했다.

"난 십오 동 십사층에 살고 있소."

나는 억지로 의례적인 미소를 지으며 "아, 그래요"라고 대답했으나 경계의 빛을 숨기지 못하고 있었다. 사내는 강명환(姜冥煥)이라는 자신의 이름을 소개한 뒤 말을 끊지 않고 대담하게 물었다.

"집이 필요하지 않소?"

"뭐라구요?"

"집이 필요한 것 같아서 물은 거요. 집이 있다면 베란다에서 잠을 자지는 않을 테니까 말이오."

정수리를 향해 혈관들이 거꾸로 솟구쳤다.

"기분이 상했다면 미안하구료, 난 단지……"

내 얼굴이 상기된 것을 눈치챈 사내는 이번에는 조심스러운 목소리로 말했다.

"내 집을 주고 싶소."

"지금 무슨 말씀을 하시는 거예요?"

나는 귀를 의심했다.

"내 집을 양도하겠다는 말이오."

그의 얼굴이 턱없이 진지했으므로 나는 순간 그가 미치지 않았나 하고 생각했다.

"사십이 평짜리요, 전세가 아니라 내 집이오. 내 전 재산이오. 그쪽에게 주겠소. 이제 나한테는 필요 없게 됐소."

더 이상 상대할 필요는 없었다. 나는 뒤돌아서서 걷기 시작했다.

미친놈.

나는 마음속으로 사내의 얼굴을 향해 욕지거리를 내뱉었다. 사내는 목발을 짚었음에도 불구하고 빠른 속도로 나를 뒤쫓아오고 있었다.

"지난겨울부터 내 집을 받을 사람을 찾고 있었소. 아가씨가 적격자요. 다른 사람한테는 주고 싶지 않소."

나는 걸음을 멈추었다. 뒤돌아서서 사내의 눈을 똑바로 쏘아보며 말했다.

"이보세요, 아저씨 말을 믿지 않을뿐더러, 믿는다 해도 나는 거지가 아니에요."

그날 오후 내내 종로의 대형 서점에서 책을 고르며 나는 마음이 편치 않았다. 사내의 방은 십오 동 십사층이라고 했다. 그 을씨년스러운 내력의 사내가 밤마다 내 방을 들여다보았을 것이라는 생각이 머릿속에 집요하게 달라붙어 떠나지 않았다. 그렇다면 사내뿐만 아니라 십오 동에 사는 모든 사람들이 내가 담요를 둘둘 말고 잠을 자는 모습을 보았을 것이다. 나는 견딜 수 없는 수치심을 느꼈다.

그 강명환이라는 사내가 매일같이 내 퇴근을 기다리기 시작한 것은 그 다음날부터였다.

"당장 결정하라는 것은 아니오."

세번째로 만났을 때 명환은 진지하게 말했다.

"잘 생각해보시오. 이건 그쪽에게도 큰 기회요. 아마 평생의 한밑천은 될 거요."

명환은 내 앞을 계속해서 가로막으며, 힘겹게 절룩이며 승강기 앞까지 따라오고 있었다. 나는 뭐라 말할 수 없는 혼란스러운 기분이 되어 사내의 얼굴을 마주 보았다. 명환은 간절히 애원하는 표정을 하고 있었는데, 그 표정은 더럽고 음울한 낯빛에 어리어 소름 끼치는 부조화를 이루고 있었다. 그는 마치 자신의 전 존재를 내 대답 한마디에 걸고 있는 것 같았다.

"전 아직도 무슨 말씀이신지를 모르겠어요."

"뭘 모르겠다는 말이오?"

명환은 마침내 분노를 터뜨렸다.

"간단한 거요……! 나한테는 더 이상 필요 없는 집을 이제 그쪽에게 줄 테니 받아달라는 거요!"

승강기 문이 열렸고 나는 그 안으로 들어갔다. 명환은 문 앞에 서서 광기 등등한 눈으로 나를 응시하고 있었다. 곧 내 입에서 '좋아요'라는 대답이 떨어질 것을 확신하는 눈빛이었다. 두려움에 사로잡힌 채 나는 닫힘 단추를 눌렀다.

4

거실 벽시계가 열두 번의 고즈넉한 종소리를 울렸다. 저녁 나절까지 베란다 바깥을 배회하고 있던 무더운 여름밤의 공기가 식어가고 있었다.

활짝 열어놓은 유리문 너머로 내려다보이는 도시는 마치 무덤 같았다. 밤 불빛들은 그 무덤에 함께 순장된 값싼 보석들처럼 보였다. 햇빛 아래 그토록 무덥고 요란스러웠던 도시, 숱한 싸움과 음모와 만남들이 끓어넘치던 서울은 석관(石棺)과도 같은 서늘한 어둠 속에 길고 나른한 육체를 누이고 있었다.

나는 거실과 통하는 유리문에 등을 기대고 앉아 인숙언니를 생각하고 있었다. 평생 다시 못 볼지도 모른다고 생각해왔던 인숙언니를 우연히 만난 지도 벌써 한 달이 지났다. 상한 두부처럼 풀어져 있던 인숙언니의 싯누런 얼굴이 밤 불빛 위로 일렁거렸다. 나는 입술을 지그시 깨물었다.

둘째와 셋째 사촌 동생이 나란히 앉아 보고 있는 텔레비전 외화에서 톤이 높은 성우들의 목소리가 새어 들어왔다. 그 아이들은 이날 밤도 거실의 불을 밝혀놓고 있었다.

"어느 할 일 없는 사람이 언니 자는 모습을 보고 있대? 왜 갑자기 예민한 척해?"

명환으로부터 불시의 제의를 받은 뒤 나는 베란다의 불을 껐다. 사촌 동생들에게도 밤이면 거실의 불을 꺼줄 것을 부탁해보았다. 베란다와 거실의 등을 모두 끄면 어둠 속에 잠든 나의 모습이 누구에게도 보이지 않을 것이라고 생각한 것이었는데, 사촌 동생들은 납득하지 않았다.

저 아이들과 함께 지내는 것도 이 밤이 마지막이다.

마지막이라는 말은 이 집의 많은 것을 마음 편하게 만들어 주고 있었다. 이렇게 편한 마음으로 대할 수 있는 것들을 그토록 괴로워했을까. 나는 자신의 약한 마음을 들여다보며 쓴웃음을 지었다. 얼마 후 거실에서 텔레비전을 끄는 기척이 들렸다. 사촌들은 조그만 소리로 두런거리며 한 아이는 욕실로, 한 아이는 부엌으로 들어갔다. 이제 이십여 분 뒤면 아이들은 각기 제 방으로 들어가 잠들 것이었다.

구조를 기다리는 손전등과 같았던 삼십 촉 전구를 끄고 난 뒤 나는 밤을 꼬박 새우는 날이 많아졌다. 고개를 들어 명환의 불 꺼진 방을 바라보면 그곳의 어둠과 내가 누워 있는 베란다의 어둠이 조금도 다르지 않았다. 그것들은 서로 살을 섞으며 음모를 내통하며 아파트 건물 사이를 헤엄쳐 다니고 있었다. 밤이 깊을수록 서울의 불빛들은 차츰 수효가 줄어들었다. 마치 어둠에 가려 보이지 않는 거대한 날짐승이 도시를 한 입씩 집어삼키고 있는 것 같았다. 마침내 거의 모든 빛이 꺼지고 몇 개의 흰 점만 듬성듬성 남아 있을 때 동쪽에서부터 엷은 검푸른 색채가 번져오기 시작했다. 새벽의 푸른빛이었다. 나는 그때에야 안도하며 모래알이 씹히는 것 같은 충혈된 눈으로 잠을 청할 수 있었다.

견디기 힘든 나날이었다. 누군가가 나의 생활을 엿보고 있다는 것도 괴로웠을뿐더러, 미친 사람의 행태이거니 하고 지나쳐버리기에는 명환의 태도가 너무 진지했다. 이따금 나는 명환의 집을 양도받은 상황을 상상해보았다. 저 정신 나간 사내의 제의를 받아들인다면, 할리우드 영화의 마지막 급반전처럼 나는 순식간에 억대 부자가 되는 것이었다. 고향의 부모도, 이모 집의 식구들도 놀라 자빠질 일이었다. 그것을 냉큼 받아들이지 못하는 어리숙한 태도가 어쩌면 비정상적인 것이 아닌가 하는 생각마저 치밀었다. 그러다가 문득 정신이 들면 나는 그것이 말이나 될 법한 일인가 하고 마음을 고쳐먹곤 했다.

나의 동요를 예민하게 감지한 명환은 차츰 무작정 애원하는 대신 제법 여유를 찾고 있었다. 날이 갈수록 그의 얼굴에서는 처음 보았을 때와 같은 섬뜩한 살의가 엷어졌고, 대신 그동안 증오와 냉정함으로 은폐해왔을 고통의 흔적이 역력하게 드러나고 있었다. 이상한 일은, 그 강렬한 고통의 흔적에도 불구하고 명환의 얼굴빛이 하루가 다르게 홀가분해 보이고 있다는 것이었다. 명환의 모습은 마치 무거운 짐을 하루하루 약속된 장소에 조금씩 부려놓으면서 나아가는 짐꾼과도 같아 보였다. 그는 내가 자신의 제의를 받아들일 것을 확신해가고 있는 눈치였다.

"내 말 좀 들어보시오."

명환이 나를 기다리기 시작한 지 한 달쯤 되어가던 오월의 저녁이었다. 그는 나를 향해 찡그리듯이 멋쩍은 웃음을 지어 보이며 말을 건네었다.

내가 명환의 웃음을 본 것은 그때가 처음이었다. 나는 어둠 속에 희끗한 이를 드러낸 명환의 얼굴을 다소 놀라서 올려다보았다.

"이리 앉아보시오."

명환은 화단 앞 긴 의자에 주저앉으며 점퍼 안주머니에서 담배를 꺼냈다. 목발은 여전히 겨드랑이에 끼워둔 채였다. 나는 망설이다가 명환에게서 최대한 떨어져 앉기 위해 긴 의자의 가장자리에 엉치 끝만 걸쳐놓았다. 명환이 라이터에 불을 당기자, 전작이 있었던지 불콰한 그의 얼굴이 밝고 따스하게 드러났다. 이상하게도 이날 밤 명환에게서는 그동안 조금도 느낄 수 없었던 인간적인 냄새가 풍겨오고 있었다. 언제나 마스크처럼 두텁게 덮어쓰고 있던 고통이 잠시 벗겨진 명환의 얼굴은 낙천적이고 친근해 보이기까지 했다. 사고를 당하기 전의 모습이 저러했을까, 생각하며 나는 초조하게 명환의 다음 말을 기다리고 있었다.

"저 방에서, 저 불빛들을 보면서 무슨 생각을 하시오?"

푸른 연기를 내뿜으며 명환은 꿈꾸듯이 아파트의 불빛들을 바라보았다. 담배 연기는 어둠 속에 풀어져 가느다란 물줄기처럼 명환의 상반신을 휩싸고 있었다.

나는 명환의 뜻밖의 질문에 잠시 당황했다. 불빛들 앞에 서서 무엇인가 구체적인 생각을 한 기억은 없었기 때문이었다. 지친 몸으로 돌아와 불빛들을 바라보고 있자면 저것들 모두가 하나하나의 손짓이라는 생각은 한 적이 있었다.

여기 사람이 살고 있어, 나 여기 숨 쉬고 있어, ……여기도, 여기에도, 나도 여기서 밥 먹고 잠자며 살아가고 있어, 나도, 나도……

수천수만의 몸짓이 그 숫자만큼의 불빛으로 이슬처럼 맺혀 있었다.

서울에 올라와서 보낸 사 년 동안 나는 내 힘으로 산 것이 아니라 희망의 힘으로 살아왔었다. 나는 무엇이든 견디어낼 수 있었다. 비록 지금은 미운 오리 새끼처럼 세상의 구석에 틀어박혀 원치 않는 일에 시달리고 있지만, 언젠가 진짜 삶이 시작되고 말 것이라고 주문처럼 믿어오고 있었다.

그리하여 그 진짜 삶이 과연 한 발 한 발 나를 향해 다가오는 것처럼 보였던 바로 그때 인숙언니는 떠났다. 나는 그녀로 인해 내가 잃은 것이 돈과 신뢰만이 아니라는 것을 어렴풋이 느끼고 있었다. 나는 삶과 화해하는 법을 잊은 것이었다. 삶이 나에게 등을 돌리자마자 나 역시 미련 없이 뒤돌아서서 걷기 시작했다. 잘 벼린 오기 하나만을 단도처럼 가슴에 보듬은 채, 되려 제 칼날에 속살을 베이며 피 흘리고 있었다.

한데 그 위안의 손짓 같은 찬란한 불빛들을 바라보고 있는 동안, 인숙언니의 야윈 얼굴이 그 야경 위로 하루하루 아련하게 시들어가는 동안, 내 앙가슴에 맺혔던 피멍울도 어느 사이엔가 함께 풀리어갔다. 멍울이 맺혀 있던 그 자리에 모호한 미련들이 뒤이어 자리 잡기 시작했다. 눈도 없고 코도 없는 그

멍청스러운 미련이란 결국 내가 잃어버린 것은 아무것도 없다는 생각, 아무것도 끝나지도 시작되지도 않았으며, 모든 것을 잊고 다시 시작한다기보다는 지금 이대로의 상태로라도 언제까지고 계속해서 살아갈 수 있을 것 같다는 불분명한 용기였다.

명환은 나에게 다시 물었다.

"저 수많은 불 켜진 창들 속에, 내가 그 안에 들어갈 수 있는 방은 없다는 생각, 그런 거요?"

명환은 씁쓸한 미소를 지으며 깊숙이 담배 연기를 들이마셨다. 나는 모호하게 고개를 흔들었다. 명환은 아랑곳하지 않은 채 말을 이었다.

"나는 그 반대요. 밤늦게까지 저 불빛들을 바라보고 있자면, 저곳 어디에건 나는 들어갈 수 있겠구나…… 그런 생각이 든다오."

나는 간절하게 불빛들을 향하고 있는 명환의 옆얼굴을 조심스럽게 훔쳐보았다.

"한데 말이오…… 그 생각이 더 괴로운 거라오. 그쪽 생각은 어떻소? 어느 편이 더 나을 것 같소?"

명환은 혼자 말하고 혼자 웃는 싱거운 희극 배우처럼 수 초간 너털웃음을 웃었다. 잠시 뒤 그 허탈한 웃음이 말끔히 가신 어조로 그는 뇌까렸다.

"아무튼 분명한 것은 말이오……"

그때 나는 명환이 딱 집어 나에게 말하고 있는 것이 아니라는 것을 깨닫고 있었다. 몹시 앓고 난 사람이 힘없이 내뱉는 몇 마디 안부 인사에 무거운 그리움이 깃들어 있듯이, 명환의 낮은 음성에는 내가 미처 상상해보지 못했던 쓸쓸함과 안타까움이 깃들어 있었다.

"……내가 사랑할 수 있는 건 저 야경뿐이라는 거요……"

내가 인숙언니를 다시 만난 것은 그 다음날이었다.

직장 상사가 갑작스럽게 모친상을 당해 퇴근길에 직원들과 함께 대학 병원 영안실에 들렀던 길이었다. 평소에 바늘로 찔러도 피 한 방울 안 나올 사람이라는 중평을 받고 있던 사십대의 상사는 헤프게 눈물을 흘리고 있었다. 검은 폴라티를 입은, 열 살쯤 되어 보이는 상사의 딸이 천진한 얼굴로 아버지의 눈치를 살피고 있었다. 상사는 직원들이 "무슨 말씀을 드려야 할지……" 하고 인사하는 말에 미소로 답하면서도 계속 눈물을 흘렸다. 웃음 짓는 입가로 눈물이 뚝뚝 떨어졌다. 눈물을 핥아 삼키면서도 상사는 자신의 눈물을 의식하지 못하고 있었다.

여럿이 어울려 가벼운 이야기를 주고받으며 병원에 들어서던 때와는 달리, 직원들은 저마다 무겁고 우울한 기분이 되어 영안실을 나섰다. 저녁 햇빛이 구름장 사이로 찬란하게 사위어가고 있었다.

그 황혼을 역광으로 받은 현관 서편의 긴 의자에 인숙언니가 앉아 있었다. 그녀의 모습은 너무 변해 있어서 나는 일 미터도 안 되는 거리의 그녀를 그냥 지나치려 했다.

"영진아."

인숙언니가 먼저 불렀고, 나는 내 귀와 눈을 믿을 수 없었다. 그녀는 긴 의자에서 몸을 일으키지 않았다. 그녀의 앙상하던 뺨과 턱은 여러 겹의 주름이 잡힐 만큼 살이 쪄 있었다. 가슴과 허리는 물론 온 몸뚱이가 쌀뜨물에 불려놓은 미역 다발처럼 불어 있었다. 이십대 후반의 처녀라고는 믿어지지 않았다. 그녀는 영락없는 중년 여자의 얼굴을 하고 있었다.

"간암이래."

놀라고 당황해 직원들을 먼저 보내려고 고개 숙여 인사하는 내 옆모습을 향해 인숙언니는 담담하게 말했다. 그녀의 눈은 맞은편 병동도 그 너머의 동산도 아닌 먼 곳을 바라보고 있었다.

그녀는 지난겨울 아무래도 좋지 않은 예감이 들어 병원을 찾았다가 아버지의 내력과 같은 자신의 병명을 알게 되었다고 했다. 처음에는 잘못 꾸고 있는 꿈이라고만 생각하며 부인하려 애썼지만 차츰 아버지처럼 죽지 않겠다는 결심을 굳혔다고 했다. 마침내 짐을 꾸리고 달아나자마자 곧바로 수술을 했으며, 이제야 기동을 할 만큼 회복이 되어 통원 치료를 받고 있다는 것이었다.

그녀는 이날도 항암제 주사를 맞은 뒤 정신이 어찔하고 온몸이 무너져 내리는 것 같아 긴 의자에 한 시간 가까이 앉아 있었다고 했다. 완쾌될 가능성은 불투명한 눈치라고 했다. 매일 아침 눈뜰 때마다 시시각각으로 다가오는 죽음을 느낀다는 것이었다. 담당 의사도 그다지 희망적인 언질을 주지 않는다고 했다.

"살고 싶었어."

그녀는 내 눈을 피하며 담담하게 그간 지내온 이야기를 들려주었으나, 지난겨울의 자신의 행동에 대해서는 한마디의 사과도 하지 않았다.

"억울해서 말이야……"

먼 곳을 바라보는 인숙언니의 눈동자는 노리끼리한 흰자위와 싯누렇게 부어오른 얼굴 속에서 처연하게 빛나고 있었다.

"……이대로 죽기가."

그 눈에서 투명한 눈물이 방울방울 떨어졌다.

그날 밤 명환은 술에 취하지 않은 말짱한 정신으로 나를 기다리고 있었다. 그는 대뜸 토요일인 다음날 자신과 함께 법률 사무소로 가자며 주민등록증과 인감을 잊지 말라고 당부했다.

"양도소득세가 상당할 거요."

명환은 의기양양하게 말했다.

"그렇지만 걱정 마시오, 아직 내 은행 계좌에 남은 보상금이 상당하니까. 현찰로 주겠소."

나는 경악하여 명환의 말을 가로막았다.

"……난 아직 승낙한 적이 없어요!"

내 딱딱해진 얼굴 앞에서 명환은 말없이 껄껄 웃었다.

"도대체 그 집을 저에게 주고 어디에서 사시겠다는 거예요?"

내 질문 때문인지 명환의 너털웃음은 발작적으로 고조되었다. 클클클클…… 명환은 눈물을 훔치며 웃어댔다. 나는 명환의 돌발적인 행동에 입술을 깨물었다. 인숙언니와의 예상치 못했던 만남으로 지칠 대로 지쳐 있었던 내 마음은 어서 나에게 주어진 이 곤혹스러운 시간이 지나가기를 기다리고 있었다. 나와는 무관한 이 불행한 사내의 웃음과 광기가 어서 눈앞에서 사라져주기를 바랐다.

명환은 갑자기 정색을 했다.

"……내 말을 들어보시오."

명환은 긴 의자에 걸터앉았다. 지난번과는 달리 목발을 긴 의자에 기대어놓았다. 나에게 굳이 옆에 앉으라고 권하지 않았으나 나는 피로한 하반신을 긴 의자 깊숙이 밀어 넣었다. 내던지듯이 상체를 등받이에 기대었다.

명환은 가스가 거의 떨어진 라이터에서 마지막 불을 긋기 위해 조심스럽게 엄지손가락을 움직이고 있었다. 탁, 하는 낮은 소리와 함께 키 작은 불꽃이 켜졌다가 사위었다. 첫 모금을 깊이 빨아 마신 뒤 명환은 밑바닥에서 울려 나오는 듯한 목소리로 이야기를 시작했다.

"……아내는 임신 중이었소. ……몸이 유난히 허약해서 세 번 자연 유산을 했는데, 간신히 오 개월까지 아이가 버텨주어서 기뻐하던 참이었소. ……죽음이 그 여잘 씹어 먹어버리지 않았다면 아이를 낳았을 거요. 지금쯤이면 백일잔치를 했겠지. ……아내를 닮았다면 얼굴이 희고 웃음이 헤픈 아이였을 거요."

가지가 무성한 라일락나무가 가등 빛을 차단하고 있었으므로 나는 명환이 짓고 있는 표정을 잘 알아볼 수 없었다. 낯익은 어둠의 창날이 명환의 얼굴과 몸뚱이를 날카롭게 훑어 내리고 있었다.

"……나는 쓸 만한 월급쟁이였소. 죽음은 나를 다 먹어치우지는 못했지."

명환은 자신의 비어 있는 왼쪽 바지 자락을 쥐고 흔들어 보였다.

"이만큼만, 꼭 이만큼만 삼키다가 뱉어놓았소. 아마……"

그는 허탈하게 웃었다.

"이만큼만 삼켜봐도 충분하다고 생각했는지 모르겠소."

한순간, 그의 번쩍이는 눈이 십오 동 건물의 불빛들 사이를 안타깝게 더듬는 것을 나는 보았다.

"나를 이렇게 만들어놓은 자가 여기 살았다는 것을 알고 있소?"

나는 말없이 고개를 끄덕였다. 나는 오후에 보았던 인숙언니를 생각하고 있었다. 몰라보게 변한 그녀의 얼굴과 머릿속이 들여다보일 만큼 듬성듬성해진 머리숱을 생각하고 있었다. 가슴을 쥐어뜯는 고통이 엄습해왔다. 전화번호와 주소를 가르쳐달라고 하자 인숙언니는 그야말로 무표정한 눈으로, 그저 동공이 뚫려 있어 눈을 뜨고 있다는 것을 알 수 있을 뿐인 얼굴로 내 얼굴을 바라다보았다. 나는 수첩 한 장을 찢어 이모 집의 전화번호를 적어 건네주었다. 인숙언니는 그것을 들여다보지도 않은 채 기계적으로 가슴의 호주머니에 찔러 넣었다.

넌 여전히 바보로구나.

고개를 수그리며, 들릴 듯 말 듯하게 인숙언니가 뇌까렸다. 누릿하게 탈색된 머리카락 몇 가닥이 그녀의 부은 뺨으로 흘러내렸다.

내가 어떻게 너한테 전활 하겠니?

"……괜찮은 사람이었소. 나는 처음부터 알고 있었소. 그자가 썩 괜찮은 사람이라는 걸."

어느 늦은 밤, 젊은 가장이 혼자서 자신 앞에 찾아와 무릎을 꿇더라고 명환은 말했다. 젊은 가장은 괴롭다고 말했다고 했다. 죄가 있다면 모두 자신의 것이니 제발 아내와 아이들을 괴롭히지 말아달라고 애원했다는 것이었다.

명환은 잠시 말을 끊었다.

"그리고는 이사를 가더군."

뜻 모를 미소가 명환의 입가에 머물렀다.

"꼬마들이 주먹으로 눈물을 씻더군."

짧고 둔중한 경적 소리가 들려왔다. 명환은 정문을 통해 들어오고 있는 승용차들에게 시선을 돌렸다. 고급 차를 몰고 돌아온 가장들이 주차할 자리를 찾고 있었다. "여기다 댈까요?" "조금만 더 붙여봐요." 흰 와이셔츠 차림의 그들은 승용차 유리창 틈으로 고개를 내밀고 목소리를 높여댔다. 그들의 머리 위에도, 윤택이 흐르는 늘씬한 차체의 곡선 위에도 어둠이 술렁거리고 있었다. 명환은 그들을 바라보며 한동안 말을 끊고 있었다. 퇴색한 라일락꽃의 알싸한 방향이 코를 찔렀다.

"……그자가 어디로 이사를 했는지 알아내서 쫓아갈 수도 있었소. 그러나 그럴 필요가 있겠는가 말이오. 나 혼자 걸어보았던 싸움은 나 혼자 싱겁게 이겨버리고 말았소. ……그런데 이상하지, 그 식구들이 떠나니까 난 혼자가 되어버렸소. 이 커다란 아파트에, 어찌 되었든 나하고 상관 있었던 유일한 사람들이 떠나고 나니까……"

흐흐, 명환은 짧게 웃으며 피우다 만 담배를 오른발의 구두 뒤축으로 짓이겼다. 신음 소리 같은 웃음이었다.

"……어디로 가느냐고 물었소?"

자신이 물은 물음에 명환은 대답하지 않고 있었다.

단단한 침묵이 어둠과 함께 명환을 에워싸고 있었다. 나는 섬뜩한 예감을 느꼈다. 인숙언니가 떠난 것을 알았을 때 등골을 훑어 내렸던 서늘함이었다. 그 불길한 느낌에 저항하듯이, 명환을 에워싼 기분 나쁜 침묵과 어둠에 저항하듯이 나는 목소리를 쥐어짜서 외쳤다.

"이보세요."

명환은 대답하지 않았다. 벽돌 같은 침묵은 여전히 명환의 얼굴과 입술 언저리를 떠돌고 있었다. 나는 그 침묵을 견딜 수 없었다.

"이보세요, 이제 보니 아저씨는 무척 선한 사람인 것 같아요."

그 말이 끝나기 무섭게 명환은 방금 전과 같은 발작적인 웃음을 터뜨렸다. 클클클클클…… 이번의 웃음은 아까보다 더 오래갔다. 배를 움켜쥐고 웃어대던 명환은 휘청거리며 일어나서 목발을 축으로 빙그르르 돌아 보이기까지 했다.

"아, 아, 눈물이 나는군."

명환은 웃음기가 가시지 않은 얼굴로 말했다.

"……아직도 사람이 선해가지고 살 수 있다고 믿는 사람이 있나?"

무안하고 화가 나서, 더 이상 명환의 돌발적인 웃음을 참을 수 없다고 생각하며, 그러나 무엇보다 견딜 수 없는 슬픔이 치받쳐 올라왔으므로 나는 어찌할 바를 모르고 명환의 웃는 얼굴을 올려다보았다.

"그렇게 노려보지 마시오."

별안간 명환은 손을 뻗어 내 눈을 가리려 했다. 내가 움찔 놀라 고개를 뒤로 빼자 명환의 얼굴이 딱딱하게 굳어졌다. 내밀었던 손을 등 뒤로 감추며 나에게서 시선을 피했다.

수 초간의 침묵이 흘렀다. 그는 이윽고 회오와 고통이 뒤엉킨 목소리로 들릴 듯 말 듯하게 중얼거렸다.

"……그렇게 노려보지 말란 말이오."

그 다음날 새벽 세 시, 아파트촌 일대가 정전되었다.

밤새도록 밝혀져 있곤 하던 화단 옆의 가등이, 경비실의 백열전구가, 먼 도심에서 출렁이고 있던 불빛들의 일부가 한 번에 꺼졌다.

깊은 밤이었으므로 아파트의 모든 세대들은 깊이 잠들어 있었다. 서둘러 촛불을 밝히는 집도 없었다. 밤눈이 어두운 나는 한 치 앞도 알아볼 수 없는 어둠 속에서 담요를 끌어안고 있었다. 눈을 감으나 뜨나 어둠은 꼭 같았다. 나는 어린아이와 같은 두려움을 느꼈다. 내 육체가 존재한다는 것을 믿기 위해, 나는 어깨와 손과 가슴과 무릎을 더듬더듬 쓸어보았다.

시간은 더디 흘렀다. 동녘 하늘에서부터 새벽이 희부윰하게 동터오기만을 기다리며 나는 명환을 생각하고 있었다. 저 넓은 방에서, 가구 하나 들여놓지 않은 채, 불도 한번 켜지 않은 채 뒹굴며 살아왔던 명환을 생각했다. 명환의 방에서부터 헤엄쳐 온 어둠은 술렁거리며 내 베란다 문을 두들겨댔다. 어둠은 항암제 부작용으로 뽑혀 나간 인숙언니의 치렁치렁한 머리채 같았으며, 뱃속에 명환의 아이를 갖고 있었다는 얼굴 모를 여인의 하혈(下血) 같았다.

새벽은 내가 애타게 기다렸던 것처럼 환하게 밝아오지 않았다. 대신 다섯 시께부터 비가 뿌리기 시작했다. 굳게 잠가놓은 베란다 유리창 위로 검은 빗줄기가 온몸을 부딪쳐 으깨고 있었다.

어깨를 웅크리고 앉아 있던 나는 깨달았다.

그는 죽으려 하는 것이다.

집이 자신에게 필요 없다는 것은 그의 죽음을 의미하는 것이었다. 내가 그의 제의를 거절해온 바로 그 기간만큼 그의 죽음은 연기되어온 것이었다.

전기가 들어오는 모양이었다.

기침하듯이 하나둘 서울의 불빛들이 밝혀지기 시작했다. 다시 하루가 시작되고 있었다. 불빛들은 빗줄기 속에 흠뻑 젖은 채 아슴아슴 나를 향해 손짓하고 있었다.

그때였다. 맞은편의 어둠 속에서 상처 입은 짐승이 울부짖는 것 같은 낮고 고통스러운 소리가 터져 나왔다. 길고 습기 찬 침묵을 거느린 채, 그 음산한 절규는 검은 빗발 속을 헤엄쳐 와서 내 어두운 베란다를 울렸다.

나는 담요를 밀어내고 일어섰다. 고함 소리가 울려 나오는 어둠을 바라보았다. 형언할 수 없는 두려움이 내 입술을 떨게 했다. 두 번, 세 번, 고요한 아파트 단지에 울려 퍼지던 울부짖음은 흐느끼듯이 잦아들어갔다.

내가 떠나야겠다고 결심한 것은 그때였다. 명환에게서 하루빨리 달아나지 않으면 안 되었다. 그의 어둠이 시시각각 점령해 들어오고 있는 베란다 방을 즉시 떠나야만 했다.

5

밤하늘은 숨이 막히도록 어두웠다. 베란다 방에서 여러 번 밤을 지새워본 나는 아파트촌 위의 하늘이 가장 어두울 때를 지나서 새벽이 동튼다는 것을 알고 있었다. 가장 지독한 어둠이 가장 확실한 새벽의 징후임을 나는 수차례 보았다. 그러나 그때마다 나는 새벽을 의심했다. 고질병을 가진 사람이 한차례의 통증이 지나갈 때마다 죽음을 확신하듯, 나는 얼마 안 있어 지나가고 말 어둠이 영원할 것만 같다는 절망감에 사로잡히곤 했다.

이곳에서 새우는 마지막 밤이다.

이지러진 달이 칠흑 같은 서편 하늘을 떠돌고 있었다. 달은 나직한 신음 소리와 함께 어둠에 물어뜯기고 있었다. 그 날뛰는 먹빛 어둠 아래에서, 아직 잠들지 않은 색색의 불빛들이 명멸하고 있었다.

인숙언니를 다시 만난 다음날부터 나는 날마다 월세방을 알아보기 위해 변두리 동네의 구석구석을 걸어서 돌아다녔다. 나는 지쳐서 돌아오곤 했다. 베란다의 창살 앞에 곧 허물어질 것만 같은 몸뚱이를 기대어 서면, 저 불빛들은 여전히 무엇인가를 생각할 것을, 무엇인가를 꿈꿀 것을, 무엇인가의 밑바닥을 들여다볼 것을 나에게 강요하곤 했다.

무엇을 꿈꾸란 말인가. 인숙언니는 죽을 것이다. 나도 얼마 지나지 않아 이 찬란한 서울의 귀퉁이에서 차갑게 병들어갈 것이다. 무엇을 들여다보라는 말인가.

내가 불빛들에게서 고개를 돌리려 할 때마다 그것들은 시위하는 듯이, 입을 모아 야유하는 듯이 우울한 어둠 속에서 저마다 고함 지르며 손뼉을 쳐대고 있었다.

이제 그것들은 나에게 위안이 아니었다. 절망보다도 넌덜

머리 나는 미련이었다. 아무런 가능성도 없이 그저 살아 있는 인간이라면 그 가슴마다 무작정 들러붙어 꿈틀거리는 미련, 흡사 피를 빨아먹는 환형동물 같은 그것을 어떻게 희망이라고 부를 수 있을 것인가. 나는 지난 한 달 내내 저 불빛들을 보지 않기 위해 등을 돌리고 누워버리곤 했던 것이었다.

불빛들을 쏘아보고 있던 나는 담요를 깔기 위해 고개를 수그렸다. 순간 어두운 정문 경비실 벽면에서 무엇인가가 빛났다.

희끄무레하게 드러난 목발이 거기 있었다. 나는 줄곧 허공을 올려다보고 있었으므로 명환이 걸어 나오는 모습을 보지 못했다. 명환이 언제부터 거기 서 있었는지 알 수 없었다. 담배 연기를 들이마시고 있는지 낯익은 붉은 불빛이 깜박였다.

살아 있었다.

반가움과 고통이 뒤범벅이 되어 내 가슴은 내려앉았다. 지난 사흘 동안 나는 흉흉한 환영에 시달리고 있었다. 모든 죽음의 모습이 내 눈앞을 가로막곤 했다. 명환은 십사층 베란다에서 뛰어내렸으며, 으깨어진 머리에서 분수처럼 뿜어져 나온 핏줄기가 흥건하게 광장을 뒤덮었다. 명환은 신나를 뒤집어쓰고 화염에 휩싸였으며, 목에 노끈을 동여맸고, 면도칼로 동맥을 내리그었다. 그때마다 나는 식은땀이 맺힌 이마를 손등으로 짚으며 부질없는 생각들을 밀어내려 애썼었다.

명환의 담배 불빛이 아래위로 흔들리기 시작했다. 광장의 먹빛 어둠 속에서, 장작불의 불티가 허공으로 날리는 듯한 붉은 점이 피어올라왔다가는 강하하고 다시 피어올라왔다. 나는 자신도 모르게 뒷걸음질을 쳤다.

그것은 마치 아파트의 모든 사람들을 향해 명환이 흔드는 손짓인 것 같았다. 그 모든 사람들이 곤히 잠들어 있기 때문에 운 나쁘게도 나만이 저 손짓을 보고 있는 것 같았다.

내려와라, 이리 내려오너라.

소리 없는 불빛은 계속해서 허공을 오르내리고 있었다. 나는 거실과 통하는 미닫이문에 등을 바싹 붙인 채 고개를 저었다.

내려갈 필요는 없었다. 그를 만나야 할 이유가 없었다.

그러나 나는 강한 힘에 덜미를 거머잡힌 듯 두 손을 뒤로 더듬어 미닫이문을 열었다. 잰걸음으로 거실을 건너 현관문을 열었다. 승강기 단추를 힘주어 눌렀으나, 숫자 표시등은 꼼짝하지 않은 채 꼭대기 층을 가리키고 있었다. 손바닥으로 두어 번 더 두들기다가 계단으로 뛰어 내려갔다. 어둠 때문에 발을 몇 차례 헛디뎠다. 고꾸라져서 콘크리트 계단 턱을 함부로 짚는 바람에 손바닥과 정강이가 화끈거렸다. 손바닥을 옷자락에 문지르며 현관을 빠져나왔다. 얼굴이 달아올랐다. 뜨거운 입김이 가쁘게 뿜어져 나왔다. 이윽고 숨을 고르며 광장을 건너 명환이 서 있는 구석 자리까지 걸어가는 동안, 명환은 장초를 입에 물고 필터까지 타들어간 담배꽁초의 불을 옮기고 있었다.

명환의 얼굴은 마치 무엇엔가 넋이 나간 사람처럼 보였다.

검푸른 담배 연기가 어둠 속에 흩어졌다. 화단 옆에 밝혀진 가등 빛을 받아 희미하게 드러난 명환의 얼굴은 몰라보게 검어졌고, 형편없어져 있었다. 술에 취한 것 같지는 않았으나 오랜 시간 술과 땀에 절어 있었던 흔적이 역력했다.

"……언제 떠나는 거요?"

서너 발짝 떨어져 서서 숨을 고르고 있는 나에게 명환은 낮고 피로한 목소리로 물었다.

"오늘 아침에 떠나요."

"다들 가는군."

잠시 정적이 흘렀다.

그의 말대로였다. 나는 이제 명환이 혼자 남게 되리라는 것을 알고 있었다. 그 젊은 부부가 떠난 뒤 명환이 혼자 남았듯이, 이제 내가 가면 이 어두운 아파트에 명환이 아는 사람은 한 사람도 남지 않게 될 것이었다. 삼양동, 삼각산의 양지바른 곳이라는 그 산기슭으로 남은 짐을 옮기고 나면 나는 다시는 이곳을 찾지 않을 것이었다.

"그래…… 결국 내 집은?"

명환은 날카로운 시선을 들어, 그러나 반쯤은 이미 체념한 표정으로 나를 응시했다. 내가 대답하지 않자 그는 이내 고개를 떨구었다.

"후회할 거요."

명환은 고개를 숙인 채 두 손을 가볍게 쳐들었다가 허공에서 아무것도 붙잡을 것이 없다는 것을 깨달은 것처럼 힘없이 내려놓았다.

"……편안하고 아름다운 집이오. 내 아내는 열 평짜리라도 좋으니 아파트에서 사는 게 소원이었소. 이 집에 온 후 나는 한동안 아내가 여기를 와보면 얼마나 기뻐할까, 좋아서 얼굴이 발개지도록 웃고 또 웃겠지, 하는 생각을 하곤 했는데…… 잠에서 깨어날 때마다 아내가 더운물로 그릇 씻는 소리, 분주히 주방을 오가는 소리, 명랑하게 흥얼거리는 소리를 환청으로 듣곤 했소…… 물론 말 안 해도 나는 알고 있소, 아내가 죽어서…… 이 집이 아내와 아이의 몸값으로 사들인 집이라는 것쯤은."

말을 길게 이어 나가기도 힘이 든다는 듯이 명환은 여러 차례 숨을 헐떡이고 있었다. 담배 한 모금을 깊이 빨아 마셨다가 내뱉는가 싶더니, 그는 느닷없이 목청을 높여 소리쳤다.

"……나는 빈손이 되고 싶소, 어째서……!"

명환은 경련하는 듯이 자신의 어깨를 뒤틀고 있었다. 그의 고함 소리는 공허한 울림을 이끌고 아무도 없는 광장 가운데 울려 퍼졌다.

"……어째서 싫다는 거요?"

눈앞이 아뜩해졌다. 내 짐작이 옳았던 것이었다. 그래서 명환은 가구들을 불태웠던 것이었다. 죽음을 망설일 여지가 없는 빈손이 되기 위해, 그는 일생 동안 키워왔을 삶에 대한 욕망과 미련 들을 저 불 꺼진 방의 어둠 속에서 차근차근 짓부수고 있었던 것이었다.

"……그걸 몰라서 물으세요? ……그까짓 돈 때문에 제가 뭐든 할 수 있을 거라고 생각했나요?"

내가, 당신이 빈손이 되는 것을 도우리라고 생각했는가. 나는 온 힘을 다해 그렇게 반문했으나, 그 목소리는 내 목구멍만을 울리다가 어둠 속으로 흩어졌다.

그렇다면.

나는 무력하게 입을 다물었다. 끈덕진 물음들이 혀끝까지 치밀어 올라왔다.

그렇다면 당신은 무엇 때문에 이곳에 서서 당신의 불 꺼진 창을 노려보았던 것인가. 어째서 그리움이 가득한 눈으로 불빛들을 바라보았던 것인가. 어떻게 살아 있는 동안 빈손이 될 수 있다는 말인가. 이 세상의 공기를 들이마시고 있는 한 어떻게 완전한 빈 몸뚱이가 될 수 있다는 말인가.

그러나 나는 명환에게 한마디도 묻지 않았다. 고역스러운 침묵이 흘렀다. 이 밤만 지나면 다시는 명환을 보지 않아도 된다고 나는 생각했다.

다시는 이 사내의 곁에 서 있지 않아도 된다. 이 사내의 불행을 들여다보지 않아도 된다.

"……난 그쪽이 두려워하는 게 뭔지 알고 있소."

그것만이 유일한 할 일이라는 듯이 필사적으로 담배를 빨고 있던 명환은 별안간 내 눈을 똑바로 들여다보며 낮게 말했다. 넋 나간 사람 같던 그의 눈에 동물적인 광채가 스쳐 지나갔다.

"뭐가 두려운 건지 말해줄까?"

단단히 어깨를 곧추세운 명환은 목발을 짚고 화단 옆의 가등을 향해 걸어갔다. 문득 뒤를 돌아보더니 나에게 따라오라는 손짓을 했다.

불빛 희미한 가등 아래에서 명환은 땟국에 절은 점퍼의 소매를 걷었다. 언젠가 내가 담뱃불로 지진 흉터를 보았던 왼쪽 팔이 불빛 속에 드러났다. 명환은 소매를 말아 올렸다. 나도 모르게 신음이 터져 나왔다. 소매가 말려 올라감에 따라 여남은 개의 똑같은 흉터들이 일렬로 어깻죽지까지 찍혀 있었다.

"잘 봐."

명환은 오른손에 들고 있던 담배에서 재를 털어냈다. 주저 없이 왼팔에 있는 흉터들의 연장선에 담뱃불을 꽂았다. 경련하는 명환의 왼손이 비명을 지르려는 내 입을 막았다. 섭씨 삼백 도의 담뱃불이 명환의 살갗을 지지고 있었다. 그의 얼굴은 잠자코 체머리를 떨고 있었다. 그 악문 아랫입술에서 핏자락이 비치기 시작했을 때에야 비로소 명환은 내 입을 막았던 손과 자신의 어깨에 꽂고 있던 담뱃불을 함께 떼었다.

명환의 얼굴이 내 얼굴 가까이로 다가왔다. 단백질을 태우고 난 노린내가 물씬 풍겨왔다. 다리에 힘이 풀렸다. 명환에게서 물러섰다. 나도 모르게 터져 나오려는 고함을 참기 위해 얼굴을 감싸 안았다. 아파트 건물들이 일시에 휘청거리며 광장으로 무너진다고 느꼈을 때 나는 시멘트 바닥에 무릎을 꿇었다. 있는 힘을 다해 다시 몸을 일으켰다.

"……이제 만족해? 아직 사람을 죽게 하지 않았으니 넌 참으로 결백하군. 아무도 미워하지 않고, 아무에게도 해를 끼치지 않았으니 말야."

명환은 가등을 등지고 있었으므로 무슨 표정을 짓고 있는지 알 수 없었다. 오로지 어둠뿐이었다. 어둠만이 명환의 표정인 것 같았다. 한 발 한 발 육박해오는 명환으로부터, 나는 발뒤축을 더듬거리며 뒤로 물러섰다.

"어둠 속에서, 야금야금 음식을 축내며, 방바닥을 손톱으로 긁으며 버텨왔어! 이것이 사는 건가? 이대로 살아남으라는 건가? 그게 결국 네 양심이라는 건가? 똑바로 말해봐, 넌 그저 달아나고 싶은 거야, 그렇지? 나한테서, 이런 볼썽사나운 놈한테서 도망치려는 거지!"

명환은 목이 잠겨 있었다. 갈라진 고함 소리가 적요한 광장을 흔들었다.

"……도망치려는 거야, 영영 잊어버리려는 거야! 넌, 넌 나보다 더 비겁한 인간이야……!"

명환의 손이 내 목을 향해 치켜 올라왔다. 어둠이 꿈틀거렸다. 불빛들이 낱낱이 부서졌다.

나는 무릎을 광장 바닥에 짓찧었다. 주먹으로 귀를 틀어막았다. 외쳤다. 모든 두려움을, 일생 동안 키워온 두려움을 깨뜨리듯이 울부짖었다.

"불을 켜세요!"

나는 이를 부딪치며 떨고 있었다. 명환의 하나뿐인 다리를 붙안았다.

"……부, 불을 켜세요, 제발 불을 켜란 말이에요!"

나는 무섭게 뛰고 있는 내 심장 박동 소리를 들었다. 명환의 바지 자락에 젖은 얼굴을 비볐다. 살과 근육이 활활 타오르는 노린내가 그의 옷에 기름때처럼 엉겨 있었다.

"……불을 켜면 되잖아요, 살림살이를 들여놓고, 텔레비전을 켜세요, ……이곳이, 이곳이 싫으면 다른 데로 가면 되잖아요, ……이 빌어먹을 서울이 싫으면 떠나버리면 되잖아요, 그만한 돈을 가졌으면 어디서 뭘 해도 살 수 있어요, 살 수 있을 거예요……"

아득하게, 명환의 몸이 흔들리는 것이 느껴졌다. 그 흔들림을 붙안은 채 가쁜 숨을 몰아쉬었다. 껴안은 팔에 힘을 주었다. 이렇게 아득할 수 있을까. 나는 눈을 감았다. 모든 것이 아득하게 일렁이고 있었다.

얼마의 시간이 흘렀을까.

목발을 끼지 않은 그의 오른손이 내 머리털을 어루만졌다. 뜨겁고 혼탁한 한숨이 내 정수리에 꽂혔다. 뒤이어 명환의 목구멍을 빠져나온 쉰 목소리에는 풀기가 가셔져 있었다.

"나를 도울 수 있는 건 없어."

명환의 음성은 불분명하게 잦아들어갔다.

"……너도 마찬가지야. 나를 도울 수 없어."

나는 휘청거리며 몸을 일으켰다. 가까운 곳에서 들여다본 명환의 얼굴은 추하게 일그러져 있었다. 입술을 떨고 있는 나를 향해 명환은 지난 사흘 동안 준비해왔던 것인지도 모를 뜻밖의 부탁을 했다.

"저기서, 네 베란다에서 내 방을 보고 싶어."

무슨 뜻인지 이해하지 못하고 있는 나를 향해 명환은 언젠가 본 적이 있는 찡그린 듯한 미소를 지어 보였다. 우는 것 같은 웃음이었다.

끝이 보이지 않는 계단을 수차례 쉬어가며 걸어 올라 이모집의 현관 앞에 다다를 때까지, 우리들은 아무에게도 눈에 띄지 않았다. 한마디 말도 주고받지 않은 채였다.

내가 현관문을 열자 명환은 한쪽 구두를 벗고 목발 소리를 죽이며 앞장서서 거실을 건넜다.

동이 트려면 아직 먼 시각이었다.

나는 그의 어둑신한 뒷모습에 어찔한 현기증을 느꼈다. 어둠의 흥건한 타액에 뼛속까지 젖어버린 듯한 음울한 뒷모습이었다. 목발을 베란다의 창살에 기대어놓고 그 옆의 창살을 두 팔로 움켜쥔 채, 명환은 맞은편 건물에 있는 자신의 방을 건너다보고 있었다.

"불이 꺼졌군."

나는 나란히 서서 명환의 방을 함께 눈길로 더듬었다. 명환의 목소리는 무서울 만큼 차분하게 침전해 들어가 있었다. 나는 가슴을 쓸어내렸다. 명환의 몸뚱이는 지척에 있었지만 그의 혼은 알지 못하는 다른 곳을 헤매고 있는 것 같았다. 아니, 그의 육신에도 나의 손은 닿을 수 없을 것 같았다. 눈에 대고 있던 망원경을 떼었을 때 불현듯 멀어져버리는 풍경처럼, 누군가가 명환의 몸을 들어 까마득히 먼 곳으로 던져버린 것만 같았다.

조금 전 명환의 바지 자락을 붙안았을 때 느꼈던 아득한 무력감이 절망적으로 치밀어 올라왔다. 검푸른 혓바닥을 날름거리는 허공의 어둠이 내 눈을 혼돈스럽게 했다.

"저기 어떤 사람이 죽어 있어."

명환은 창살을 붙든 주먹을 불끈 쥐었다가는 펴고, 편 손을 다시 으스러져라 쥐는 동작을 반복하고 있었다.

"……더 견딜 수 없어서 죽였어."

어째서.

나는 고함치려 했지만 입술을 달싹도 할 수 없었다. 무력감은 어느새 어깨를 딛고 목을 타고 올라와 내 정수리를 무딘 발톱으로 짓이기고 있었다.

어째서 당신이 죽어.

풀벌레 소리도, 사람들의 말소리도, 찻소리도, 휘파람 같은 바람 소리도 들리지 않았다. 하늘은 어두웠다. 도시는 점점이 흰 불빛들을 밝혀놓은 채 까무룩 곤한 잠에 들어 있었다. 정갈하고 투명한 불빛들이었다. 명환의 시선이 그 불빛들을 어루만지고 있었다. 키가 닿지 않는 선반에 놓인 유리그릇을 손아귀에 붙잡고 싶어 하는 어린아이처럼, 그의 눈이 한순간 몽롱하게 번쩍였다.

"……참 조용하구나……"

그것이 그날 밤 명환이 말한 전부였다. 그는 부주의하게 목발 소리를 내며 미닫이문을 열고 거실로 나갔다. 내가 배웅하려 하자 그는 짐짓 입꼬리를 끌어 올려 웃으며 손을 내저었다.

명환은 소리 없이 현관문을 열었다. 정지한 승강기 문 위로 붉은 숫자 표시등만 고즈넉이 밝혀진 어둠 속으로 그는 뒤돌아보지 않으며 빨려 들어갔다. 나는 신을 신지 않은 채 우두커니 현관문을 손으로 짚고 서 있었다. 명환의 둔탁한 목발 소리가 길고 적막한 회랑 아래로 끊어질 듯 끊어질 듯 용케 이어지고 있었다.

점점 가늘어져가는 소리에 귀를 기울이다가 나는 베란다로 돌아왔다.

담요 위에 반듯이 누웠다. 무거운 두 다리를 억지로 폈다. 손깍지를 끼어 가슴 위에 얹었다. 천천히 고개만 돌려 바깥을 내다보았다. 손을 얹은 왼쪽 가슴이 무척 느리게 뛰고 있다고 나는 생각했다. 거칠고 짧은 박동 사이사이의 침묵이 금방이라도 멎어버릴 듯이 길었다. 이제 모두 끝났다고 나는 생각했다. 그러나 어떤 평화도 느낄 수 없었다. 일부러 소리 내어 나직하게 발음해보았다.

다 끝났다.

저 사내는 죽을 것이다. 인숙언니도 죽을 것이다. 나는 뻔뻔스럽게 한낮의 거리를 활보할 것이다.

어느 결엔가 새벽하늘이 푸른빛을 드리우기 시작했다. 달은 이미 지고 없었다. 무시무시한 신음 소리 같은 먹구름장이

잉크색 하늘에 소용돌이를 일으켜놓고 있었다. 그 위로 인숙 언니의 얼굴 같기도 하고 명환의 일그러진 얼굴 같기도 한 그림자가 너울거리고 있었다. 나는 그 하늘 가운데서부터 터져 나오는 울음소리를 들었다. 쇳소리가 섞인 앙칼진 비명이었다. 검은 고양이가 모가지를 뒤틀며 고함치고 있었다. 뭉클뭉클한 구름장에 뱃가죽을 문지르며, 파르스름한 눈으로 어둠을 쏘아보며 죽어가고 있었다. 나는 이를 악물었다. 턱으로 눈물이 굴러떨어졌다. 눈물이 뜨겁다는 것을 처음 안 사람처럼 나는 진저리를 쳤다.

6

깨어진 술병 조각 같은 햇살이 아파트 광장 가득 번득이며 쏟아져 내리고 있었다. 키 작은 정원화들이 옹기종기 늘어서 있는 화단 앞에서, 그러잖아도 주름투성이인 얼굴을 잔뜩 찡그린 늙은 관리인이 청록색 고무호스로 광장 중앙을 향해 물을 뿌리고 있었다. 굵은 물줄기에 투명한 햇살이 부딪쳐 흩어졌다.

나는 그 광장의 가장자리에 서 있었다. 큼직한 묶음의 책과 또 한 묶음의 이부자리를 양손에 들고 어깨에는 세면도구며 속옷가지를 넣은 헝겊 가방을 둘러멨다. 내 다리는 짐들의 무게에 눌려 금방이라도 주저앉을 것 같았다. 시선은 초점이 맞추어지지 않았으며, 불분명하게 흐려진 시야 곳곳에서 눈부신 수돗물 방울들이 헐떡이는 광장을 적시고 있었다. 관리인으로부터 몇 발짝 떨어진 곳에서 화사한 양산을 펼쳐 든 중년 여자들이 두런거리는 소리가 귓전에 꽂혔다.

머리가 흔적도 없었대요.

핏줄기가 꽃밭까지……

그럼 그 집은 누가 가지는 거유? 일가친척두 없다든데.

날 때부터 고아였나 보죠?

원, 날 때부터 고아인 사람도 있답디까…… 부모가 있으니까 태어났겠지.

아파트 정문을 빠져나오자 인도 변에는 아름드리 플라타너스들이 무성한 가지를 펼치고 있었다. 나는 그 나무들 아래 그늘진 보도블록을 따라 나아갔다. 후끈한 지열이 얼굴을 틀어막았다. 땀에 젖은 오금으로 눅눅한 바지 자락이 엉겼다.

팔 차선 횡단보도 앞에 이르자 붉은 신호였다. 묵직한 보퉁이들을 두 발 옆에 내려놓았다. 땀방울이 흘러들어가 맵싸해진 눈자위를 닦아냈다. 젖은 손바닥을 옷자락에 함부로 문질렀다. 맞은편에서 완강하게 붉은빛을 내쏘고 있는 신호등을 노려보았다. 고개를 꺾어 하늘 한복판에서 작열하고 있는 태양을 올려다보았다.

나는 눈살을 찌푸렸다. 이제 또 어디로 가나, 하고 침을 뱉듯이 뇌까리며 내려놓았던 보퉁이들을 양손에 집어 들었다. 가방을 어깨에 둘러멨다.

푸른 신호가 켜졌다. 네 박자의 날카로운 신호음이 터져 나오기 시작했다. 복사열이 끓어오르는 아스팔트를 성큼성큼 밟아가는 내 눈앞에 흐물거리는 어둠이 무너져 내렸다. 그 어둠 위로 수천수만의 불빛들이 일제히 점화되었다. 그것들은 마른 톱밥을 사른 불티들처럼 지상의 어둠을 에워싸고 너울대다가 이윽고 먹빛 허공 속으로 손짓하며 스러져갔다. 어디선가 목청껏 고함치는 소리, 합창 소리, 폭죽처럼 터지는 휘파람 소리들이 아득하게 메아리치고 있었다.

야간열차

1

모든 창에 불이 꺼질 때 야간열차는 떠난다. 머리를 푼 혼령 같은 어둠이 검은 산을 적시고 검은 강물에 섞이다가 아득한 지반(地盤) 아래로 가라앉을 때, 야간열차는 오래 참아왔던 고함을 내지르며 달려간다. 수많은 눈〔眼〕 같은 차창들이 번쩍인다. 식어가던 선로에 불꽃이 튄다. 제 정수리로 어둠을 짓부수며 야간열차는 무서운 속력으로 새벽을 향해 미끄러져 간다.

나는 그 야간열차에 대한 이야기를 동걸에게서 들었다.

동걸은 덩치가 좋은 녀석이었다. 보통 사람보다 머리통 하나만큼 큰 키에 가슴이 벌어졌다. 녀석의 목소리는 그 우람한 공명통에서 울려 나오는 것이니만큼 남달리 굵고 우렁찼다. 한번 웃어젖히면 주위에 있던 모르는 사람들까지 놀란 얼굴로 돌아보곤 했다.

체격 때문인지 동걸은 주량도 상당했다. 스무 살이나 스물한 살이었던 우리들의 술 모임은 동걸과 나까지 일곱 명으로 이루어져 있었다. 우리는 모일 때마다 폭음을 하곤 했는데, 똑같이 잔을 비운 동걸은 좀처럼 행동이 흐트러지지 않았다.

자정이 되어 술집에서 쫓겨난 우리는 공연히 승용차의 백미러에 발길질을 하거나 전신주 아래에 쭈그려 앉아 부실한 안주를 게우곤 했다. 우리는 잠긴 구멍가게 문틀을 두드려 눈도 제대로 뜨지 못하는 주인 아낙에게서 소주와 과자 부스러기를 사 들고는 교문 옆 철조망에 뚫린 개구멍으로 줄을 이어 기어 들어갔다. 그곳은 시도 때도 없이 "자고 가"라고 애걸하곤 하던 한 친구의 자취방으로 가는 지름길이었다. 발 디딜 틈도 없는 비좁은 방을 우리는 기꺼이 점거해주었다.

동걸은 그때쯤 해서 우리에게 작별도 고하지 않은 채 몰래 사라지곤 했다. 녀석은 버스가 끊어진 시각이라면 비싼 밤 택시를 잡아타고라도 집으로 돌아갔다.

그렇다고 동걸이 취한 모습을 보이지 않은 것은 아니었다. 이따금씩이기는 해도 동걸은 우리가 차례로 권하는 말술을 당하지 못할 때가 있었다. 그럴 때면 동걸은 딴사람이 되었다. 평소에 거친 욕설을 물고 다니던 그의 입가에는 곰살궂은 미소가 깃들었다. 말씨도 우는 아기를 달래는 것처럼 조심스러워졌다. 녀석은 우리에게 진기한 음모라도 털어놓듯이 "청량리역에서 밤 열한 시에 출발하는 기차가 있어"라고 속삭이곤 했다.

"제천에서부터 태백선(太白線)을 타고 산맥을 넘는다. 마침내 기관차가 어둠을 뚫고 새벽에 이르면 동해(東海)역에서부터 바다를 보며 달린다……"

동걸은 그 영동·태백선 통일호가 서는 역의 이름을 모두 꿰고 있었다. 태백선에서 가장 고도가 높은 추전역사를 지날 때 차창 밖에 일렁이는 어둠과, 묵호(墨湖)역과 옥계(玉溪)역을 잇는 광막한 해안선을 묘사할 때면 그의 눈은 이상스런 광채를 내뿜고 있었다.

그 장광설을 처음 들었을 때 나를 포함한 몇몇 녀석들은 젊은이다운 의욕을 보였다. "그럼 우리도 가보자, 동걸이 네가 안내해라" 하고 의견을 모았는데, 동걸이 자신은 야간열차를 타본 적이 없으며 주워들은 이야기일 뿐이라고 실토하자 왁자한 웃음이 터졌다.

우리는 막연한 흥분에 들떠서 다음날 밤 열 시 삼십 분에 청량리역에서 만나기로 약속했다. 약속 시간을 넘기며 마지막까지 오지 않은 사람은 정작 말을 꺼냈던 동걸이었다. 초조하게 기다리다가 발차 시간을 놓친 우리는 차표를 환불한 돈으로 역 근처의 싸구려 술집에 들어갔다. "그냥 놔두고 가버렸어야 했는데 기다린 것이 잘못이었어." "동걸이 자식 그렇게 안 봤는데 연락도 없이 이럴 수 있냐." "인석을 다음에 만나면 가만두지 않겠다." 우리는 머리를 맞대고 앉아 잔을 비우며 열렬하게 동걸을 성토했다.

다음 모임에 동걸은 정색을 하고 나타났다. "사정이 있었다, 뭐라고 사과해야 할지 모르겠구나" 하고 말한 뒤 동걸은 입을 다물고 있었다. 녀석에게 잔뜩 벼르고 있던 우리들은 맥이 풀려버렸다. "사과는 무슨, 덕분에 잘 놀았는걸" 하는 한 녀석의 넉살에 너도나도 찬동하며 잔을 부딪칠 수밖에 없었다. 동걸은 그날 밤 평소보다 무리하여 술을 들이켰으므로 우리는 덩달아 머리꼭지까지 취해버렸다.

동걸은 그 후로도 술에 취하면 야간열차를 이야기하곤 했다. 우리는 이미 그것에 시큰둥해져 있었다. "또 그 얘기냐" "누가 이 자식 좀 말려라" 하고 면박을 주었다. 동걸의 진지한 목소리를 한 귀로 흘리며 우리는 끼리끼리 술잔을 기울이거나 다른 이야기를 지껄였다.

아무도 들어주지 않는 긴 넋두리를 마친 동걸은 우리들의 얼굴을 차례차례 훑어보았다. 술기운에 붉어진 눈자위를 비비면서, 동걸은 왠지 모르게 참담해 보이는 표정으로 턱을 괴고 앉아 불분명한 콧노래를 흥얼거렸다. 그러다가 화장실이나 전화를 핑계로 자리를 뜨곤 했다. 동걸이 다시 자리로 돌아오는 일은 없었다. 우리는 으레 그런 녀석이려니 하고 체념하고 있었으므로 굳이 그를 붙잡지 않았다.

그런 희한한 술버릇만 아니라면 동걸은 우리 모임에서 없어서는 안 될 친구였다. 녀석의 커다란 눈은 언제나 상대방을 꿰뚫으려는 듯이 번쩍이고 있었으므로 처음 보는 사람은 누구나 그 앞에서 몸 둘 바를 몰라 했다. 나는 제법 친한 친구였음에도 불구하고 동걸을 만날 때마다 가벼운 긴장을 하곤 했다. 적의가 있어서라기보다는 날카로운 발톱을 타고난 탓에 아무것에나 쉽게 상처를 입히는 맹수처럼, 동걸의 눈에서는 사람을 두렵게도 하고 매료당하게도 하는 야생의 힘이 발산되고 있었다.

동걸은 그 눈빛에 어울리는 열정을 가지고 있었다. 그는 술을 마시는 날을 정해놓고 있어서 어떤 날은 분위기야 망가지든 말든 단 한 방울도 마시지 않았고, 일단 마시기 시작하면 취하지 않았다 하더라도 술집이 떠나가도록 탁자를 두들기며 노래했다. 동걸은 좌중을 압도하는 법을 알고 있었다. 그는 파괴적으로 느껴질 만큼 흥겹게 자신을 내던지며 놀았다.

동걸은 새벽마다 도서관에 나가는 학구적인 일면도 보였다. 노력한 만큼 매번 장학금을 독식하던 녀석은 과외 아르바이트를 두 건이나 하고 있었고 방학 때면 막일도 하는 눈치였다.

동걸은 일찍 홀로된 어머니를 모시고 전문대학에 다니는 여동생과 함께 살고 있다고 했다. 녀석은 언젠가 자신이 결코 귀를 후비지 않는다고 공언한 적이 있었는데, 그것은 아버지가 이암(耳癌)으로 죽었기 때문이라고 했다. 나는 이따금 녀석의 귀를 잡아당겨 후— 하고 입바람을 불어넣는 장난을 하곤 했다. 녀석이 기겁을 하면 "이렇게라도 청소를 해줘야지 인마" 하고 농을 걸었다.

내가 보기에는 몸이 세 조각이라도 모자랄 것 같은 것이 동걸의 생활이었다. 다른 사람이 염려하거나 관심을 둘 여지도 남기지 않은 채 그는 모든 일을 스스로 해결했다. 완벽해 보이는 녀석의 모습을 나는 속으로 선망하고 있었다.

그 무렵 나는 모든 것에 실망하고 있었고 그 실망을 견디기 위해 모든 것을 빈정거리고 있었다. 나에게 정열이 있다는 것을 알고 있었지만 어디에도 그것을 부려둘 데가 없었다. 정열이 달구어질수록 나는 그것을 짐스러워하고 있었다. 내가 내보일 수 있는 행동은 술을 마시는 일과 친구들이 놀랄 만한 냉소적인 농담을 적시에 내뱉는 일뿐이었다. 친구들은 나에게 겉늙었다고 말했다.

동걸은 나와 달랐다. 일분일초를 맹렬하게 싸워나가고 있었다. 나는 그를 볼 때면 서커스에서 불을 토하는 사나이를 떠올리곤 했다. 얼굴은 검댕투성이이고 벗은 상체에 번들번들 땀이 흐르는 동걸의 입에서 뜨거운 바람과 함께 불길이 치솟는 상상은 나를 섬뜩하게 만들었다.

상상 속 사나이의 얼굴은 진지했다. 이글거리는 불꽃은 마치 사나이의 내장 깊숙한 곳에서 당겨진 것 같았다. 불을 다 토해낸 사나이는 허리를 굽히고 손을 내밀며 인사했다. 은근한 자랑에 찬 미소가 사나이의 입가에 어렸다. 숨을 죽이고 있던 처녀들과 어린아이들이 그의 손에 동전을 쥐어주었다. 모두가 사나이의 얼굴을 만져보고 싶어 했다. 나는 멀찌감치 서서 그 사나이를 보고 있었다. 불을 토하는 괴물이 웃는다고 빈정거리고 있었다. 절망을 모르는 괴물, 아무것도 토해낼 수 없는 자의 눈물을 모르는 괴물, 나는 그를 시기하기 때문에 비웃고 있었다……

그를 만날 때마다 나는 그런 터무니없는 상상을 내심 부끄러워하곤 했다.

그러던 어느 날이었다. 늦여름의 태양이 후끈하게 대기를 조여오던 하오, 나와 함께 교문을 나서다 말고 동걸은 신경질적으로 자신의 관자놀이를 짓눌렀다.

"이명(耳鳴)이야, 별거 아냐."

내가 왜냐고 묻자 동걸은 말끝을 흐리며 너털웃음을 웃었다. 그러나 곧이어 그는 눈에 보이게 손을 떨며 자신의 귀를 틀어막았다. 녀석의 낯빛이 전에 없이 창백했다.

"기차 바퀴 소리……"

동걸은 들릴 듯 말 듯한 목소리로 허공을 비껴 바라보며 그렇게 중얼거렸다.

그때 녀석의 눈빛이 얼마나 서늘했던지 나는 이 사람이 누군가, 내가 아는 동걸인가, 어디 숨어 있었던 다른 사내인가 하는 두려움마저 느꼈다. 교문 앞 횡단보도의 신호가 바뀔 때까지 나는 그에게 한마디 말도 건네지 못했다. 동걸은 옆에 있는 나를 전혀 의식하고 있지 않았다. 미세한 경련이 남은 손가락으로 자신의 귓바퀴를 연신 어루만지고 있을 뿐이었다. 그의 서늘한 시선이 닿은 곳을 나는 가늠할 수 없었다.

그 일이 있고 나자 술에 취하여 동걸이 들려주는 야간열차 이야기는 나에게 어쩐지 신비스러운 느낌을 주었다. 모든 것을 다 보여주는 것 같은 녀석의 껍질을 한 꺼풀 벗기면 단단하고 두꺼운 또 하나의 껍질이 있을 것임을 나는 막연히 느끼고 있었다. "나는 야간열차를 타고 떠나겠어"라고 말하는 동걸의 취한 얼굴에는 녀석답지 않게 무언가 사는 일을 귀찮아하는 듯한 그늘이 어려 있었다. 밤 열한 시에 기차에 오르면 그만인 것에 그토록 집착하는 이유를 나는 알 수 없었다. 환청으로까지 열차 소리를 들으면서 왜 떠나지 못하는가.

내가 군 입대를 앞두었을 때였다. 나는 친구들이 마련해준 환송회의 분위기가 무르익어갈 무렵 동걸의 붉어진 눈자위에서 야간열차를 상기했다. 나는 오래전에 동걸의 불참으로 실패했던 여행을 그날 밤 실행해볼 것을 제안했다.

"너희들과 같이 타보고 싶어, 지금 가면 시간도 꼭 맞겠어."

그때 완강히 반대한 사람은 동걸이었다. "싫다." 동걸은 딱 잘라 말했다. "나는 빼놓고 가." 친구들은 입을 모아 동걸을 나무랐다. "오늘은 영현이를 위한 자리야, 왜 안 된다는 거냐?" "영현이는 동걸이 너랑 같이 가고 싶은 거야 인마."

결국 동걸은 청량리역까지 끌려왔으나, 개찰구를 통과하는 우리들에게 손이나 몇 번 흔들어주다가 고집스러운 뒷모습을 보이며 역사 밖으로 사라졌다.

야간열차는 한산했다. 열차의 진동에 맞추어 소주병들이 요란한 소리를 내며 굴러다니는 객실에서 우리는 술을 마시고 노래했다. 강원도로 접어들 때쯤 되자 몇은 잠들었고 몇은 객실 밖으로 나가 담배를 피웠다. 종착역인 강릉에 도착했을 때 우리는 녹초가 되어 있었지만 경포 바닷가에서는 짐승들처럼 날뛰며 바닷물 장난을 했다.

나는 누구보다도 쾌활하게 분위기에 동조하고 있었다. 마음 한편에서 조용히 부풀고 있는 우울을 짓누르기 위해 큰 소리로 친구들의 이름을 부르며 웃었다. 나의 자유는 이제 만 하루를 남겨놓고 있다는 것을 알고 있었다. 나의 젊음이, 슬픔이, 바람 같은 만남들이 일제히 치밀어 올라와 나는 욕지기를 느꼈다. 돌아오는 고속버스 안에서 나는 비닐봉지에 얼굴을 묻고 토악질을 했다. 의식 한편으로 불빛 희미한 청량리역사에서 고집스럽게 돌아서던 동결의 옆얼굴이 어른거리고 있었다.

나는 외로웠으며 그 얼굴이 어쩐지 그리워졌다. 동결의 행동은 언제나 거칠지만 이상하게 사람을 방심하게 하는 따스함이 있다고 나는 생각했다.

"영현이 넌 마치 장난으로 살아보는 사람같이 굴지만, 실은 이 세계에 가장 잘 적응할 녀석이야. 그래서 네가 부러웠다. 넌 잘 해낼 거야." 전날 밤의 환송회에서 내 잔에 술을 가득 부어주며 동결은 그렇게 말했었다. 큰형님이라도 되는 듯한 말투, 나의 모든 것을 알고 있다는 표정이 내 기분을 언짢게 했었다.

그런데 나는 녀석이 그리웠다. 녀석의 솔직하고 커다란 웃음이 귓전에 우렁우렁 부서졌다. 늘 바쁘기만 하고 사람들의 일에는 무심한 줄 알았던 녀석은 반년 전 내 어머니의 부음을 듣고 가장 먼저 달려온 친구였다. 그는 생전 하지 않던 외박을 하며 영안실에서 밤을 새워주었다. 하관을 할 때 녀석의 광대뼈 불거진 뺨에 굵은 눈물이 떨어졌는데, 그 모습에 당사자인 나뿐 아니라 다른 친구들까지 너나없이 격정적인 슬픔에 휩싸여 울음을 터뜨렸었다.

서울로 돌아가는 버스는 눈 쌓인 대관령을 넘고 있었다. 고도 때문에 귀가 먹먹했다. 구토를 하여 다소 탈수 상태인 몸을 등받이에 기댄 채 나는 동걸의 새벽을 생각하고 있었다. 내가 야간열차를 타고 태백산맥을 건너와 동해 바닷가를 거닐었다는 것은 꿈인 것만 같았다. 캄캄한 서울의 신새벽, 쓰레기와 비닐봉지가 구르는 차가운 거리를 떠도는 동걸의 모습이 나의 분신인 것만 같았다.

입대한 후로도 나는 유독 동걸이 보고 싶었다. 녀석을 떠올릴 때면 불을 뿜는 사나이와 함께 기차 연기의 매캐한 냄새를 연상하곤 했다. 밤 플랫폼의 어둠은 발차의 연기 속에 뿌옇게 젖어들고 있었다. 그 어둠을 바라보며 차창에 머리를 기대고 있는 동걸의 얼굴은 종종 뭉개어진 낯선 얼굴과 혼동되었다. 흠칫 놀라 상상에서 깨어나면 그것은 나의 얼굴이었다. 입대 전 떠들썩한 술자리에서 잠시 빠져나와 밤 술집의 화장실 거울 앞에 넋을 잃고 서서 까닭 모를 우울을 곱씹던, 머리를 기른 소년의 얼굴이었다.

2

내가 다시 야간열차를 탄 것은 가을 학기가 시작된 지 삼 주 뒤에 전역하는 바람에 복학일을 놓쳐버렸을 무렵이었다. 신학기가 올 때까지 나는 하릴없이 쏘다니는 것으로 시간을 보내고 있었다.

친구 녀석들은 대부분 병영에 있었다. 동결만이 짧은 방위병 생활을 마치고 대학을 졸업한 뒤 직장 생활을 하는 중이라고 들었다. 나는 왠지 불명예스럽게 느껴지는 깎인 머리를 동결에게 보이고 싶지 않다는 생각이 들었다. 그래서 가을이 다 가도록 동결에게 연락하는 일을 미루고 있었다.

그 무렵 나는 전염된 것처럼 야간열차를 타고 싶어 하고 있었다. 내가 직접 타보았던 열차임에도 불구하고 여전히 그것은 나에게 미지의 것처럼 생각되었다. 자유로운 몸이었던 내가 선뜻 열차를 타지 않은 것은 단지 청량리역에 갈 수 없었기 때문이었다. 지하철로 여남은 구간이면 도착할 수 있는 그곳이 지독히 멀고 황량하게 느껴졌다. 마치 유형의 장소에라도 가는 것처럼 발걸음이 내키지 않았다.

입대 전 어머니가 돌아가신 뒤부터 집안 분위기는 차츰 윤기를 잃어가고 있었다. 아버지는 전해에 공무원직을 은퇴했다. 언제나 정력적으로 보이던 아버지의 머리털은 눈에 띄게 세어 있었다. 오랜 공무원 생활로 딱딱하게 굳어진 얼굴에 하나둘 저승꽃이 돋고 있었다. 지방 대학에 다니는 작은형은 탈상(脫喪) 뒤에는 전화 한 통도 인색했다. 명절 때가 아니면 서울에 올라오지도 않았다.

큰형의 결혼으로 형수가 들어와 그나마 집안 꼴이 유지되고 있었다. 나보다 한 살이 많을 뿐인 어린 형수는 나에게 요란스러운 친절을 베풀었다. 그러나 나는 왠지 그녀에게서 냉랭한 기운을 느꼈다. 나는 형수가 차려준 밥에서 돌이 씹히면 뱉기가 민망하여 삼켜버렸다. 옷을 빨도록 내다놓는 것이 싫어서 때 묻고 땀이 찬 옷들을 다시 주워 입었다.

나는 집에 있는 시간을 견딜 수 없었다. 아침을 먹자마자 내던져지는 기분으로 대문을 뛰쳐나오곤 했다. 거리를 걷는 것에 지치면 서점에 들어가 사지도 않을 책들을 뒤적거렸다. 친구라도 기다리는 사람처럼 찻집에 앉아 여자들이나 구경하다가 땅거미가 깔릴 때쯤 집으로 돌아왔다. 거리에는 낙엽이 굴러다녔고 내 발에 밟히면 소리를 내며 부서졌다.

그렇게 가을이 가고 서울 시내에 첫눈 대신 진눈깨비가 흩어지던 날 나는 내 머리털이 예전처럼 더부룩해져 있는 것을 보았다. 나는 퇴근 무렵 동걸의 사무실 앞으로 찾아가 녀석에게 전화를 걸었다.

높다란 건물 현관의 회전문을 열고 동걸은 훤칠한 모습을 드러냈다.

"너답구나, 그렇다고 이렇게 소리 소문 없이 돌아와도 되는 거냐?"

동걸이 악수를 청했다. 나는 그의 여전히 형형한 눈을 마주 보았다. 그의 손은 따스하고 끈적끈적했다. 문득 외로운 생각이 들어서 나는 얼른 손을 빼내었다.

달리 할 것이 없었으므로 우리는 술을 마셨다. 동걸의 우렁우렁 울리던 목소리는 거칠었던 표면이 깔끔하게 가다듬어져 있었다. 대화 중간중간에 함부로 박혀 있던 욕설이 제거된 녀석의 말씨에서 어딘가 모르게 기성세대의 냄새가 나고 있었다. 내가 나의 무력한 젊음이 헐거워 견디지 못할 때 동걸은 이토록 몸에 꼭 끼는 생활을 치러내고 있었다고 생각하자 나는 더욱 외로운 생각이 들었다.

뾰족이 즐겁지 않은 군대 이야기와 지난 시절 이야기, 녀석의 직장 이야기를 근근이 이어가던 우리는 종종 깨진 병 조각 같은 침묵을 조심스럽게 어루만지곤 했다. 열 시도 되기 전에 손목시계를 여러 번 들여다보던 동걸은 그만 일어서자고 말했다.

"야간열차 기억하냐?"

양복 상의를 걸치기 위해 다소 살이 찐 상체를 뒤로 젖히는 동걸에게 나는 대뜸 그렇게 물었다. 동걸은 옷에 팔을 꿰며 내 다음 말을 재촉하는 눈짓을 했다. 녀석의 눈이 잠시 광채를 발하는 것처럼 보였다.

"청량리역 안내 전화번호 세 개를 주문처럼 외우고 있지. 지독하게 통화 중이다가 어렵사리 연결되면 눈을 감고 물어. 강릉행 야간열차표 한 장 있습니까?"

동걸은 느슨하게 해두었던 넥타이를 조이다 말고 느닷없이 우렁찬 웃음을 터뜨렸다. 옆 테이블에 앉아 있던 회사원 차림의 사내들이 이야기하다 말고 동걸을 곁눈으로 보며 킬킬거렸다.

"안내원은 없다고 대답해, 젠장 요새는 유행이 되어버려서 그걸 타고 놀러 다니는 사람들이 많은 모양이야. 그런데 이상하지, 차표가 없다는 응답을 듣고 나면 이상한 안도감을 느껴. 그제야 집으로 돌아갈 수가 있게 돼…… 문득 너를 이해할 수 있을 것 같은 생각이 들었어."

"난 다 잊어버렸어."

웃음기를 거둔 동걸은 나에게 동조하는 대신 짧고 낮게 뇌까렸다. 녀석의 눈은 더 이상 빛나지 않았다.

잠시 침묵이 흘렀다. 화제를 바꾸기 위해 짐짓 명랑하게 복학 계획을 물어오는 녀석의 사교적인 목소리에서 나는 상한 음식인 줄 알면서 그것을 삼킬 때 느끼는 물컹하고 우울한 느낌을 받았다.

"딱 한 잔만."

술집을 나와 도로변을 따라 걷다가 나는 포장마차를 가리켰다.

나는 아직 돌아가고 싶지 않았다. 밤 깊은 시내버스와 취해 있는 승객들을 맨정신으로 견딜 수 있을 것 같지 않았다. 나를 기다리고 있는 집 안의 침묵, 형수가 부엌 한켠에 차려놓은 형님 몫의 밥상, 상보를 들쳐보면 적요하게 놓여 있는 숟가락과 젓가락, 물이나 들이켜다가 내 방에 들어서면 언제나처럼 입을 벌리고 있을 어둠이 싫었다.

자정이 가까울 때까지 나는 동결을 놓아주지 않았다. 억울하고 화가 나서, 내가 병영에서 날려버린 젊음에, 아직도 까마득히 남아 있는 인생의 길이에 화가 나서 나는 과음을 하고 있었다. 동결은 다음날 출근할 사람이라는 생색을 내지 않아주었다. 그것에 감사하며 나는 마음껏 취했다.

토막토막 끊기는 의식 속에서 나는 연신 "억울해"라고 말했다. 내 잔에 술을 따르며 억울하다고 말했고, 술잔을 소리 내어 내려놓으며 억울하다고 말했다.

"뭐가? 뭐가 억울하냐구?"

물끄러미 나를 바라보는 동결을 향해 나는 공연히 화를 냈다.

"그래 너는 억울한 것이 없단 말이냐?"

동결은 제법 술을 들이켜고 있었다. 몇 번 내 잔을 빼앗으려 했던 녀석은 나를 말리는 것을 체념한 모양이었다. 이런 상황에서는 차라리 함께 취해버리는 것이 낫겠다고 판단한 것인지, 나보다도 빠르게 잔을 비우고 있었다.

잔을 비울수록 동결은 과묵해지고 있었다. 몸집이 큰 사람이 침묵을 지키면 그의 몸이 송두리째 벽처럼 느껴진다. 나는 헛되이 목청을 높여 그 벽에 균열을 내고자 했다. "억울해, 억울하단 말이다아." 그러나 벽은 움직이지 않았다.

포장마차를 나섰을 때 진눈깨비는 눈발이 되어 있었다. 우리는 비틀거리며 나란히 서서 가등이 비추는 곳마다 춤추는 눈발을 바라보았다. 굵은 눈송이들이 몽롱하게 빛나며 보도블록에 내려앉고 있었다. 내 눈썹에도 뺨에도 눈송이가 맺혔다.

그때 갑자기 동걸이 두 귀를 감싸 쥐며 주저앉았다. 우뚝 서 있던 육중한 건물이 무너지듯이 녀석의 몸은 무너졌다. 무릎을 꿇은 동걸은 눈 쌓인 보도블록에 상체를 내던졌다.

"기차 바퀴 소리……"

이마를 땅에 찧으며 동걸은 이를 악물고 거친 숨을 몰아쉬고 있었다. 나는 놀라서 녀석을 일으키려 했으나 중심을 가누지 못하고 함께 주저앉아버렸다.

"제기랄 기차 바퀴, 기차 바퀴 소리가 들려……"

나는 술이 깨는 것을 느꼈다. 보도블록이, 가등이, 눈송이가 어지럽게 흔들렸다.

이것은 또 무엇인가, 이건 또 어디에 숨어 있던 자식인가.

내 의식은 찬물을 뒤집어쓴 듯 명료해졌다. 동걸의 눈에서 굵은 눈물이, 나의 어머니를 묻을 때 꼭 한 번 보았던 눈물방울이 거짓말처럼 연달아 떨어져 내렸다.

"떠나자."

동걸은 주먹으로 눈물을 씻으며 일어섰다. 몸을 일으키지 못하고 팔을 허우적거리는 나를 녀석은 기운차게 일으켜주었다.

"너, 너무 늦은 시간이야, 열차도 떠났어." 내가 더듬거리며 말하자 동걸은 특유의 단호하고 커다란 목소리로 "제기랄, 시간 따윈 아무래도 좋아"라고 외쳤다.

"넌 운전병이었잖아? 아무리 취했어도 차를 몰 수는 있어."

동결은 길가에 세워져 오롯이 흰 눈을 맞고 있던 용달차의 차창을 주먹으로 쳤다. 단단한 유리창은 깨지지 않았다. 연달아 주먹을 날리는 녀석의 허리를 껴안으며 나는 외쳤다.

"정신 차려 인마, 인마, 열쇠도 없이 시동을 건단 말이냐?"

동결은 짐승 우는 소리를 내며 내 팔을 뿌리쳤다. 녀석은 실성한 사람처럼 차들이 주차한 골목으로 달려갔다. 나는 동결을 불렀다. 몸이 말을 듣지 않았다. 어떻게든 녀석을 말려야 했다. 고꾸라지며 달려가 녀석의 팔을 붙들었다. 동결은 헐떡이고 있었다. 가쁜 숨을 몰아쉴 때마다 불안정한 눈동자가 어둠 속을 어지럽게 더듬었다. 다시 중심을 가다듬고 자동차를 향해 돌진하는 녀석을 향해 나는 외쳤다.

"여기, 여길 봐라!"

나는 셔터 내려진 세탁소 앞에 세워진 자전거 한 대를 가리켰다.

동결은 격렬한 웃음을 터뜨렸다.

"이걸 타고 어딜 간다는 거냐?"

동결은 내 볼을 아무렇게나 쥐고 흔들며 그렇게 빈정거렸다. 내 얼어붙은 얼굴 위로 그의 손은 불덩이처럼 뜨거웠다. 한바탕의 웃음으로 녀석의 얼굴에서는 비장(悲壯)함이 빠져나가 있었다.

그는 껄껄 웃으며 가등을 향해 걸어갔다. 가등 아래에 다다르자 두 팔을 벌렸다. 불빛을 한 몸에 받은 녀석은 마치 만세라도 부르는 것 같았다. 눈발이 그의 몸으로 모여들고 있었다. 수 초간의 침묵이 흐른 뒤 그는 팔을 얌전히 내려놓았다.

형편없이 낡은 자전거였다. 나는 그것에 올라탔다.

취기 때문에 몇 미터를 가지 못하고 고꾸라졌다. 보고만 있던 동걸은 나의 뒤를 따라와 쓰러진 자전거를 일으켜 세워주었다.

"네가 타라."

나는 옷자락에 묻은 눈과 흙을 털며 말했다. 동걸은 말없이 고개를 저었다. 그는 어둠 속에서 희미하게 웃고 있었다.

그의 얼굴에서는 수 분 전의 광기가 사라져 있었다. 사람이 몹시 피로할 때 애써 지어 보이는 웃음을 머금고 있을 뿐이었다. 그의 느닷없는 눈물이 나를 놀라게 한 것만큼 그의 갑작스러운 체념은 나를 당황하게 했다.

"타라."

나는 다시 힘주어 말했다.

동걸은 마지못한 듯이 자전거의 핸들을 넘겨받았다. 양복 차림에 건장한 몸집의 동걸이 자전거에 올라탄 모습은 우스꽝스러우리라고 생각했는데 뜻밖에 잘 어울렸다. 그의 발이 페달을 밟았다. 자전거는 가등이 비추지 않는 어둠 속으로 민첩하게 미끄러져갔다.

나는 그를 뒤쫓아 달렸다. 동걸의 속력을 따라잡을 수 없었다. 문득 혼자서 이 밤거리를 달리고 있구나 하는 생각이 들었다. 모퉁이를 돌아간 동결의 모습은 이제 보이지 않았다.

이것이 꿈인가.

나는 이 길이 영원히 끝나지 않을 것이라는 생각을 했다. 동결은 영원히 내가 잡을 수 없는 곳까지 그 낡은 자전거를 타고 미끄러져 가버렸다고 나는 생각했다.

얼마나 걸었을까. 어기적거리는 발걸음을 간신히 떼어놓다가 나는 동결을 발견했다. 문을 닫은 후락한 점포 앞에 동결은 쓰러져 있었다. 자전거 바퀴는 회전을 멈추고 있었다. 녀석의 외투 위로 차곡차곡 눈송이가 쌓이고 있었다.

순간 나는 그가 죽었다고 생각했다. 눈 속에 쓰러진 동결의 머리를 들어 올렸다. 녀석의 이마에 찢긴 상처가 있었다. 나는 겁에 질려 그것을 어루만졌다. 동결이 외마디 신음을 했다.

"너무 취했어……"

동결은 눈을 떴다. 가까이에서 본 그의 얼굴은 눈(雪)빛에 반사되어 마치 앳된 소년처럼 보였다. 녀석은 늘어뜨려져 있던 팔을 들어 나의 뺨을 툭툭 치며 웃어 보였다.

"다친 건 아니야, 그냥 취했어."

나는 동결을 부축해 일으켰다. 녀석의 몸만으로도 무거웠으므로 자전거를 버려두어야 했다. 택시를 잡기 위해 큰길까지 나가는 동안 우리는 여러 번 땅바닥에 주저앉았다.

"택시, 택시잇! 젠장."

우리는 경매꾼들처럼 손을 치켜들고 고함쳤다. 어렵사리 합승을 했을 때 나는 이를 부딪치며 떨고 있었다. 동결은 눈을 감은 채 자신의 집으로 가는 길을 기사에게 설명해주었다.

그의 집은 후암동이었다. 택시에서 내리고 나서도 꼬불꼬불하고 비좁은 골목길을 한참 올라가야 했다. 그 길에서 동걸은 나에게 몇 번이고 그만 집으로 돌아가라고 말했다.

"됐다, 나는 그만 됐어, 택시비는 있냐?"

"집에는 가고 싶지 않다니까. 아무도 날 기다리지 않아."

나는 내가 어디에서 자든지 상관 말라며 동걸에게 큰소리를 치고 있었다.

막다른 골목에 들어서자 동걸의 집이었다. 가볍게 잠긴 덧문은 힘주어 밀자 열렸다. 입구가 따로 난 반지하의 셋방이 있었다. 동걸은 호주머니에서 열쇠를 꺼내 문을 열었다. 문턱을 넘어서자 세면장과 부엌을 겸한 한 평 반 정도의 공간이 있었다. 밤눈이 어두운 나의 발에 채여 빨래판이 넘어졌다. 거기 기대어 있던 냄비가 요란한 소리를 내며 엎어졌다. 허둥지둥 그것들을 제자리에 세우는 나를 보며 동걸은 소리를 죽여 웃었다.

동걸은 잠기지 않은 방문을 열었다.

어둠 속에 웅크려 누운 이불채들이 보였다. 잠든 사람들의 숨소리가 규칙적으로 교차되고 있었다.

동걸은 구두를 벗고 방으로 들어갔다. 그는 자신의 몫으로 깔린 두툼한 이불채 속으로 다리를 밀어 넣었다.

"들어와."

녀석은 겉옷을 벗어 아무렇게나 윗목에 던졌다.

"문 닫고 이리 오라니까."

나는 신을 벗었다. 문을 닫자 방은 칠흑같이 어두웠다. 네발로 엉금엉금 기어 동걸의 곁으로 갔다. 녀석의 옆에 굼벵이처럼 웅크려 누웠다. 녀석은 제 이불을 끌어당겨 내 몸에 덮어주었다. 등의 반쪽이 걸쳐진 방바닥이 찼다.

이상한 일이었다.

한 번도 나의 집에서는 잠들 수 없었던 몸이 간절하게 잠을 원하고 있었다. 언제나 나를 향해 날카로운 번민들을 겨누고 있던 어둠은 이제는 고요하게 공기 중에 섞여 내 취하고 피로한 몸을 어루만지고 있었다.

동걸은 잠이 오지 않는지 이리저리 몸을 뒤척이고 있었다. 그의 눈물, 고함 소리, 자전거, 불빛, 흩어지는 눈송이가 뒤숭숭하게 떠도는 어둠을 노려보다가 나는 잠들었다.

목이 말라 눈을 떴을 때 방에는 불이 켜져 있었다. 누가 벗겼는지 나는 속옷 바람에 푹신한 캐시밀론 이불을 덮고 누워 있었다. 높은 베개를 목덜미에 벤 탓에 나는 여태 입을 벌리고 잔 모양이었다. 동걸은 내 맞은편 바람벽에 기대어 앉아 담배를 피우다가 나를 향해 힘없이 웃어 보이며 한마디 물었다.

"괜찮냐?"

녀석의 헝클어진 머리털 아래 어젯밤의 상처가 눈에 띄었다.

"지금이……"

나는 눈을 비비며 불편한 베개를 목에서 밀어냈다. 딱딱하고 따스한 장판 바닥이 뒤통수로 느껴졌다.

"여섯 시 삼십 분."

동결은 담배를 비벼 껐다.

"어머니가 밥을 안치셨어. 지금 같이 먹자. 난 바로 출근해야 하니까."

나는 동결을 만류했다.

"아니, 밥은 됐다고 말씀드려. 물이나 한 잔 다오."

동결은 껄껄 웃었다.

"일단 이 집에 왔으니 넌 손님이야. 손님은 주인마님 말씀을 듣는 법이지."

방문 바깥에 있는 부엌에서 동결의 어머니가 도마질하는 소리가 들려왔다. 그릇끼리 부딪치는 소리, 수세미 소리, 수챗구멍으로 물 내려가는 소리가 아스라하게 맴을 그렸다. 고개를 들려고 하자 아직도 어지러운 취기가 솟구쳤다.

방문이 별안간 열리더니 머리카락에서 물을 뚝뚝 떨어뜨리며 잠옷 바람의 처녀가 들어왔다. 내가 놀라 몸을 일으키려 하자 동결은 나지막이 웃었다.

"내 동생 선주. 대학 졸업하고 지금은 디자인 회사에 다닌단다. 선주야, 인사해라."

큰 키에 마른 몸매의 처녀는 수건으로 긴 머리카락을 틀어올리며 가볍게 목례를 했다.

"나 옷을 갈아입어야 하는데 잠깐 나가주실래요, 아니면 이

불 속에 계시겠어요?"

선주의 목소리는 여자 아나운서의 그것처럼 맑고 명료했으므로 세수조차 하지 않은 나는 부끄러워졌다. 속옷 차림이라 일어서서 나갈 수도 없는 형편이었다.

나는 이불 속으로 얼굴을 묻었다. 두터운 이불 속에서 가쁜 호흡을 하며 나는 문득 이것이 내가 궁금해했던 동결의 새벽이구나 하는 생각을 했다. 출근하려는 누이동생이 옷을 갈아입는 동안 시선을 돌리고 앉아 담배를 피우는구나.

외출복으로 갈아입은 선주가 돌아앉아 화장을 하는 동안 나는 주섬주섬 겉옷을 챙겨 입었다. 세수를 하기 위해 부엌으로 나갔다. 동결의 어머니가 반가운 시늉을 하며 세숫대야를 내 앞으로 밀어주었다. 그녀는 얽은 것마냥 주름살이 가득한 얼굴을 하고 있었다.

"많이 놀라셨지요, 이렇게 폐를 끼쳐드려서 어떡합니까."

나는 정말로 부끄럽고 죄송스러워서 얼굴을 붉히고 있었다.

"동결이가 친구를 데려온 것은 처음이야."

동결의 어머니는 내 사과에 답하는 대신 석유곤로에 데운 물을 대야에 담아주었다. 내가 얼굴에 비누칠을 하고 물을 비우자 그녀는 빈 대야에 다시 더운물을 부었다. 그리고 손으로 온도를 가늠해가며 찬물을 틀어주었다.

어머니.

아직 취중인 나는 까닭 없이 눈물을 흘리고 있었다. 눈물을 감추기 위해 나는 얼굴을 헹구고 또 헹구었다.

수건으로 얼굴을 닦으며 방으로 돌아오자 내 잠자리가 말끔하게 정돈되어 있었다. 어림잡아 여섯 평이 되지 않을 것 같은 방이었지만 이불을 개키고 나자 한결 넓어 보였다. 동결은 그사이에 머리를 빗고 와이셔츠를 입고 있었는데, 내가 들어오기를 기다렸는지 바로 내가 열어놓은 방문을 통해 나갔다.

그때 나는 동결에 가려 보이지 않았던 아랫목에 웅크리고 있는 이불채를 발견했다. 선주는 눈썹을 그리다 말고 명랑하게 말을 건네었다.

"작은오빠예요. 얘긴 들으셨죠?"

"동결이한테 남동생이 있습니까?"

내가 놀라자 당황한 것은 선주 쪽이었다. 선주는 작은 분첩에서 고개를 들어 내 얼굴을 살폈다. 선주의 얼굴은 한쪽만 눈화장이 되어 기묘한 인상을 주었다.

"오빠가 얘기 않던가요?"

나는 선주의 기이하게 한쪽만 커 보이는 눈을 내려다보았다. 선주는 무언가 생각에 잠긴 표정이더니 자리에서 일어나 성큼성큼 이불채 쪽으로 다가갔다. 그녀의 짧은 모직 치마 아래 안단이 비져나와 있었다.

"동주 오빠 얼굴을 볼 테예요?"

선주의 눈은 빛나고 있었다. 그녀는 내 대답을 기다리지도 않고 이불을 들쳐 내렸다.

나는 들고 있던 세수수건을 떨어뜨릴 뻔했다.

그곳에는 동결의 얼굴이 있었다. 불거진 광대뼈, 기다란 입, 모든 것이 동결과 꼭 같았다. 그의 입술가에 선연하게 흘려진 침 자국을 나는 놓치지 않았다.

선주는 내 놀란 얼굴을 향해 꾸민 듯한 환한 미소를 지었다. 이불을 원래 모양대로 덮어놓은 그녀는 제자리로 돌아가 화장을 계속했다. 나는 홀린 사람처럼 말을 잃은 채 서 있었다.

선주는 날렵한 동작으로 화장을 마무리하고 있었다. 분첩을 닫으며 나에게 고개를 돌린 선주의 얼굴은 뽀얗고 고왔다. 그녀가 무언가 말을 건네려는 찰나 동결의 우렁우렁한 목소리가 방문 밖에서 들려왔다.

"밥상 들어갑니다."

선주는 종종걸음으로 걸어가 방문을 열었다. 동결은 익숙한 솜씨로 밥상을 들고 문턱을 넘었다.

조그만 밥상에 내가 끼자 자리가 없어진 어머니는 아침 식사를 미루는 모양이었다. 나는 숙취 때문에 입맛이 없다고 사양했으나 세 식구가 권하는 바람에 숟가락을 들었다.

"준비한 게 없어서 어쩌지, 우린 늘 이렇게 먹는데……"

동결의 어머니는 어쩔 줄 몰라 하고 있었다. 그것이 도리어 미안해 나는 속 쓰림에도 불구하고 악착같이 숟가락질을 했다. 깔깔한 밥알들을 삼키면서 나는 내내 아랫목에 누워 있던 얼굴을 머릿속에서 지워내지 못하고 있었다.

"또 와, 다른 친구들두 데리구, 또 놀러 와."

동결의 어머니에게 허리를 굽혀 인사를 했을 때 동결의 어머니는 내 손을 쥐며 재차 당부했다. 그녀의 손바닥은 거칠게 살갗이 일어나 있었다.

오누이와 함께 대문 밖으로 나왔다. 지난밤에는 술기운 때문에 몰랐는데 길고 가파른 데다가 눈까지 쌓여 미끄러지기 쉬운 길이었다. 선주는 뾰족구두로 용케 내리막길을 내려가고 있었다. 연탄재가 뿌려진 곳을 딛고 얼음장이 된 부분은 건너뛰기 위해 중심을 잡느라고 그녀는 두 팔을 치켜들고 있었다. 자주색 외투의 팔꿈치 부분이 반들반들하게 닳아 있었다.

동결과 나는 선주의 뒷모습을 보며 어깨를 나란히 한 채 걷고 있었다.

"너 아까부터 왜 그러는 거냐?"

아랫목에서 본 얼굴 때문에 나는 줄곧 혼란을 감추지 못하고 있었다. 동결과 눈이 마주치면 당황해 이내 다른 곳으로 시선을 돌리곤 했다. 동결의 물음에 내가 뭐라 얼버무리기 전에 앞서가던 선주가 노래하듯 외쳤다.

"내가 동주 오빠 얼굴을 보여줬거든!"

미소를 짓고 있던 동결의 얼굴빛이 변했다.

"오빠는 쌍둥이 동생이 있다는 얘기조차두 않구 다녀? 친한 친구한테두? 이 오빠는 오빠랑 친한 친구 아냐?"

"손님 앞에서 말버릇이 그게 뭐냐."

동결은 음성을 낮추어 선주를 나무랐다. 그 꾸지람에는 어쩐지 맥이 풀려 있었다.

"동주 오빠를 숨기는 이유가 뭐야?"

선주는 걸음을 멈추고 뒤돌아섰다. 섬세하게 손질한 눈썹이 모아져 있었다.

동걸은 "그만두자"라고 짧게 응수하며 선주와 나를 앞질러 걸어갔다. 빠른 걸음으로 골목길을 빠져나가는 동걸의 뒷모습을 선주는 꼿꼿이 서서 바라보았다. 긴 머리카락 사이로 흰 목덜미가 시리게 드러나 있었다.

동걸은 도로변에 서서 선주와 나를 기다리고 있었다. 냉랭해진 분위기가 마치 나 때문인 것 같아 나는 시선을 둘 곳을 알 수 없었다.

선주의 직장과 나의 집은 방향이 같았다.

"저 버스를 타고 가면 돼요. 내가 먼저 내리겠네요." 선주는 내 팔을 잡아끌었다. 순간 그녀는 같은 사람의 표정이라고는 믿어지지 않을 만큼 환한 웃음을 동걸에게 지어 보였다. 동걸은 나에게 무슨 말인가를 건넬 것 같았으나 이내 아랫입술을 씹으며 물끄러미 도로 맞은편의 입간판들을 바라보았다.

"다음에 또 연락하마."

나는 손을 내밀었다. 동걸은 내 손을 쥐었다.

"잘 가라."

선주와 내가 좌석버스에 오르자 동걸은 우리를 향해 손을 흔들어주었다.

버스가 출발했다. 차창 밖의 동걸은 선주와 내가 탄 버스의 반대 방향으로 걸어가고 있었다. 동걸의 뒷모습은 꼿꼿했지만 어딘가 침울해 보였다. 선주는 동걸이 전철역까지 세 정거장 거리를 매일 걸어서 다닌다고 설명해주었다.

"참 건실한 사람이죠?"

창쪽에 앉은 선주는 멀어져가는 동걸의 모습을 눈짓으로 가리키며 명랑하게 말했다.

선주의 얼굴은 객관적으로 보아 예쁘지 않았다. 남성적으로 보이는 광대뼈 때문이었다. 잘 손질한 눈썹과 조그맣고 얇은 입술만은 섬세해 보였다. 쾌활하고 도전적인 말씨 때문일까, 선주에게서는 세수를 한 다음에도 언제까지나 비누 냄새가 날 것 같았다. 나는 이 처녀가 마음에 들었으므로 공연히 얼굴이 붉어지고 있었다. 짐짓 말괄량이처럼 굴고 있는 그녀의 행동에서 어딘지 어른스러운 구석이 느껴졌다.

"그렇지만 동걸 오빠는 언제라도 우리를 버리고 떠날 거예요."

선주는 차창에 보얗게 서린 김을 아무렇게나 손바닥으로 지웠다. 흰 손에 검은 땟물이 묻었는데 그녀는 그것을 천연덕스럽게 앞좌석의 시트에다가 문질러 닦았다.

"동주 오빠는 열네 살에 저렇게 되었어요. 아버지 돌아가시고 얼마 안 되어서부터 새벽마다 둘이서 우유 배달을 다녔는데 하루는 동걸 오빠가 몸이 아팠어요. 동주 오빠 혼자서 두 사람 몫을 하다가 비탈길을 굴렀죠. 다행히 산소마스크는 뗐지만 의식이 돌아오지 않은 게 벌써 십 년도 넘었어요. 재활원에서도 회생 불능이라며 돌려보냈어요."

앞좌석의 흰 시트에는 거뭇거뭇한 얼룩이 졌다. 선주는 손바닥의 땟물이 다 지워졌나를 확인하려는 듯 손바닥을 들여다보고는 시트에 닦고 다시 손바닥을 들여다보고 하는 일을 반복하고 있었다.

"하지만 어머니도 동걸 오빠도 희망을 버리지 않아요. 어쨌든 동주 오빠는 살아 있으니까요. 유일하게 포기해야 한다고 말하는 사람은 난데," 선주는 손동작을 멈추고 자신이 닦아낸 창밖을 우울하게 내다보았다. "실은 나 역시 희망을 버리지 못하고 있어요."

선주는 동주의 예후가 점점 나빠지고 있다고 말했다. 고생인 것은 어머니로, 밤과 낮을 작은아들에게만 매달려 있다고 했다.

"동걸 오빠는 동주 오빠가 저렇게 된 후로 다른 사람이 되어버렸어요. 조급해하고 종종 무섭게 화를 내고, 누구보다도 완전하게 살려고 해요, 내가 보기엔 마치……"

선주는 입술을 씹으며 말을 끊었다.

"마치 누워 있는 동주 오빠 몫까지 살아내려고 하는 것 같아요, 술에 취해 돌아오면 동주 오빠 어깨를 붙들고 일어나라고 고함치곤 하죠, 네 몫까지 살려니 내가 미치겠다……"

이상한 아가씨였다. 방금까지 눈웃음을 웃던 눈에서 눈물 한 방울이 굴러떨어졌다. 애써 화장한 얼굴일 텐데, 선주는 아까 창문을 문질렀던 손으로 함부로 뺨을 닦았다. 눈 밑에 조그만 얼룩이 졌다.

"친구들 사이에서는 어떤가요? 동걸 오빠는 지금 이렇게 우리와 함께 살고 있지만, 어떨 때 보면 마치 여장을 다 꾸려 놓은 사람같이 느껴져요. 한 발자국만 떼어놓으면 떠날 사람 같아요. 하지만 상관없어요. 동걸 오빠가 떠나면 내가 동주 오빠랑 엄마를 먹여 살릴 거예요."

선주는 금세 울음기를 거둔 목소리로 웃음을 터뜨리고 있었다.

"난 가끔 동걸 오빠가 정말 어디론가 떠나버리는 편이 나을 거라는 생각도 하거든요. 앓는 사람은 한 사람으로 족하니까요. 난 저러다가 동걸 오빠가 병이라도 날까 봐 걱정이에요……"

선주는 말을 맺지 못한 채 고개를 쳐들고 눈을 껌벅거렸다. 입가에는 미소를 지은 채였다. 눈물은 흘러내리지 않았다.

나는 망설이다가 손을 뻗어 그녀의 어깨를 안았다. 선주의 몸은 예상보다 더 가냘펐다. 등에는 뼈만 남아 있었다.

선주는 나보다 먼저 내렸다. 한참을 활기차게 걸어가던 그녀는 버스가 그녀의 옆을 지나치려 하자 내 쪽을 향해 힘차게 손을 흔들어주었다. 나는 그녀가 앉았던 차창 쪽으로 자리를 옮기고 앉아 그녀의 체온을 느끼고 있었다.

선주가 잠깐 동안 나에게 심어준 인상은 강렬했다. 그녀는 마치 거칠게 짜여진 피륙과 같이 느껴졌다. 보색(補色)의 올이 교차되어 이루어내는 대담한 조화가 그녀에게 있었다. 남모를 육감이 풍겨오던 그녀의 청결한 목덜미를 생각하며 나는 입술을 물었다.

지난밤 우리들이 벌였던 광기 어린 소동이 차례차례 기억되고 있었다. 한 가지 사실을 깨닫고 나는 놀랐다.

동걸은 배신하려 하고 있었던 것이다. 술에 취할 때마다 지껄이곤 했던 녀석의 야간열차 이야기에는 소름이 끼칠 만큼 냉정한 욕망이 깃들어 있었던 것이다. 유난히 뾰족한 송곳니로 입술을 악물며 "이명이야"라고 중얼거렸을 때, 두 귀를 틀어막고 주저앉아 울부짖었을 때, 동걸은 아랫목에서 꿈틀거리고 있는 자신의 분신을 배반하고 있었던 것이다. 굴 껍데기 속 같은 단칸방과 갈라진 손등의 어머니, 누이동생의 단벌 외투에 난 반들반들한 팔꿈치 자국까지 그는 저버리려 하고 있었다.

동걸은 자신의 인생 전부를 오래전부터 배신하고 있었던 것이다.

나는 녀석이 무서워졌다. 녀석은 누구보다 당당했고 누구보다 강했다. 아무에게도 자신의 고통을 호소하지 않았다. 언제나 어디서나 사리분별이 정확했으며 모두에게 열정 어린 선의를 베풀었다.

떠나리라는 것 때문에 동걸은 견딜 수 있었던 것이다. 이 세계에 속하지 않았으므로 그는 강할 수 있었다. 단 한 번의 탈출로 자신의 인생을 완성시켜줄 야간열차가 있으므로 그는 어떤 완성된 인생도 선망할 필요가 없었다. 살아가며 곳곳에서 만나게 되는 오욕들에게도 그는 무신경할 수 있었다.

나는 지난밤 동결이 어둠 속에서 지어 보였던 뜻 모를 미소를 기억해냈다. 내 머리는 한 대 얻어맞은 듯 멍멍해졌다. 그렇다면 그 웃음은 무엇인가. 그때 녀석은 자신의 모든 것을 걸고 있던 실낱같은 탈출의 희망을 체념하고 있었던 것일까. 체념해버린 채 웃고 있었던 것일까.

내가 다시 야간열차를 탄 것은 그날이었다.

선주와 헤어진 뒤 나의 집 대문 앞에 이르러 초인종을 누르자 형수가 달려 나왔다.

"연락도 없이 안 들어오시면 어떻게 해요, 아버님이 밤새 못 주무시는 눈치였어요."

나는 변명 대신 뻔뻔스럽게 웃으며 형수에게 돈이 있으면 좀 달라고 부탁했다.

"무슨 돈 말씀이세요?"

"내일 설명해드리겠습니다."

나는 재차 돈을 요구했다. 형수가 다시 나올 때까지 나는 부랑아처럼 대문에 기대어 서서 담배를 피우고 있었다.

"오늘 밤에는 꼭 전화주세요, 아버님이랑 통화하시라구요."

나는 건성으로 대답하며 도망치듯 집 앞 골목을 빠져나왔다.

이른 오전의 역사는 한산했으므로 열차표를 구할 수 있었다. 밤 열한 시까지 내가 할 수 있는 일은 없었다. 나는 눈에 젖은 구두 속의 발가락들이 얼어붙는 대로 내버려둔 채 거리를 쏘다녔다. 전날 밤 동걸과 내가 자전거를 버린 곳이 어디였을까 찾으려고도 해보았으나 허사였다. 공중전화 부스가 보이자 나는 들어가 집으로 전화를 넣었다.

"여보세요."

음조가 높은 형수의 목소리가 응답해왔다. 나는 수화기를 내려놓았다.

동걸의 사무실 전화번호를 눌렀다가 신호가 가기 전에 다시 수화기를 내려놓았다.

동걸아.

반환된 동전을 끄집어내며 나는 소리를 내어 중얼거려보았다.

나는 열차를 탄다.

삼 년 만에 타는 야간열차는 북적거리고 있었다. 좌석은 가득 찼으며 입석으로 가는 사람들도 몇 보였다. 나의 자리는 출입구에 가까웠다. 내 앞과 옆에는 네 사람씩 패를 지은 어린 대학생들이 요란하게 떠들고 있었다. 그들의 기타와 노랫소리를 들으며 나는 삼 년 전 취중에 이 열차에 올라탔던 기억을 되살려냈다.

그때 우리는 서울에 동걸을 혼자 버려두고 떠나갔다. 가볍게 술에 취해 노래를 부르며 떠났다. 이번에도 나는 동걸을 두고 떠나고 있지만 술에 취하지도 않았고 함께 노래할 사람도 없었다.

다만 떠나는 것이 간단하다는 점만은 같았다. 나에게는 떠나는 일이나 머무르는 일이 다를 것이 없었다. 내가 어디에 있든 세상이야 달라질 것이 없었다.

청량리역을 벗어난 열차는 속력을 내고 있었다. 캄캄한 선로를 달리고 있구나 하고 나는 생각했다.

그러자 문득 선로 옆에 서 있는 집들과 창문과 커튼과 그 속에 오글오글 잠든 사람들이 그리워졌다. 나는 등받이에 몸을 기댔다. 오랫동안 가보지 못했던 고향에라도 돌아온 것마냥 편안했다. 나는 잠들었다.

신경질적인 부저 소리와 함께 다음 정차할 역의 안내 방송이 나올 때마다 나는 선잠을 깨었다. 대학생들은 악을 쓰며 노래하고 있었다. 차창 밖으로 우거진 겨울나무들이 보였다.

다리를 지났다. 살풍경한 네거리가 있었다. 전신주가 있었다. 큰 도로변을 지나갔다. 주황빛 알전구들이 인가 속에 맺혀 있었다. 도로 표지판이, 숲이, 강이, 함석지붕이 어둠 속에 있었다. 모든 논과 밭이 모든 어둠 속에 있었다. 정박한 짐차들과 잠든 하늘, 잠든 땅, 잠든 사람들, 창고와 농기구가 있었다. 이 열차가 지나가고 나서도 밤새워 뻗어 있을 텅 빈 레일이 있었다.

내 옆에 앉았던 농투성이 중노인은 북어 꾸러미를 싸 들고 원주(原州)역에서 내렸다. 밤 열두 시 삼십 분이었다. 객차 문을 열고 한 젊은 여자가 불룩한 여행 가방을 들고 들어섰다. 빛바랜 털코트 차림의 여자는 입술을 붉게 칠하고 있었다. 악을 쓰며 떠들던 청년들은 잠잠해졌다. 그들은 다소 호기심을 담은 눈으로 여자가 어디에 앉는가를 지켜보고 있었다. 여자는 내 옆자리로 왔다. 그녀는 주위의 시선을 의식하지 않고 있었다. 그녀는 힘들여 자신의 짐을 선반에 던져 올린 후 무너지듯 자리에 앉았다.

제천(堤川)에 닿을 무렵 나는 작은 강을 보았다. 어두운 수면에 등불이 비쳐 있었다. 그것은 참으로 고즈넉한 풍경이었다. 태백선으로 접어들면서 기차의 불빛이 어둠을 밝힐 때마다 선로 가까운 곳에 늘어선 납작한 가옥들이 스쳐갔다.

지금쯤은 모두 잠들었다고 나는 생각했다. 서울의 술집들은 모두 문을 닫았을 것이다. 한산한 도로에는 할증료를 받는 택시들만 질주하고 있을 것이다. 나는 동결의 방을 생각하고 있었다. 그들도 잠들었을 것이다.

내 옆에 앉은 여자는 고개를 앞좌석 등받이에 쑤셔 박고 괴롭게 잠을 청하고 있었다. 나는 그녀에게 자리를 바꿀 것을 제안했다. "저는 다 잤습니다, 창에 기대어보세요."

여자는 별로 사양하거나 감동하는 기색 없이 자리를 바꾸었다. 그녀는 편하게 잠들 자세를 찾느라고 애쓰고 있었다. 굼벵이처럼 허리를 구부리고 무릎을 세우고 앉았다. 차창에 자신의 외투를 걸쳐놓더니 거기에 얼굴을 파묻었다. 시도했던 자세들 중 가장 그럴듯해 보였는데, 여자는 곧 잠들어버렸다. 그녀의 잠은 너무도 평안해 보였다. 나는 이 여자가 자신의 도시에서는 잠들 수 없었을 거라는 생각을 했다. 단 한 순간도 깊은 잠을 이루지 못하다가, 내가 동결의 방에서 그러했던 것처럼 이 달리는 기차 안에서 비로소 잠든 것이리라고 생각했다.

밤이 깊을수록 정신이 또렷해지고 있었다. 세 시가 넘어 있었다. 기차는 조금 있으면 새벽에 닿을 것이다. 새벽에 닿음과 동시에 바다에 닿을 것이다.

동걸아 이것 봐라.

나는 창밖의 어둠을 쏘아보았다.

나는 바다로 간다.

여자의 웅크린 어깨가 가볍게 몸서리를 쳤다. 나는 그녀의 등에 나의 외투를 덮어주었다. 자신의 외투를 끌어안고 있던 여자는 몇 번 몸을 뒤척이다가 입맛을 다셨다. 나의 더러운 남루를 덮고 여자는 평안히 잠들고 있었다.

열차는 도계(道溪)를 떠났다. 여자는 잠에서 깨어나 어렴풋한 미소를 흘리며 내 외투를 돌려주었다.

"어디까지 가시나요?"

외투를 덮어준 사례라는 듯이 여자는 담담하게 물어주었다. 머리 매무새를 고치며 바로 앉는 여자의 몸에서 오래 물을 갈지 않은 꽃병에서 풍겨오곤 하는 시큼한 향기가 났다.

"어디까지 가십니까?"

나는 대답하지 않고 되물었다.

"동해까지 가요."

"동해에는 뭐가 있습니까?"

"항구가 있어요."

"큰 항구인가요?"

"네, 아주 커요."

우리는 더 이상 이야기하지 않았다. 문득 이 여자를 오래전부터 알고 있었던 것 같은 생각이 들었다.

지치지도 않고 떠들다가 영동선으로 접어들 무렵 간신히 잠들었던 대학생들은 동해역에서 일제히 내렸다. 여자는 그들과 함께 내렸다.

나는 차창 밖으로 멀어지는 여자의 뒷모습을 망연히 바라보고 있었다. 문득 저 여자를 만나기 위해 내가 이 열차를 탄 것이 아닐까 하는 생각이 들었다. 막연히 그 알지 못하는 여자가 그리워졌다.

등산 가방을 둘러멘 앳된 청년들이 여자의 무거운 짐을 들어주겠다고 제의하고 있었다. 여자는 망설이다가 짐을 건네주었다. 청년들은 즐거워하며 개찰구 쪽으로 걸어갔다. 이제 저들은 오대산이나 무릉계곡을 오를 것이었다. 점심때가 되어 저 짐을 풀고 준비한 버너에 불을 당길 것이었다.

열차 정비 관계로 십칠 분 동안 정차한다는 안내 방송이 있었으므로 나는 외투를 걸치고 승강장으로 내려섰다. 강릉까지 가는 여행객들이 바람을 쐬러 나와 있었다. 초로의 차장이 여행객들과 담소를 나누고 있었다.

나는 음험하게 엎드린 여러 겹의 선로들을 보았다. 검은 화물차들이 그 위에 누워 있었다. 광활한 역의 동쪽에는 보이지 않는 바다가 있는지 불빛 하나 없이 어두웠다. 서편 하늘에는 우는 눈썹을 걸쳐놓은 것 같은 초승달이 떠 있었다.

나는 여전히 껍데기였다. 모든 것은 꿈이었다. 이 새벽, 출근하기 위해 머리를 감는 선주, 아침 밥상, 주름살투성이의 어머니, 석유곤로에 데워진 세숫물, 아랫목에서 뒤척이는 동걸의 분신, 그것이 현실이었다. 삼 년 전 야간열차를 탔을 때 그러했듯이 그 서울의 신새벽을 내가 헤매고 있었다.

객실의 환한 차창이 비추지 않는 곳으로 걸어가면 마음은 어두웠고, 객실의 창이 비추는 곳으로 가면 다시 마음이 밝았다.

발차를 알리는 날카로운 호루라기 소리가 들렸다. 이야기를 나누던 차장과 승객들이 객실로 올라왔다. 호루라기 소리가 다시 들려왔다. 열차가 움직이기 시작했다. 야간열차의 마지막 객차까지 보이지 않게 되었을 때 나는 휑뎅그렁한 승강장에 혼자 남아 있었다.

3

우리 모임의 녀석들은 하나둘 조금씩 망가진 얼굴로 병영에서 돌아왔다. 돌아올 녀석이 다 돌아왔음을 우리끼리 자축하는 자리에 동걸은 마치 초대된 타인처럼 느지막이 나타났다. 그러고는 밤이 별로 깊지도 않은 시각에 화장실에 가는 척하고 사라졌다. 우리는 동걸이 바쁜 사람임을 알고 있었으므로 이해했지만 마음 한편으로는 인사 한마디라도 하고 사라졌으면 하는 서운한 마음을 품고 있었다. 졸업식장에 어엿한 양복과 코트 차림으로 나타난 것이 동결의 마지막 모습이었다. 녀석은 우리와 나란히 서서 사진 몇 장만을 찍고는 서둘러 직장으로 돌아가버렸다.

동결의 눈가에는 피로가 깃들어 있었다. 선주의 이야기 때문에 생긴 선입견만은 아니었다. 그는 과연 지쳐 있었고 몹시 생활에 쫓기고 있었다. 실상은 늘 지어왔을 터이나 다만 실체를 몰랐기 때문에 종종 놓치곤 하였던 동결의 표정을 나는 이제야 감지할 수 있었다.

녀석은 외로워하고 있었다. 술집 유리문을 열며 우리 앞에 나타나는 순간, 자리에 모인 녀석들의 안부를 한 사람씩 물으며 웃음 짓는 순간, 수인사를 나누고 술잔을 기울이는 순간마다 동결은 드러내지 않았으나 외로워하고 있었다.

다른 녀석들은 동결을 부러워했다. 동결이 다니는 번듯한 직장과, 더 이상 방황할 필요는 없음을 자랑하는 듯한 녀석의 당당한 모습을 선망하고 있었다.

'이 바보들아.' 그들에게 나는 속으로 말했다. '저 녀석은 우리를 오래전부터 배신하고 있었다, 지금 이 순간도 마찬가지야.'

졸업을 한 우리는 뿔뿔이 흩어졌다. 공부를 더 할 녀석은 학교에 남았다. 지방 고등학교의 선생이 된 녀석도 있었다. 남은 녀석들은 한 달 두 달 이력서와 자기소개서를 들고 뛰어다니다가 용케들 세상 어디쯤에서 쑤셔 박힐 구석을 찾아갔다.

한동안 우리는 모임을 가지지 못했다. 거리에서 우연히 만난 한 녀석은 명함 한 장만을 건네주고 악수도 생략한 채 뒤돌아섰다.

가장 늦게까지 무직 상태로 남아 있었던 사람은 나였다. 그것은 재학 시절부터 모든 사람이 예상했던 바였다. 앞으로 무엇을 할 것이냐는 질문을 받을 때면 나는 쉽게 '아무거나'라고 답하곤 했다. 나는 인생에 관심이 없었다. 어차피 고통과 인내가 요구될 뿐인 세상사란 나에게 상관없는 일이었다. 최악의 경우 치사한 대학 졸업장이 필요 없는 일을 하며 입에 풀칠을 하게 된다 해도 좋았다.

아버지를 비롯하여 나를 아는 모든 사람들은 나의 미래를 걱정했다. 나는 남들이 하는 취직 공부나 학점 관리에 마음을 써본 적이 없었다. 나는 아무것도 준비하지 않았다. 나는 아무것도 사랑하지 않았기 때문이었다.

사실 그러한 사고방식 속에는 터무니없는 오만이 깃들어 있었다. 나는 이따금 입대 환송회에서 동결이 했던 말을 기억했다. 그 말에 동의하고 있었기 때문에 불쾌했던 것인지도 모른다고 나는 생각했다. 나는 무엇에건 적응할 자신이 있었다. 살아남을 자신이 있었으며 원하기만 한다면 언제가 됐든 스스로를 바꿀 수 있으리라 믿고 있었다. 다만 그날이 다가오는 것을 늦추고 있는 셈이었다. 느릿느릿 게으름을 피우며 나는 인생을 미루고 있었다.

그러던 늦은 여름 나는 지하철에서 내려 층계를 올라갈까

말까를 망설이고 있었다. 어디로 가기 위해 이렇게 긴 승강장을 걸어왔을까, 노선을 바꿔 탄다고 딱히 갈 곳도 없는데 하고 곰곰이 생각하고 있을 때 누군가가 내 팔소매를 잡았다.

선주였다. 이 년여 만에 만난 선주는 몰라보게 달라져 있었다. 그녀는 팔꿈치가 반들반들하던 겨울 외투 대신 눈부시게 흰 마직 재킷에 얇고 화사한 스카프를 두르고 있었다. 팔짱을 끼고 있던, 금테 안경을 쓴 다소 예리한 느낌의 청년을 나에게 소개해주며, 그녀는 특유의 아나운서처럼 또렷한 발음으로 말했다.

"동걸 오빠한테 얘기 못 들으셨어요? 저, 두 달 뒤에 결혼해요."

선주는 가벼운 감의 치마를 날리며 곧이어 도착한 전동차를 향해 바쁜 듯 걸어갔다. 꼭 한 번 뒤돌아보고는, 팔짱을 끼지 않은 손을 나에게 흔들었다.

"축하해."

나는 그녀와 헤어지기 전에 불분명하게 건넸던 말을 다시 소리 내어 발음해보았다. 다시 만났다는 놀라움 때문에 나는 그녀의 결혼 상대라는 청년과 변변한 인사조차 나누지 못했다.

나는 출구로 나가는 대신 위생 상태가 좋지 않은 지하철 구내 자판기에서 커피를 뽑아 마시기로 했다. 빈 의자에 걸터앉아 선주가 내 마음에 일으켜놓은 파장을 곱씹었다.

모든 것이 변했다고 나는 생각했다. 좌석버스 차창에 기대어 눈물을 흘리던 선주, 때 묻은 손으로 그 눈물을 닦던 선주가 우연히 내 앞에 나타나 모든 것이 변했어요라고 온몸으로 말한 뒤 가버렸다.

사물들은 제자리로 돌아가 있었다. 못 견디게 괴롭던 모든 것들은 세월이 지나자 상처 입은 나의 몸 위로 굴러가 그들이 박힐 자리에 박히고 있었다. 알코올중독이다시피 했던 한 친구 녀석은 종교에 귀의했다. 그 녀석은 한밤중에 몇 번씩 전화하여 자신이 얻은 안식을 자랑하며 나에게 전도하려 애썼다. 그때 느꼈던 야릇한 좌절감을 나는 선주를 통해 확인하고 있었다.

나는 종이컵을 우그러뜨려 쓰레기통에 던졌다. 이제는 더 이상 물러설 곳이 없었다. 우연히 만난 선주 때문만은 아니었다. 아버지의 초조한 눈빛, 사교적이면서도 어딘가 경멸이 어린 듯한 형수의 말투, 형들이 이따금씩 던지곤 하는 나의 미래에 관한 질문들, 내가 전화를 걸면 바쁘다는 엄살부터 부리는 친구 녀석들, 그 모든 것에 나는 어느 만큼씩 지쳐 있었다.

그해 가을 나는 결국 취직을 했다.

변변찮은 직장이었지만 아버지는 처음으로 나에게 만족한 미소를 보여주었다. "첫 월급 타면 나한테두 속옷 사주시는 거예요?" 형수는 전에 없던 친근한 농담을 던졌다.

나는 취직했다는 것을 친구 녀석들에게 알리지 않았다. 구태여 소문내고 싶지 않은 심드렁한 마음이었다. 입사 두 달째 접어들던 주말에 나는 몇 녀석을 오랜만에 만나 생각 없이 회사 이야기를 했다. 녀석들은 몹시 서운해했으나 이내 서운함을 감추었다. 그들은 우리가 변했다는 것을 알고 있었다. 이제 와서 그것을 어쩔 수 없다는 것 역시 알고 있었다. 우리는 어느새 한 걸음씩 물러서는 법을 배우고 있었다.

나로서는 기대하지 않았던 직장 생활은 의외로 견딜 만했다. 최소한 내 몫의 할 일이 있다는 것만으로 나는 위로를 받았다. 처음에는 삼 개월쯤 하고 집어치우게 되리라 했던 일이 반년이 갔다. 반년이 지나자 경력이 되게 일 년은 붙어 있자 싶어 일 년을 채웠다. 그러고 나니 그런대로 모든 것이 내 몸에 맞게 되어 다시 일 년이 흘러갔다.

동료들과는 그럭저럭 가깝지도 멀지도 않은 관계를 유지했다. 굳이 애쓰지 않아도 모든 것이 맞아 들어갔다. 동걸의 예언대로 나는 타고난 소질이 있었던 모양이었다. 나는 이 세계에 잘 적응해가고 있었다. 모두들 나에게 신통하다고 말했다.

친구 녀석들의 모임이 재개되었다. 나는 왠지 그곳에 나가고 싶지 않았다. 나는 혼자였다. 혼자라는 것은 피가 끓고 눈이 부신 젊음이 있을 때나 고통스러운 것이었지 이제는 내 몸에 잘 맞는 껍질이었다. 그 껍질 속에서 나는 편안했다. 이따금 사무실로 친구 녀석들의 전화가 걸려 왔다. "야 동걸이랑 너는 이럴 수가 있냐, 얼굴 좀 내밀어라. 이 자식들 장가갈 때나 되어서 청첩장 날아오는 거 아냐?" 실제로 한 녀석은 동갑내기 애인과 결혼식을 올리기도 했다. 따로따로, 우리들은 참으로 잘 살아가고 있었다.

나는 야간열차를 잊었다. 내 안에 생동하던 젊음의 빛이 바램과 함께 야간열차는 서서히 잊혀졌다.

이제 동걸의 방에는 누워 있는 동걸의 분신과 어머니만이 남아 있을 것이었다. 매일같이 찾아오는 아침과 밤을 동걸은 그곳에서 살아가고 있을 것이다. 그는 모든 친구들에게 연락을 끊고 있었다. 그가 어떤 어둠 속에서 살아가고 있는지 나는 알 수 없었다. 나 역시 모든 친구들에게 연락을 끊고 있었다.

이따금 내가 탄 버스가 우연히 열차 건널목 앞에 서 있을 때, 땡그랑거리는 경종 소리가 자지러지고 굉음을 내며 통일호의 긴 객차가 달려가는 동안 동걸이 떠오르기도 했다. 귀를 감싸 쥐고 주저앉아 "기차 바퀴 소리……"라고 신음하던 녀석의 얼굴은 열차의 속도만큼 빠르게 내 눈앞을 스쳐 지나가다가 기차가 시야에서 사라짐과 함께 흩어져버렸다.

그러던 늦겨울날이었다. 나는 자정까지 부서 회식에 붙들려 있다가 만취하여 집에 돌아왔다. 휘청거리며 이불을 깔려는데 형수가 방문 밖에서 조그만 소리로 나를 불렀다. 생후 오 개월인 조카가 유난히 예민한 탓에 아버지를 비롯한 식구들은 밤이면 모둠발로 걸어 다녔다. 식구들은 비밀이라도 이야기하는 사람들처럼 목소리를 죽여 대화하곤 했다.

"도련님 찾는 전화가 여러 번 왔었어요."

나는 취했으므로 큰 소리로 되물었다.

"뭐라구요?"

형수는 더욱 목소리를 낮추어 말했다.

"도련님 친구분이 늦게까지 여러 번 전화했어요, 늦게라도 좋으니 전화 달라던데요. 또 전화 올지 모르니 전화해주세요. 여태 전화벨 울릴 때마다 깨서 울다가 우리 고은이가 방금 잠들었다구요."

"친구 누구요?"

"동걸, 동걸이라고 했어요."

나는 쓴침을 삼키며 베니어판 문을 두어 번 거칠게 두들겨 주었다.

"알았어요, 알았다구요. 가서 주무세요."

내 목소리에 술기운이 배어 있음을 안 형수는 안방으로 돌아갔다.

나는 겉옷을 모두 벗어 던졌다. 씻고 싶은 생각이 들지 않았으므로 이불을 뒤집어썼다. 나는 곧 깊은 잠에 빠져버렸다.

누군가 방문을 두드리는 소리에 나는 잠에서 깨어났다. 아이 우는 소리가 안방에서 날카롭게 들려왔다. 위장이 쓰라렸으므로 나는 이맛살을 찌푸린 채 잠긴 문을 열었다. 형수가 전화기를 들고 서 있었다.

"전화예요, 아까 전화 안 해주셨어요?"

나는 형수가 신경질적으로 내민 전화기를 받아 들었다.

"지금이 몇 신 줄 아세요? 세 시도 넘었어요."

형수는 문을 닫고 나가버렸다. 나는 다시 이불 속으로 기어들어가 반듯이 누웠다. 전화기를 간신히 귀에 대고 눈을 감았다. 폭포와 같은 졸음이 쏟아지고 있었다. 수화기가 자꾸만 손아귀에서 떨어졌다.

"영현아, 나다."

여보세요, 라는 말을 끝마치기도 전에 동결의 목소리가 들렸다.

"내일, 아니 젠장 오늘이지."

녀석 역시 술에 취했는지 발음이 불분명했다.

"오늘, 오늘 나랑 벽제에 가지 않을래?"

"……뭐라구?"

나는 비몽사몽간에 대꾸 아닌 대꾸를 했다.

"나와 함께 벽제에 가지 않을래?"

나는 형수에게서 전화기를 건네받으면서 취중이긴 했지만 오랜만이다, 어떻게 지냈냐 하는 인사말을 해야 한다고 생각하고 있었으므로 녀석의 말에 당황하고 있었다. 그러나 어차피 엉망으로 취해 있었으므로 인사를 생략한 채 나는 녀석에게 장단을 맞추었다.

"오늘? 오늘이 무슨 요일인데?"

공중전화인지 거리의 잡음이 섞여 들어왔다.

"수요일."

동결의 대답이 들렸다.

"젠장, 너는 출근 안 하냐? ……너 술 마셨냐? 여태 안 들어가고 뭐 해. ……다음에, 다음에 가자. ……요샌 어떻게 지내냐?"

쏟아지는 졸음을 간신히 밀어내며 나는 토막토막 끊어서 말을 했다.

"영현아, 오늘 나와 함께 벽제에 가자."

녀석의 목소리는 집요했다.

"안 돼 이 자식아."

나는 한마디로 잘라 말했다. 한참의 침묵 뒤에 녀석이 무어라고 말하며 전화를 끊었다. '알았다'라든가 '잘 있어라'였는데 확실하지 않았다. 나는 수화기의 스위치를 내린 뒤 머리맡에 던졌다. 나는 곧 벼랑 같은 잠 속으로 떨어져 내렸다.

그날 아침 나는 늦잠을 잤다. 냉수 한 잔으로 아침을 때우고 이십여 분 늦게 집을 나섰다. 나는 푸른 신호가 깜박거리는 횡단보도를 한달음에 건넜다. 택시를 잡았다. 이십 분 차이로 교통은 몹시 혼잡했다. 쓰라린 위장을 움켜쥔 나는 택시 유리창 안쪽을 손가락 마디로 두드리며 초조해하고 있었다.

"여기서 내리겠습니다."

뜨악한 얼굴의 택시 기사에게 기본요금을 쥐여준 뒤 나는 인도에 내려섰다. 전철역까지는 거리가 꽤 되었지만 뛰는 것이 빠를 듯싶었다. 처음에는 뛰었으나 숨이 찼으므로 나는 담배를 피워 물고 천천히 걷고 있었다. 어차피 지각이다. 그렇게 생각하니 오히려 마음이 편해져서 나는 내팽개쳐진 듯한 기분으로 전철역을 향해 걸어가고 있었다. 사 차선을 가득 메운 차들의 행렬 옆으로 걸어가는 기분은 그런대로 괜찮았다. 나는 맞바람에 날리는 담배 연기를 얼굴에 뒤집어쓰면서 하늘을 올려다보았다.

그때 나는 가슴에 통증을 느꼈다. 날카로운 물건에 찔린 것 같은 통증이었다.

벽제.

순간적으로 떠오른 단어였다. 그제야 나는 어젯밤 취중에 받았던 전화를 상기해냈다. 아무렇게나 끊었던 전화 내용이 명료하게 되살아오고 있었다.

나와 함께 벽제에 가지 않을래.

나는 기차 바퀴 소리를 들었다. 빠르게 눈앞을 스쳐 지나가는 열차의 굉음이었다. 고막이 먹먹했다. 동걸의 다급한 목소리가, 공중전화 부스 너머로 들려오던 찻소리가 생생하게 재생되었다.

빽빽하게 차들이 늘어선 거리를 나는 걷고 있었다. 어디로 가야 하는 것일까. 나는 대답할 수 없었다. 대답하지 못한 채로 나는 계속 발을 내디디고 있었다. 어디로 가고 있었나. 나는 갑자기 길을 잃은 사람처럼 왔던 길을 돌아보았다. 돌아보면서도 발은 계속 앞으로 내디뎌지고 있었다.

나는 벽제에 가지 않았다.

사십 분을 지각한 대신 여느 날보다 성실하게 일했다. 전화가 걸려올 때마다 가슴이 내려앉았으나 그때마다 거래처 사람들이거나 동료를 찾는 전화였다. 참다못해 동걸의 집에 전화를 했다. 아무도 전화를 받지 않는다. 아무도 없는 동걸의 방에 전화벨 소리가 울려 퍼지는 것을 상상하다가 나는 수화기를 내려놓았다.

나는 근무 시간이 끝나자마자 집에 돌아왔다.

"저한테 전화 온 것 없었습니까?"

"아이참, 낮 시간에 도련님 찾는 전화가 왜 집으로 와요."

형수는 나에게 짜증을 냈다. 자정이 되도록 전화는 걸려 오지 않았다.

벽제, 나는 그곳에 가본 적이 있었다. 내가 어릴 때부터 들어오고 상상했던 벽제는 터미널에 내리자마자 석회 냄새가 자욱하게 고여 있는 곳이었다. 그러나 정작 지나가는 길에 본 그곳에는 현대식 건물들이 즐비했고 고급 차들이 돌아다니고 있었다. 화장터로만 알려졌던 그곳은 이제 가볼 만한 유원지가 되어 있었다.

나는 밤새 흉몽을 꾸었다. 나는 물에 빠져 허우적거렸다. 물가에는 들풀 한 포기 돋아 있지 않았다. 잿빛 늪 속에서 나는 손을 휘저으며 몸부림쳤다. 거친 손이 다가와 내 손을 잡았다. 고개를 들자 그 손의 주인의 얼굴을 볼 수 있었다. 그것은 나의 얼굴이었다. 비명을 지르며 손을 놓자 어느새 나는 뭍으로 나와 있었다. 물속으로 동결의 얼굴이 가라앉고 있었다. 나는 필사적으로 녀석의 팔을 잡고 끌어 올렸다. 수면은 점점 높아졌다. 아무리 끌어 올려도 동결은 숨을 쉴 수가 없었다.

짧은 신음을 내며 깨었다가 다시 잠들었다. 벽제의 거리에 동결이 서 있었다. 나는 동결을 부르고 있었다. 차들이 달리는 한가운데에 선 그는 내 목소리를 듣지 못했다. 그는 목구멍에서 불을 내뿜고 있었다. 우는 것 같기도 하고 웃는 것 같기도 한 그의 얼굴이 화염에 휩싸였다. 불길은 허공에서 흩어지는 것이 아니라 그의 온몸을 사르고 있었다.

자욱한 석회 냄새에 목을 틀어쥐며 나는 쓰러졌다. 누군가 내 겨드랑이를 잡고 내 몸을 일으켰다. 선주였다. 그녀의 눈에서 눈물이 굴러떨어졌다. 한 사내의 얼굴이 정면으로 다가왔다. 동걸의 얼굴이었다. 그의 눈은 초점이 맞지 않았다. 입가에 침을 흘리며 사나이는 나에게 다가왔다.

"오지 마, 오지 마라 제발!"

나는 땀을 흘리며 이불 속에서 일어났다. 덩어리진 목울음이 기어 나오고 있었다. 울음소리를 막기 위해 솜이불을 물었다. 어두웠다. 동이 트려면 아직도 멀었다.

다음날 나는 출근을 했다. 언제나처럼 일을 했다. 동걸의 전화는 걸려 오지 않았다. 나는 언제나처럼 퇴근했다.

동걸의 전화가 다시 걸려 온 것은 그 다음날 오후였다. 막 외투를 챙겨 입고 사무실을 나서려던 참이었다. 나는 동료의 호명을 받고 수화기를 들었다.

"나다, 동걸이."

녀석은 나에게 무엇인가 물을 틈조차 주지 않았다.

"난 떠난다."

수화기를 쥔 내 손에 땀이 배고 있었다. 묵직한 덩어리가 목구멍을 막았다.

"배웅 나와줄 테냐?"

나는 대답하지 않았다. 동걸은 잠시 후에 다시 제안했다.

"열 시 삼십 분에, 청량리역 시계탑에서 만날까?"

"……좋아."

나는 간신히 짤막하게 답했다. 통화는 끝났다.

나는 외투를 입은 채 내 자리에 앉았다. 동료들은 하나둘 퇴근했다. 나는 혼자 남아 벽시계를 노려보고 있었다.

청량리역까지는 삼십 분이면 충분했지만 나는 아홉 시가 못 되어 사무실을 나섰다.

역 광장은 떠나려는 사람들과 돌아온 사람들로 붐비고 있었다. 나는 시계탑 앞에 서서 기다렸다. 내가 놓쳐온 모든 것을 기다리듯이 나는 기다렸다. 내가 사랑하지 않았고 다만 경멸하며 흘려버린 젊음을 기다리듯이 묵묵히 기다렸다. 기다림만이 나를 속죄해주기라도 하는 것처럼 나는 기다리고 기다렸다.

동걸은 열한 시가 거의 다 되어 도착했다. 허름한 야전점퍼 차림의 동걸의 손에는 누런 종이 봉지가 들려 있었다.

동걸은 내 앞까지 천천히 걸어왔다. 녀석의 살쪘던 얼굴은 형편없이 여위어 있었다. 나이보다 대여섯 살은 늙어 보였다. 그는 손을 내밀었다. 나는 그 손의 감촉을 알고 있었다. 따스하고 끈적끈적한 손이었다. 나는 까닭 없이 부끄러워 얼른 손을 놓았다.

우리는 나란히 서서 어두운 광장을 바라보았다. 광장 가장

자리에 불을 밝힌 조그만 구멍가게는 밤 열차에서 먹을 야식을 사는 사람들로 붐비고 있었다.

무슨 말을 꺼내야 할지 나는 알 수 없었다.

"어디까지 가냐?"

오랜 침묵을 깨고 나는 그렇게 말을 건넸다. 그것이 잘한 말이었던가를 가늠하기 위하여 나는 초조하게 동걸의 옆얼굴을 살폈다.

"동해."

라고 동걸은 대답했다.

"거기 돌려주어야 할 것이 있어."

그의 눈자위에는 퀭한 그늘이 져 있었다. 그 그늘 속에서 커다란 눈이 번득이고 있었다. 그는 광장을 오가는 사람들의 얼굴을 하나하나 쏘아보고 있었다.

나는 더 이상 묻지 않았다. 동걸이 목숨처럼 껴안고 있는 종이 봉투 속에 무엇이 들어 있는지 묻지 않았다.

동해(東海)항의 풍경이 눈앞에 스쳐 갔다. 집채만 한 상선과 어선들이 들어오고 나가는 항구 난간에 서 있는 동걸의 모습도 스쳐 갔다. 콘크리트 바닥은 갯물로 젖어 있었다. 그의 손에서 그의 바수어진 젊음이 진눈깨비처럼 흩날리는 것을 나는 보았다.

눈썹에 선득한 감촉이 느껴졌다. 동걸의 옆얼굴에도 물방울이 맺혔다. 녀석은 얼굴을 닦지 않았다.

"눈이 온다더니, 비구나."

나는 손등으로 이마를 훔치며 말했다.

"……그래, 올해 첫 비구나."

동걸은 따라 하듯이 무뚝뚝하게 응수했다. 동걸의 눈썹에서 새로운 물방울이 흘러내렸다. 녀석은 얼굴을 닦지 않았다.

동걸의 코와 입이 흰 불꽃 같은 입김을 내뿜었다. 뺨에는 번들거리는 땀방울 대신 차가운 빗물이 흐르고 있었다. 그의 때묻은 야전점퍼가 빗물로 얼룩지고 있었다.

"나와줘서 고맙다."

동걸은 무뚝뚝한 얼굴로, 그러나 다정하게 내 뺨을 툭툭 쳤다. 동걸은 앞장서서 역사를 향해 걷기 시작했다.

나는 그의 뒤를 따라 걸었다. 동걸의 걸음걸이는 마치 무엇인가에 홀리어 가는 사람 같았다. 평면이 고르지 않은 광장의 시멘트 바닥에 군데군데 물이 고여 있었다. 녀석은 아무렇게나 그 웅덩이들에 구두를 적시며 꼿꼿이 앞으로 나아갔다.

역사에 들어섰다. 개찰구는 열려 있었다. 동걸은 줄의 끝에 섰다. 여행 가방을 짊어지거나 짐꾸러미를 양손에 든 사람들의 무리가 승강장의 어둠 속으로 속속 빨려 들어가고 있었다.

동걸의 차표가 역무원의 펀치에 뚫렸다.

"동걸아."

나는 무작정 녀석을 불렀다.

동걸을 뒤돌아서서 나를 보았다. 그는 웃어 보이려는 모양이었으나 윗입술을 일그러뜨렸을 뿐이었다.

나는 아무 말도 건넬 수 없었다. 웃을 수도 없었다. 힘센 손이 등 뒤에서 코와 입을 틀어막은 것 같았다.

동결의 모습은 이내 승강장의 어둠 속에 휩쓸려 보이지 않았다. 내 뒤에 서 있던 사람들이 서두르며 내 등을 떠밀었다. 나는 그들의 짐 가방에 밀리고 찍히며 넋을 잃고 서 있었다.

나는 그들의 모습이 모두 사라진 개찰구를 향해 비틀거리며 걸어갔다. 역무원이 나에게 차표를 요구했다.

그때 나는 기적 소리를 들었다.

습기에 젖은 기적 소리는 내가 서 있는 역사까지 적요하게 울려오고 있었다. 나는 역무원을 밀쳐냈다.

"저, 저 자식 잡아!"

역무원의 욕설을 뒤로한 채 나는 달렸다. 열차는 승강장에 아직 서 있었다. 내가 올라타려 하자 열차는 움직이기 시작했다. 나는 발을 헛디뎠다. 젖은 승강장에 엎어졌다. 몸을 일으켰다. 열차는 점차 속력을 내고 있었다. 사력을 다해 달렸다.

난간에 매달렸다. 오른발을 올려놓았다. 빗발이 얼굴에 몰아쳤다. 남은 왼발을 난간에 올려놓았다.

기차 바퀴 소리가 고막을 찢었다.

나는 객실 문에 기대어 주저앉았다. 헐떡이는 숨을 골랐다. 엎어지며 다친 무릎과 더러운 손바닥이 화끈거리고 있었다. 나는 마치 오랜 꿈에서 깨어난 사람처럼 눈을 비비며 빗발 속에서 춤추는 인가의 불빛들을 바라보았다.

질주

인규는 이날 밤 오 킬로미터가 넘는 서울 거리를 두 발로 달렸다. 동북쪽 변두리에 있는 의붓아버지의 지물포에서부터 이곳 중심가까지 달려오는 동안 그는 세 군데의 유흥가와 그 사이의 어두운 인도를 통과했다.

인규는 횡단보도 앞에 다다랐다. 푸른 신호등이 깜박이기 시작했다. 그는 멈추지 않고 육 차선 도로를 한달음에 건넜다. 인규가 맞은편 보도블록에 발을 올려놓을 때까지 신호등은 계속 깜박이고 있었다.

자정이 가까운 시각이었다. 이른 봄의 밤바람 끝이 쌀쌀했으나 그의 몸은 땀에 젖어 있었다. 왼편 인도를 달리고 있던 인규는 맞은편에서 달려오는 승용차들이 자신의 몸을 덮치려 하는 것 같다고 느꼈다. 차들은 한산한 도로에서 마음껏 속력을 내고 있었다.

마침내 인규는 가로수에 손을 짚으며 멈추어 섰다. 숨이 찼으므로 그의 어깨는 울음을 터뜨린 사람처럼 큰 폭으로 들먹이고 있었다. 인규는 뒤를 돌아보았다. 일렬로 늘어선 가로수들이 여러 개의 팔을 음산하게 치켜들고 서 있었다. 똑같은 길인데도 돌아서서 본 길은 지금껏 달려온 길과는 전혀 다르게 보였다. 숨을 헐떡이며, 그는 목덜미가 아프도록 자신이 달려온 길을 돌아보고 있었다.

하루에도 몇 번씩 인규의 사무실과 독신자 아파트에 전화를 걸어대던 어머니가 돌연히 연락을 끊은 지 일주일이 지났다. 처음에는 홀가분했으나 시간이 흐를수록 인규는 기묘한 불안에 사로잡혔다. 좋지 않은 예감이란 혼자서 간직하고 있을수록 부풀려지게 마련이었다. 사무실에서나 아파트에서나 줄곧 전화벨 소리에 신경을 곤두세우고 있던 인규는 이날 저녁 붐비는 지하철과 버스에 시달리며 의붓아버지의 지물포에 찾아갔다.

"왜 진작 말씀해주시지 않았습니까?"

단신(短身)에 주름살투성이의 얼굴이 주먹만 한 의붓아버지는 돋보기안경을 벗으며 심드렁하게 대꾸했다.

"그 사람이 자네한테 알리지 말아달라고 했어."

의붓아버지는 계산대 앞에 앉아 지폐 뭉치와 잔돈을 모조리 펼쳐놓은 채 이날의 장부를 정리하고 있는 중이었다. 어머니가 어디 있느냐는 인규의 물음에 의붓아버지는 이리저리 말을 돌리다가 내일로 수술 일정을 잡아두었음을 실토했다.

“어느 병원입니까?”

의붓아버지는 어머니가 입원한 대학 병원의 병동과 호수를 일러주었다.

“지금 가보았자 면회는 안 될 거야.”

가게 문을 나서는 인규의 뒤통수에 대고 의붓아버지가 소리쳤다.

“면회하러 가는 것이 아닙니다.”

인규는 뒤돌아서서 의붓아버지의 얼굴을 쏘아보았다.

“이렇게 보호자도 없이 입원실에 내버려둬도 되는 겁니까?”

“난들 오늘 밤 병원에 있고 싶지 않았겠어? 그 사람이 혼자 있고 싶다고 해서 별수 없이 쫓겨 온 거야. 그렇게 고집을 부리는 건 처음 봤다구. 아이 낳을 때도 신음 소리 한번 안 낸 사람이라면서 큰소리까지 치는데 난들 어쩌겠어?”

의붓아버지는 외려 언성을 높이며 장부를 덮은 뒤 금고를 잠갔다.

“너야말로 별나게 구는구나, 네가 언제 네 에미한테 관심이나 있었더냐?”

더러운 수전노.

인규는 입술 밖으로 뛰쳐나오려는 욕설을 삼켰다.

소리 내어 가게 문을 닫고 나왔을 때 이미 밤은 깊어 있었다. 변두리에서 시내로 나가는 버스와 지하철은 모두 끊겨 있었다. 그는 택시를 잡는 대신 이곳까지 달려왔다.

인규의 손바닥에는 오 밀리미터가량 면도칼로 그어놓은 것 같은 두 개의 흉터가 있었다. 그 흉터는 넘어져서 다치거나 날카로운 물건에 베여서 생긴 것이 아니었다.

인규에게는 온 힘을 다해 주먹을 쥐는 버릇이 있었다. 다섯 손가락의 매듭이 으스러지도록, 금방이라도 누군가의 얼굴을 갈길 것처럼 그는 주먹을 쥐고 다녔다. 이따금 통증 때문에 손을 벌려보곤 했는데, 그때마다 인규는 중지와 약지의 손톱이 생명선 근처에 핏기 어린 두 개의 금을 그어놓고 있는 것을 보았다. 해독할 수 없는 무수한 운명의 잔금들 사이로 새겨진 붉은 흉터는 불길한 예시(豫示)처럼 인규의 가슴을 서늘하게 하곤 했다.

인규는 올해 들어 서른 살이 되었다. 그런데 그의 치아는 칠십 노인의 그것보다도 부실했다. 인규는 찬물로 양치할 수 없었다. 시거나 단 음식을 먹으면 잇속이 참을 수 없을 만큼 아릿해 곧바로 미지근한 물에 헹구어내야 했다. 아침에 일어나면 떡니부터 어금니까지 가볍게 밀고 당기기만 해도 모조리 건들거리곤 했다.

그 이유를 인규는 알고 있었다. 주먹을 불끈 쥘 때면 그는 곧 욕설을 내뱉을 사람처럼 이를 악물고 있었다. 잘 때면 바드득바드득 이를 갈았다. 웃을 때도 이를 악물고 웃었다. 몰래 울 때면 그는 핏방울이 맺히도록 아랫입술 속을 깨물었다. 목구멍을 통해 치밀어 오른 신음은 비어져나올 출구를 찾지 못하고 되삼켜졌다. 그는 눈물도 흘리지 않은 채 어깨만 들먹이며 마른 목울음을 울었다.

그의 얼굴에는 혈색이 돌지 않았다. 뺨은 움푹 패었으며, 눈동자는 퀭한 눈두덩 속에서 비정하게 빛나고 있었다. 그 눈으로 인규는 모든 것을 의심하며 뜯어보았다. 어떤 사람이 선의를 베풀면 그 사람이 무엇을 노리는가 하고 곰곰이 생각해보곤 했다.

인규가 유일하게 사랑하고 자랑스러워하는 것은 달리는 일이었다. 그는 고교 시절 달리기 경주에서 매번 일등을 하곤 했다. 서른 살이 된 지금까지도 그는 매일 아침 독신자 아파트의 뒷산에 난 등산로를 달리고 있었다. 온몸이 땀에 젖어도 그는 달리기를 멈추지 않았다. 인규는 계속해서 달리고 싶었다. 달리다가 숨이 차서 고꾸라지고 싶었다. 이제껏 살아오는 동안 먹고 마셔온 것을 모두 토해낸 뒤 앰뷸런스에 실려 가고 싶었다. 인규는 세상의 끝까지 달려가고 싶었다. 죽을 때까지 마냥 달리고만 싶었다.

그렇게 달리다 보면 언제나 너무 먼 등산로까지 와 있게 마련이었다. 인규는 왔던 길을 되돌아 다시 달렸다. 이번에는 세상의 끝까지 가기 위해서가 아니라 출근 준비할 시간을 놓쳐버렸기 때문에 더욱 결사적으로 달려야 했다. 아파트 계단을 뛰어올라 이층 그의 방으로 들어설 때쯤에는 인규는 녹초가 되어 있곤 했다.

빠듯하게 출근 시간에 맞추어 도착하곤 하는 사무실에서

인규는 종일 지쳐 있었다. 날이 저물고 퇴근 무렵이 되어서야 그의 몸은 생기를 되찾았다. 다음날 새벽에 또다시 달리려면 힘을 비축해놓아야 했으므로 그는 서둘러 자신의 아파트로 돌아갔다.

그의 동기 동창들은 대부분 결혼을 했고 빠른 축은 자식들도 있었다. 그러나 인규는 자신에게 결혼이란 도무지 어울리지 않는 것이라고 생각하고 있었다. 가족이란 것도 마찬가지였다.

물론 인규에게도 가족과 집이 있었다. 어머니와 의붓아버지가 경영하는 조그만 지물포는 아름다운 무늬의 벽지와 비닐 들로 장식되어 좋은 꿈을 꾸는 이불 속처럼 아늑했다. 가게에 딸린 이층 벽돌집에서 가족들은 평화롭고 다정하게 살고 있었다.

그러나 돈벌이밖에 모르는 의붓아버지는 어린 시절부터 인규를 좋아하지 않았다. 지난 삼월에 고등학교 졸업반이 된 뼈다른 누이동생은 인규를 오빠라고 부르지 않으며 슬슬 피해 다녔다. 학창 시절 내내 집안에서 겉돌던 인규는 취직하자마자 회사에 딸린 독신자 아파트로 독립해 나갔다.

어머니는 식구들 앞에서 인규에게 애정을 표하지 않았다. 필요한 대화 외에는 말을 걸지도 않았다. 한 달에 한 번, 월급날이 있는 주말에 가족들을 방문하는 인규는 마치 낯선 손님인 것처럼 격식을 차린 대접과 배웅을 받은 뒤 지물포를 나서곤 했다.

그렇게 무심하던 어머니가 인규에게 전화를 하기 시작한 것은 지난겨울의 어느 아침이었다. 십 분 남짓 지각한 인규가 바삐 사무실 책상 앞에 앉자마자 전화벨이 울렸다.

"인규냐, 나다. 에미다."

어머니가 사무실로 전화하리라고는 상상도 해보지 않았으므로 인규는 놀랐다.

"그런데 무슨 일이십니까?"

의례적인 안부 인사를 교환한 뒤 인규가 용건을 묻자 어머니는 "왜, 나는 너한테 전화하면 안 되는 사람이냐……" 하고 말끝을 흐렸다.

"눈이, 눈이 많이 왔지 않느냐, 간밤에 말이다, 그래서 그냥, 그냥 생각나서 걸었다……"

어머니는 수줍은 처녀처럼 연신 말을 더듬고 있었다. 공중전화인지 찻소리와 사람 소리가 시끄럽게 섞여 들려왔다.

"그럼 이만 끊는다……"

이 간단한 첫 통화가 어머니에게는 몹시 만족스러웠던 모양이었다. 어머니는 그 후로 일주일에 한 번, 사흘에 한 번, 종내에는 하루에 한 번씩 전화를 걸었다. 인규는 평소와 다름없이 사무적인 대답만 하는데도 어머니는 시종 웃음을 흘리며 비슷한 이야기를 묻고 또 물었다. "오늘은 날이 흐리구나, 일기 예보는 어떻더냐?" "빨래 널어놓고 나오지는 않았냐? 창문 열어놓고 나온 건 아니냐?" "우산은 가지고 나왔냐? 난 글쎄 오늘 우산을 잃어버렸다. 어디서 어떻게 잃어버린 건지 도무지 캄캄하구나……" 그러다가 삼 분을 알리는 기계음이 울리면 깜짝 놀라 "시간 다 됐다……!" 하며 통화를 끊곤 했다.

의아해하던 인규는 그달의 마지막 주가 되어 지물포로 찾아갔다. 막상 얼굴을 마주 대한 어머니는 아무 일도 없었다는 얼굴이었으므로 인규는 귀신에 홀린 것 같은 기분이었다. 그녀는 실제로 인규에게 전화했다는 것을 기억하지 못하는 것 같았다.

어머니의 자궁 속에서 지난 이 년간 음성 종양이 자라고 있었다는 말을 의붓아버지로부터 들은 것은 그날이었다. 저녁상을 물리고 네 식구가 모여 앉아 있었을 때 의붓아버지는 인규가 보는 앞에서 어머니를 나무랐다.

"혹이 조그마할 때 얼른 수술을 하면 좋다고 했는데 뭣 때문에 여태 미뤄온 거요? 이제 주먹만 하게 자랐다니 수술이 더 커지게 됐잖소?"

"이 나이에 몸에 칼을 대면 무엇하겠어요, 더 살고 싶지도 않아요……"

어머니는 낯을 붉혔다. 사과를 깎으려고 과도를 집는 손이 파르르 떨고 있었다.

그 다음날도 어머니는 인규의 사무실로 전화를 했다. 사무적인 말씨로 '예'와 '아니요'만을 대답해왔던 인규는 처음으로 어머니의 통증에 대하여 물었다.

"아프지 않으십니까?"

"이 자식아, 아프다, 왜 안 아프겠냐……"

수화기 저편에서 느닷없이 흐느끼는 소리가 들렸다. 인규는 의자 등받이에 기대고 있던 상체를 곧추세웠다. 사무실은 고요했다. 컴퓨터 키보드 소리와 복사기 돌아가는 소리가 아득하게 울려왔다. 기나긴 전화선 저편에서 울고 있는 늙은 어머니를 달랠 방법이 인규에게는 없었다.

"더 손쓸 수 없기 전에 어서 입원 수속을 밟으세요."

그때 인규의 어조는 참으로 다정해서, 자신의 다물려 있던 입이 뱉어낸 것이라고는 믿어지지 않았다.

어머니는 흐느낌을 멈추었다. 애써 목소리에 미소를 띠우며 그녀는 말했다. "괜찮아, 견딜 만해. 네 누이동생이 여름방학이나 하면 그때 봐서 할란다……"

어머니의 무구(無垢)한 대답을 들었을 때 인규는 어머니가 단지 두려움 때문에 수술을 미루고 있다는 것을 알았다. 어머니는 배를 가르고, 피를 흘리고, 회복기의 긴 시간을 고통과 씨름하는 일을 두려워하고 있었던 것이다. 의붓아버지에게 핑계로 내세우는 금전적인 문제나 누이동생의 뒷바라지 문제는 그다음 이야기였다.

인규는 벌컥 화를 냈다.

"어린애 같은 소리 마세요. 지금이 이월인데 그때까지 어떻게 기다린다는 말입니까?"

어머니는 잔뜩 주눅이 들어서, 그러나 아들이 역정까지 내면서 걱정해주는 것을 반가워하며 "괜찮다니까 그러네, 네 건강이나 조심하렴" 운운하며 얼른 전화를 끊어버렸다.

어머니는 그 후 전화할 때마다 당신의 통증을 호소했다.

"어젯밤엔 한숨도 못 잤다, 화장실에 가기가 겁이 난다, 아랫배가 찢어지는 것만 같아. 수술을 하면 얼마나 아플까? 생배를 가위로 가르는데, 얼마나 아플까? 혹이 갓난애 머리통만 해졌다는데, 얼마나 아플까?"

평생 누구에게도 고통을 호소해본 적 없는 어머니가 어리광처럼 내뱉는 말에 인규는 당황했다. 더구나 당신이 한 말을 기억하지 못하며 같은 말을 되풀이하는 것에는 매번 놀랄 수밖에 없었다.

"얼마나 아플까? 나는 겁이 난다, 혹이 갓난애 머리통만 해졌다는데, 얼마나 아플까?"

치매라고 보기에는 너무 이른 나이였다. 외가 쪽으로 치매의 내력이 있었으므로 가능성이 없지 않았으나 어머니는 이제 겨우 오십대 후반이었다. 인규는 어머니가 단지 두려워하는 것일 뿐이라고 생각했다. 날이 갈수록 무관심해지는 의붓아버지와 다 자란 누이동생 사이에서 외로워하는 것이라고 짐작했다. 식구들 사이에서는 아무런 다른 낌새도 보이지 않다가 인규에게 전화할 때만 감정이 격해지는 것으로 보아 인규의 추측은 정확한 것 같았다.

인규의 그런 생각은 얼마 지나지 않아 여지없이 깨어졌다. 진눈깨비가 어지럽게 흩날리던 오후였다.

"진규야, 거긴 춥지 않냐, 옷 단단히 여미고 있어야 한다……"

수화기 저편에서 어머니의 목소리는 흐느끼듯이 떨고 있

었다.

"지금 뭐라고 하셨습니까?"

인규가 놀라 다그치자 어머니는 화들짝 정신을 차린 듯 "인규야, 이만 끊는다, 바람이 너무 차서……" 하며 황황히 통화를 끊었다.

진규야, 거긴 춥지 않냐.

그날 인규는 퇴근할 수 없었다. 그는 밤이 깊도록 사무실 창문 밖으로 명멸하는 저승불 같은 네온사인을 바라보며 서 있었다. 어둠 속에서 성글게 나부끼는 눈발은 보도블록에 닿자마자 형체도 없이 스러져버리곤 했다. 인규의 회사는 군부대와 거래가 있었으므로 인규의 캐비닛에는 정훈병들이 선사한 군납 캔 맥주들이 보관되어 있었다. 인규는 맛없는 그 군납 맥주를 취할 때까지 빈 위장 속에 털어 넣었다. 머리가 어찔어찔하고 입언저리에 마비가 올 때쯤 그는 사무실을 나섰다.

그제야 잊을 수 있었다. 밤거리의 취객들 사이로, 자신도 얼마간 취했으므로 너그럽게 걸음을 비켜주며, 가등이 비추는 곳에서는 얼마간 서성이기도 하며 아파트까지 돌아갈 수 있었다. 어머니의 망언(妄言)도 잊을 수 있었다. 취중에도 주먹을 불끈 쥔 채, 이따금 고개를 들어 면도날 같은 선득한 진눈깨비를 얼굴에 맞으며, 힘을 모아 가로수 밑동을 향해 주먹을 날리기도 하며 걸을 수 있었다. 흔들리는 불빛과 눈발을 어지러워하며, 무릎에 가해지는 보도블록의 충격을 즐기며 달릴 수도 있었다.

거리를 달릴 때 귀밑으로 느껴지는 차가운 밤바람과, 자신의 내부에서 솟구치는 속력만을 인규는 사랑하고 있었다. 더 이상 달릴 수 없을 만큼 숨이 찰 때면 그는 이를 악물었다. 그러면 곧 허물어질 것 같던 무릎을 앞으로 내디딜 수 있었다.

어머니가 입원한 대학 병원까지는 이제 세 정거장 정도의 거리가 남았다. 달려오는 동안 인규의 몸에 배었던 땀이 식고 있었다. 겨드랑이와 가슴에 찬결이 들었다.

어머니가 걱정되어서 여기까지 달려온 것인가 하고 인규는 자신에게 물었다. 그는 자신의 비정함에 대해서 잘 알고 있었다. 입원실 철제 침대에 혼자 누워 있는 어머니의 모습을 상상하자마자 왜 울분이 치밀었는지, 하루의 수입을 계산하고 있던 의붓아버지의 평온한 얼굴을 보았을 때 어째서 증오가 느껴졌는지 알 수 없었다.

인규는 오래전부터 자신이 아주 늙어버린 사람과 같다고 느껴오고 있었으므로 이 감정의 동요는 이상스러운 것이었다. 이제까지 출구를 봉해왔던 기억의 실밥이 일시에 투둑 소리를 내며 끊겨버린 것인가 하고 인규는 생각했다. 무엇 때문일까. 어머니의 흐느끼는 음성이, 그녀의 입에서 발음되어 나온 진규라는 이름이 그것을 끊어버린 것일까.

……진규야, 거긴 춥지 않냐.

물컹한 봄밤의 대기 속으로 날카로운 발톱을 드러낸 바람이 불어오고 있었다. 그는 이를 악물며 주먹을 쥐었다. 쓰라린

흙터에 자신의 손톱이 파고드는 것을 느꼈다.

인규가 초등학교를 졸업할 때까지 그들 식구는 시골에 살았다. 인규의 아버지는 사이다병에 담아놓은 농약을 단숨에 들이켜고 죽었다. 어머니의 나이 서른다섯 살, 인규는 열한 살, 코찔찔이 동네 북이던 동생 진규는 여섯 살 때의 일이었다.

부지런했던 아버지와 어머니는 논마지기를 꽤 가지고 있는 축이었으므로 어머니의 개가는 어렵지 않았다. 어머니는 여러 명의 구혼자들 중에서 유일하게 자식이 딸리지 않은 홀아비였던 지금의 의붓아버지를 택했다.

의붓아버지는 결혼하자마자 논을 팔아 읍내에 하나뿐이던 지물포를 인수했다. 새마을 운동이 한창이던 즈음이었다. 인규가 살던 조그만 동네에서만도 한 달에 네댓 집이 쓸렸다가 증축되었다. 의붓아버지는 새로 주문해 온 벽지들에서 풍기는 음음한 종이 냄새를 사랑했다. 또한 그 벽지들과 바뀌어 철제 금고 속에 수북이 쌓여가던 지폐의 냄새를 사랑하고 있었다.

농사를 그만두고 가게를 보게 된 어머니는 제법 고운 옷들을 사 입었다. 거칠던 피부도 팽팽해졌다. 그들은 어느새 읍내에서 가장 금실 좋은 부부가 되어 있었다. 진규가 죽은 것은 그때쯤이었다.

진규는 동네 아이들에게 맞아 죽었다. 그의 죽음은 아버지의 죽음만큼이나 어이없는 것이었다. 진규가 숨이 끊어지는 순간 인규는 읍내 지물포를 지키고 있었다. 의붓아버지와 어머니는 물건을 받으러 도매상에 가 있었다.

반쯤 열린 가게 문틈으로 인규의 앞집에 사는 꼬마 녀석이 얼굴을 디밀었다. "형! 진규가 맞는다, 때리는 형들이 여럿이야!" 녀석은 잔뜩 겁을 집어먹은 얼굴로 귀띔해주고는 달아났다.

그러나 인규는 진규에게 달려가지 못했다. 그 순간에도 손님들이 벽지를 고르고 있었고, 어머니가 돌아오기로 약속한 시간이 가까웠으므로 인규는 발을 구르며 가게를 지키고 있었다.

삼십 분이 흐르고, 한 시간이 흐르고, 다시 삼십 분이 흘러 마침내 어머니가 돌아왔을 때에야 인규는 공터를 향해 달려갔다.

인규는 그날 동구 밖 공터에 웅크리고 누워 있던 조그만 진규의 몸뚱이를 아직까지도 또렷하게 기억하고 있었다. 황혼녘이었다. 겁먹은 아이들은 진규를 버려두고 달아난 지 오래였다. 빈 공터에는 안개 같은 땅거미가 자욱하게 내리고 있었다.

진규의 싸늘한 얼굴과 손발은 흙투성이였다. 분비물과 이슬에 젖은 더러운 옷은 적시다 만 걸레 조각 같았다. 숨진 진규를 들쳐업고 인규는 울부짖으며 읍내까지 달렸다. 읍내에 이르렀을 때 이미 사위는 캄캄해져 있었다. 인규는 불빛이 밝혀진 지물포의 유리문을 어깨로 부딪쳐 열었다. 어머니가 비명을 지르며 달려 나왔다. 진규를 바닥에 내려놓다가 인규는 경기를 했다. 그는 연신 "아부지, 아부지"라고 헛소리를 쳤다.

어머니는 실성한 사람처럼 보였다. 날만 밝으면 "진규야, 우리 진규우" 하고 목을 놓아 울었다. 진규는 겨우 일곱 살 난 어린아이였으므로 관을 짜지 않았다. 의붓아버지는 거적때기로 진규를 둘둘 말아 등에 지고 산으로 갔다. 봉분도 세우지 않고 진규를 묻었다. 진규의 몸은 유난히 작아서 땅도 아주 조금만 차지했다.

진규를 묻은 뒤 의붓아버지는 진규가 죽은 자리에 있었던 동네 아이들의 집을 찾아다녔다. 두려움에 주눅이 든 부모들은 의붓아버지에게 사과 조의 부의금을 두둑이 챙겨주었다.

인규는 말이 없어졌다. 햇볕이 내리쪼이는 마당에 웅크리고 앉아 땅바닥을 노려보고 있을 때가 많아졌다. 이따금 눈을 들어 의붓아버지의 눈을 똑바로 들여다보았다.

개구쟁이였던 인규는 이제 옷을 더럽히지 않았다. 방을 깨끗이 치우고 제 속옷을 빨아 입었다. 먼지 하나, 머리카락 한 올만 보여도 방바닥을 닦고 또 닦았다. 주먹을 아프도록 쥐게 된 것도, 이를 악물고 웃게 된 것도 그즈음부터였다.

"인규 저 녀석의 눈은 어린애 같지가 않아. 아주 섬뜩해." 밤늦게까지 잠을 이루지 못하다가 툇마루로 걸어 나오던 인규는 안방에서 의붓아버지가 말하는 것을 들었다.

"진규는 잊어버려. 이봐, 죽은 자식을 자꾸 생각해 무엇하겠어?"

어머니의 대답은 들리지 않았다. 울고 있는 것 같았다. 의붓아버지는 "이봐, 이봐"를 연발하며 어머니를 달래고 있었다.

"아이는 또 낳으면 되잖아? 이봐, 정말로 예쁘고 똑똑한 우리 아이를 갖자구."

그로부터 몇 달 뒤 어머니는 인규의 뺨을 다정스레 쓸며 "네 동생이 곧 생기게 되었다. 동생이 다시 생기면 너도 좋겠지?"라고 말했다. 인규는 대답하지 않은 채 어머니의 얼굴을 올려다보았다. 몇 달 사이에 몰라보게 수척해진 어머니의 뺨에는 거뭇거뭇한 기미가 덮여 있었다. 그녀의 얼굴은 눈자위에서 빛나는 새로운 희망에 대조되어 더욱 비참하게 보였다.

그 후 어머니와 의붓아버지는 진규라는 이름을 입 밖에 내어놓지 않았다. 어쩌다가 이웃 사람들이 진규의 일을 들먹이면 눈살을 찌푸리며 다른 화제를 꺼냈다. 진규의 돌 사진도 불태워버렸다. 인규와 나란히 찍은 몇 장의 사진도 함께 없앴다.

이제 진규는 아예 태어나지도 않았던 아이 같았다. 어머니는 대신 새 아이를 낳았다. 얼굴이 작고 예쁘장한 여자아이였다. 의붓아버지는 삼킬 듯이 갓난아이를 사랑했다.

그러나 인규는 진규를 잊을 수 없었다. 인규를 피해 다니는 동네 아이들을 용서할 수 없었다. 인규는 그날 어느 녀석들이 주동이 되어 진규를 죽게 했는지 알고 있었다.

인규는 그중에 가장 약한 녀석이 혼자 다니는 길목을 지키고 서 있다가 녀석의 머리를 돌로 찍었다. 녀석의 이마에서 선홍빛 핏줄기가 흘러내렸다. 생각 없이 이마를 쓸어본 녀석은 제 손에 묻은 핏물을 보고 발작적인 울음을 터뜨렸다. 눈물과 핏물로 범벅이 된 얼굴을 손등으로 닦으며 녀석은 제 집을 향해 달아났다. 그 뒷모습을 향해 인규는 연달아 돌팔매질을 했다. 녀석은 자꾸만 앞으로 고꾸라지면서 사력을 다해 달렸다.

그날 밤 인규는 담 모퉁이에 숨어 그 아이의 아버지가 집으로 찾아오기를 기다리고 있었다. 그의 머리통도 돌로 찍을 생각이었다.

피는 피로써만 씻을 수 있다.

도덕 시간에 '눈에는 눈, 이에는 이'라는 말을 배울 때 선생님이 들려준 말이었다. 인규는 어둠 속에서 그 말을 되뇌며 가슴을 조이고 있었다. 그러나 그 아이의 아버지는 오지 않았다. 놀란 부모에게 녀석은 넘어져서 다친 것뿐이라고 둘러댄 것이었다.

인적이 드문 학교 뒤뜰 토끼장 앞에서 인규는 두번째 녀석을 죽기 살기로 두들겨주었다. 죄책감과 공포에 하얗게 질린 녀석은 별다른 반항을 하지 않았다. 인규는 제풀에 지칠 때까지 녀석을 때렸다. 아이들이 결코 고자질하지 않을 것임을 알게 되었으므로 인규에게는 두려울 것이 없었다. 인규가 제정신이 들었을 때 아이는 맥없이 쓰러져 있었다. 철장 안에 갇힌 흰토끼들이 붉은 눈을 치뜨고 허공을 올려다보고 있었다. 쓰러진 아이를 버려둔 채 인규는 아무 일 없었다는 듯이 교실로 돌아왔다.

아이들은 이제 혼자 다니는 것이 무서워 똘똘 뭉쳐 다녔다.

인규는 그들의 행동을 엿보며 기회를 노렸다. 그 기회가 쉽게 찾아오지는 않았으나, 일단 그것을 포착하면 놓치지 않았다.

인규의 복수극은 순조롭게 진행되었다. 마침내 그 아이들의 우두머리 노릇을 하던 녀석만 남았다. 덩치가 중학생만큼 크고 힘이 센 그 녀석을 완력으로 이길 방도는 없었으므로 인규는 다른 방법을 궁리하고 있었다.

그 무렵 인규는 소년소설에서 독약을 매일 극소량 복용하다 보면 어느 날 한꺼번에 들이켜더라도 죽지 않는다는 대목을 읽었다. 그 이야기는 인규를 사로잡았다. 포악한 왕의 미움을 받던 선한 주인공은 자신의 병을 치유하기 위해 아침마다 약간의 독을 복용하고 있었다. 사형 선고를 받은 주인공은 왕이 내린 사약을 단숨에 마셨으나 죽지 않았다. 주인공은 마침내 악마라는 누명까지 쓰고 화형대로 끌려가던 중에 친구들의 도움으로 구출된다는 이야기였다.

인규는 날마다 청산가리를 조금씩 물에 타 먹어야겠다고 생각했다. 시간이 흐르고 인규의 몸이 독에 내성을 갖게 되었을 때 자신이 노리던 마지막 우두머리 녀석과 마주 앉을 생각이었다. 그때쯤이면 인규의 몸은 불사신과 같이 강해져서, 아버지가 마시고 죽은 농약을 두 병쯤 마신다 해도 죽지 않을 것이었다.

"자, 나는 이 독약의 반을 마시겠다, 진규를 따라 죽겠어. 너는 그 나머지를 마셔라."

녀석은 마시지 않을 수 없을 것이었다. 죄책감과 공포에 떨며 그 잔을 비울 것이었다. 똑같이 독약을 마신 인규가 눈썹 하나 까딱하지 않고 지켜보는 가운데, 녀석은 온몸을 뒤틀며 죽어갈 것이었다. 인규는 그 광경을 공상하다가 몰래 몸서리를 치곤 했다.

그러나 공상이 실현되기 전에 그 녀석은 이층 교실에서 뛰어내리는 소동을 벌였다. 녀석은 다행히 무릎과 어깨에 골절상만 입고 휴학을 했다. 창문에서 뛰어내리기 직전 녀석은 인규의 얼굴을 바라보았었다. 녀석의 뺨은 눈물에 젖어 번들거리고 있었다. 덩치에 어울리지 않게 연신 어깨를 들먹이다가 녀석은 고개를 돌렸다. 그리고 주저 없이 창밖으로 몸을 던졌다.

인규는 그날 오후 집에 돌아와 앓아누웠다. 격렬한 목울음 때문에 숨을 쉴 수 없었다. 그는 가슴을 쥐어뜯었다. 아무것도 먹을 수 없었다. 밤새 오한을 쏟아내며 그는 헛소리를 쳤다. 다음날도, 그 다음날도 그는 학교에 가지 못했다.

그것으로 인규의 복수극은 끝났다. 상처투성이의 유년기 역시 끝났다. 인규가 할 수 있는 일은 이제 없었다. 학교에 나가지 않은 지 꼭 닷새가 되던 날 오후, 인규는 힘없는 몸을 끌고 나와 툇마루에 웅크려 앉았다. 오래된 장독들이 옹기종기 모여 있는 퇴락한 마당가에 유채꽃이 무성하게 돋아 있었다. 뜨거운 눈물이 그의 뺨을 타고 흘러내렸다.

그해 가을은 길고 우울했다. 모든 아이들이 슬금슬금 인규를 피해 다녔으나 인규는 개의하지 않았다. 인규에게는 그들 모두가 형편없는 어린아이들로 느껴졌다. 인규는 차츰 말 없는 아이가 되었다.

인규가 초등학교를 졸업함과 함께 인규의 일가족은 상경했다.

의붓아버지는 서울 변두리에 새로 지물포를 차렸다. 시골 읍내에서보다 수입이 좋았으므로 살림은 날로 불어났다. 어머니는 도회 아낙이 되어갔다. 누이동생은 서울말을 배우기 시작했다. 그들 식구가 고향에서 겪었던 모든 일들은 까마득하게 잊혀져갔다.

그런데 이상한 것은, 인규가 유년 시절을 돌이킬 때마다 실제로 자신이 매일 소량의 독약을 물에 타 먹곤 했던 것처럼 기억된다는 것이었다. 청산가리를 구하기 위해 약국 근처에도 가보지 못했음에도, 인규는 '청산가리'라는 말을 들을 때마다 마치 다정한 친구의 이름인 것같이 마음이 편해지곤 했다.

자신의 두 팔이 칼날이라도 되는 것처럼 느꼈던 시절, 어린 진규를 죽인 놈들을 그 두 개의 칼로 남김없이 처단해야 한다고 느꼈던 그 시절부터 인규는 청산가리를 먹어온 것만 같았다. 이십 년 가까운 시간이 흘렀으니 이제 여러 사발의 독약을 들이켜도 죽지 않을 것 같았다.

인규는 언제부턴가 비정한 인간이 되어 있었다. 그가 마신 독이 그의 얼굴에 냉정한 껍질을 응고시켜오고 있었다. 때로 인규는 자신의 비정함에 진저리를 쳤다. 그러나 이제 와서 그 껍질을 부술 수는 없었다.

그는 늦은 밤에 숲을 헤매다가 덫에 걸린 짐승과 같았다. 인생이 무엇인지 알기도 전에 그는 덫에 걸렸다. 그는 새벽을 기다렸다. 누구도 그를 도울 수 없었으므로, 울부짖고 신음하는 것에마저 지쳐버렸으므로 이제 그는 날카로운 덫에 찢겨 피가 흐르는 다리를 핥으며 기다렸다.

새벽은 고통을 멎게 해줄 것이었다. 박명 속에서 신(神)의 얼굴을 한 사냥꾼이 걸어올 것이었다. 자신의 노획물을 확인하고 기뻐하며, 솜씨 좋은 사냥꾼은 일격에 그를 사살해줄 것이었다.

덫에 걸리지 않았다면, 하고 인규는 생각할 때가 있었다. 진규가 자신의 인생의 덫이었던가 하고 생각했다. 어째서 그 덫에서 빠져나올 수 없었던가를 생각하기도 했다.

그러나 어떻게 생각한다 해도 새벽을 기다리는 일 외에 그가 할 일은 없었다. 덫에 걸리지 않았다 해도 언젠가는 그 새벽을 만날 것이 아닌가? 인규는 그렇게 스스로를 위로할 수 있을 뿐이었다.

인규는 두 팔을 늘어뜨린 채 유흥가를 걷고 있었다. 아직 집으로 돌아가지 못한 수십 명의 취객들이 택시를 잡기 위해 차도로 내려 서 있었다. 인규는 그들의 어깨를 헤치며 앞을 향해 나아갔다.

모퉁이를 돌아가자 대학 병원의 담 길이었다. 외등을 에워싼 가로수 잎들이 서늘하게 번쩍이고 있었다. 음습한 길을 따라 걸어온 연인 한 쌍이 인규의 옆으로 스쳐 지나갔다.

모든 것이 인규에게는 꿈과 같이 느껴졌다. 물먹은 솜 같은 다리가 내딛는 보도블록, 칼칼하게 목구멍으로 감기는 밤공기, 이 모든 것들이 어느 하나 인규에게는 살아 있지 않았다.

달리고 싶다, 라고 인규는 생각했다.

그가 살아 있음을 느낄 수 있는 순간은 달릴 때뿐이었다. 그때만은 별들의 운행이 그의 귀에만 거대한 음향을 들려주는 것 같았다. 마치 자신의 피부를 뚫고 나가 바깥 공기와 섞여 춤추는 기분이었다. 오로지 그때에만 인규의 영혼은 자신의 가련한 몸뚱이를 빠져나갈 수 있었다. 그 몸뚱이는 인규의 어린 시절 동구 밖 공터에 버려져 있었던 진규의 몸뚱이와 같았다.

그러나 인규는 더 이상 달리기에는 너무 지쳐 있었다. 그는 숫제 다리를 끌며 걷고 있었다. 한기를 느꼈다. 단단하게 팔짱을 끼고 어깨를 움츠린 채 그는 계속해서 걸어갔다. 그는 자신의 육체에서 빠져나갈 수 없었다. 그 어떤 덫에서도 벗어날 수 없었다.

야근을 마치고 몸살을 앓으며 혼자서 아파트로 돌아가던 길들을 인규는 기억했다. 양손에는 일거리를 싼 짐이 들려 있었고 오한 때문에 이가 부딪쳤다. 가등이 꺼진 도로변을 걸으며 인규는 "걷다 보면 끝난다, 걷다 보면 이 길은 끝난다"라고 소리 내어 중얼거려보곤 했었다.

그는 그렇게 기다리고 있었다. 이 싸늘하고 어두운 길이 끝나기만을 기다리며 발걸음을 떼어놓고 있었다.

언제부턴가 인규는 울면서 걷고 있었다. 눈물도 흘리지 않은 채 어깨만 들먹이며 목울음을 삼키고 있었다. 송곳니가 입술 안쪽을 파고들어 갔다. 이제 이틀쯤 뒤 거울 앞에서 입술을 뒤집어보면 흰 홈터가 속살을 드러내고 있을 것이었다. 그는 단지 인내해야 한다는 본능, 울음을 터뜨리기 위해서 멈출 수는 없다는 본능에 의지해 숨죽이며 한 발자국씩 앞으로 나아갔다.

"진규야, 진규야아."

일주일 전의 늦은 밤이었다. 어머니는 마지막으로 인규의 아파트로 전화를 걸었다. 그녀는 걷잡을 수 없을 만큼 큰 소리로 흐느끼고 있었다. 소낙비가 내리고 있었다. 어머니는 공중전화 박스까지 비를 맞으며 달려 나온 것이었다.

"안 돌아오느냐, 으응? 안 돌아올 테냐?"

"어머니!"

인규는 다급하게 그녀를 불렀다.

"정신 차리세요 어머니, 저 인큽니다."

어머니는 인규의 말에 아랑곳하지 않은 채 진규를 부르고 있었다. 그녀의 음성은 알아들을 수 없을 만큼 쉬어 있었다. 빗소리 때문에 당신의 목소리가 들리지 않는지 어머니는 온몸의 힘을 쥐어짜서 외쳐댔다.

"진규야, 진규야! 수술은 못 한다, 수술은 할 수 없어!"

어머니는 이십 년 동안 인규가 쌓아온 성벽을 무너뜨리려

하고 있었다. 그동안 진규는 오로지 인규만의 것이었다. 인규는 일곱 살에 죽은 진규를 기억하는 단 한 사람이었다. 진규를 사랑했으며 진규로 인하여 고통받은 단 한 사람이라고 믿고 있었다. 죽은 사람의 영혼이 그를 기억하는 자들의 마음속에만 서식한다는 말이 맞다면, 진규는 인규의 죽음과 함께 영원히 죽어질 영혼이었다. 그때에야말로 진규의 죽음은 완연해질 것이었다.

그런데 어머니가, 진규를 거적때기에 싸고 봉분도 없이 묻은 어머니가 다시 진규를 부르고 있었다. 이십 년 동안 한 번도 진규의 이름을 입에 올리지 않았던 어머니였다.

"다시 너를 낳고 싶다 진규야!"

빗소리가 인규의 귓속을 할퀴었다. 어머니가 빗속에서 울부짖고 있었다.

"다시 너를 낳고 싶구나, 돌아오겠느냐? 나에게 돌아오겠느냐?"

인규는 대학 병원 후문으로 들어섰다. 요란한 브레이크음을 내며 개인택시 한 대가 그의 옆에 멈추었다. 한 젊은 여자가 택시에서 내렸다. 검은 옷을 입고 검은 구두를 신고 검은 핸드백을 든 여자는 종종걸음을 쳐서 후문에 연결된 영안실 건물의 입구로 들어갔다.

사위는 고요했다. 영안실 건물은 층마다 환하게 밝혀져 있었다. 죽은 자들이 거기 누워 있었다. 산 자들은 그들 곁에 엎드리거나 주저앉아 밤을 새우고 있었다.

밤바람이 인규의 어깨를 물어뜯었다. 영안실로 들어가는 길을 따라 우거진 나무들은 금세라도 인규를 향해 쓰러질 것처럼 무성한 가지들을 흔들어대고 있었다. 인규는 휘청거리며 그것들을 노려보았다.

시멘트로 포장된 언덕을 넘자 지대가 높은 곳에 거대한 병동이 있었다. 인규는 병동 맞은편으로 펼쳐진 서울의 야경을 보았다. 노랗고 붉은 불빛들이 적요하게 깜박이고 있었다.

인규는 통증을 느끼며 움켜쥐었던 주먹을 폈다. 외마디 신음이 악물린 입술을 비집고 나왔다. 나는 어쩌지 못할 인간이다 하고 그는 생각했다.

파고드는, 파고드는 이 손톱 하나 어쩌지 못한다.

이십층가량 되어 보이는 병동에는 층마다 한두 군데에만 불이 밝혀져 있었다. 죽은 사람들의 방에서는 환하게 불빛이 새어 나오고 있었는데, 앓는 사람들의 방은 어두웠다. 마치 하나하나의 창이 지쳐 눈을 감은 것 같았다. 덫에 걸린 수많은 짐승들이 새벽을 기다리며 잠을 청하고 있는 것 같았다.

저 병동의 팔층에 어머니가 누워 있으리라. 인규는 고개를 떨구고 자신의 손바닥을 들여다보았다. 그의 인생은 그의 상처 난 손바닥 안에 있었다. 그의 운명도 그의 손바닥 안에 있었다.

널따란 현관은 어둡고 한산했다. 간병을 하다 나온 두 사내가 오십 미터가량 간격을 두고 쪼그려 앉아 담배를 피우고 있었다. 보퉁이를 안은 아낙이 유리문을 열고 병동 안으로 들어갔다.

어디선가 자지러지는 울음소리가 들려왔다.

누군가 죽어가고 있는가 하고 인규는 생각했다. 아이가 태어나고 있는가 하고 생각했다. 이 밤이 끝날 무렵, 자신도 어디선가 다시 태어나고 싶다고 생각했다.

인규는 병동 로비를 향해 달리기 시작했다. 지친 발이 자꾸만 허공을 헛디뎠다. 공기가 춤추었다. 숨이 차오기 시작했다.

진달래 능선

정환이 월세방을 알아보기 위해 변두리 부동산 사무소의 중개인과 처음 이 집을 방문한 것은 어스름 저녁 무렵이었다. 차가운 십이월의 바람을 맞받으며 가파른 골목길을 걸어 올라왔을 때 이 집의 대문은 열려 있었고 마당에는 모닥불이 타오르고 있었다.

일백 평가량 되어 보이는 대지에 나무를 파낸 수십 개의 구덩이가 있었다. 담장 가까운 곳에는 목련나무와 말라붙은 진달래 관목들이 우거져 있었으며, 넘실거리는 불길 속에는 향나무와 단풍나무의 줄기와 뿌리가 있었다.

"이따금씩 저렇게 나무를 태운다우."

부동산 중개인은 점퍼 깃을 여미면서 턱으로 모닥불 옆에 쭈그려 앉은 사내를 가리켰다. 사내는 사십대 중반으로 보였다. 붉은 불빛에 물든 반백의 머리털이 그의 얼굴에 우울한 음영을 드리우고 있었다. 그는 영하의 날씨인데도 얇은 추동 운동복 차림이었으며, 각질이 두드러진 맨발에 낡은 슬리퍼를 꿰어 신고 있었다. 녹슨 삽 한 자루와 빈 소주병이 그의 발치에 뒹굴고 있었다.

정환이 사내에게 다가섰을 때 모닥불 속에서 석 자쯤 되는 나뭇가지가 꺼져 내렸다. 불은 더욱 맹렬해지며 고즈넉한 겨울 공기 속으로 타올랐다.

이 집이 특별히 정환의 마음에 든 것은 아니었다. 보증금이 싸고 방 하나에 딸린 세면장이 그런대로 말끔하기는 했으나, 전철역까지는 여덟 정류장을 버스로 가야 하며 그 버스를 타려면 십여 분을 걸어야 하는 단점이 있었다. 나무를 파낸 구덩이들도 썩 호감이 가지 않았다. 그러나 잘 정돈된 정원에 아이들 뛰노는 소리가 들리는 집이었다면 정환은 계약하지 않았을 것이다. 어딘가 황막하고 버림받은 것 같은 분위기가 정환에게는 차라리 친근했다.

집 구경을 한 다음날 주인 사내와 정환과 부동산 중개인은 이 집 거실 가운데에 책상다리로 앉았다. 외투를 입고도 썰렁한 거실의 벽에는 그림이나 장식은 고사하고 달력 한 장 걸려 있지 않았다. 낡고 덩치 큰 책꽂이가 가구의 전부였다. 주인 사내는 계약서에 서명을 했다. 그의 성(姓)은 황(黃)이었다. 소정의 절차가 끝나자 주인 황씨는 사무적인 목례로 정환과 부동산 중개인을 배웅했다. 현관까지 나오는 예의도 표하지 않왔다.

"댁이 내는 월세가 저 양반한테는 유일한 수입일 거요, 꼬박꼬박 챙겨주구랴."

비탈길을 내려가며 중개인은 문득 생각난 듯이 정환에게 말하였다.

"저래 보여도 예전에는 이 근방에서 제일 좋은 집이었다우. 나무도 어찌나 무성한지 정원이 아니라 숲속 같았지. 저 양반도 그때는 쓸 만한 사람이었는데……"

부동산 중개인은 주인 황씨에게 아내와 두 남매가 있었다며 묻지도 않은 이야기를 들려주었다. 손위인 딸아이는 심장병을 앓고 있었는데 아내가 성한 아들을 데리고 집을 나가버렸다는 것이었다. 황씨는 딸을 먼 친척에게 맡겨두고 꼬박 한 해 동안 아내와 아들을 찾아 헤매다가 빈손으로 돌아와 딸의 병이 위급해진 것을 알았다고 했다. 병원 치료비로 재산을 다 까먹은 어린 딸은 삼 년 전에 죽었으며, 황씨는 그 후로 아무것도 하지 않고 지냈다고 했다. 삼 년 동안 무엇으로 먹고살았는지도 알 수 없으며, 애초에 셋방을 내도록 설계된 집인데도 딸이 죽은 후로는 여태 놀려둔 채 혼자 살아왔다는 것이었다.

"그때까지만 해도 이 동네는 지대가 높아 물이 나오질 않았어. 새벽마다 모두들 커다란 물통을 하나씩 끌고 나와 수차를 기다렸다우. 황씨는 입술 퍼런 딸내미한테 두툼한 옷을 입히고 목도리를 둘러서는 업구 서 있곤 했지. 보는 사람마다 혀를 찼다우. 그러던 아이가 죽고 나서는 젊은 사람이 저 꼴이 됐으니 원, 저래 보여도 이제 겨우 마흔이라지 아마……"

정환은 굳이 황씨의 일에 대하여 상관하고 싶지 않았으므로 중개인의 이야기에 건성으로 고개를 끄덕이고 있었다. 이 넓고 스산한 집에 혼자 사는 중년 사내에게 남다른 사연이 있으리라는 것쯤은 처음부터 짐작할 수 있는 일이었다. 정환에게는 그저 자신의 지친 몸을 누일 방 한 칸이 필요했을 뿐이었다.

정환이 이사해 들어온 뒤 황씨는 낮에는 철제 대문을 빠끔히 열어놓았다. 밤이 되면 힘주어 밀기만 해도 열릴 수 있도록 잠금 장치를 느슨하게 해두었다. 벨을 누르고 끌러주는 절차마저 귀찮아한 것이었다. 그다지 개운한 느낌은 아니었지만 세입자로서는 오히려 간편하고 고마운 일이었다.

집 서편에 따로 지어진 세면장을 통해 출입하게 되어 있는 정환의 방은 주인집 거실과 베니어판 문 하나로 연결되었다. 정환이 직장에서 돌아와보면 어김없이 방문 건너편에서 텔레비전 소리가 들렸는데, 그것은 특별히 보거나 듣고 있다기보다는 습관으로 켜놓은 것인 듯했다.

새벽이면 마당에서 줄넘기 따위의 운동을 하는 기척이 들렸다. 정환이 출근할 때면 운동복 차림으로 구덩이 앞에 앉아 쉬고 있는 황씨를 볼 수 있었다. 정환은 그때마다 인사를 건네었는데, 황씨는 답례하지 않고 무표정한 얼굴로 그를 마주 보다가 캄캄한 구덩이 속으로 시선을 피했다. 도대체 하루 중에 입을 떼어놓는 시간이라고는 먹을 때뿐일 것 같은 사내였다.

변두리의 이 집으로 이사 온 뒤에는 출퇴근 시간이 길어졌다. 하루의 일을 마치고 비탈길을 올라와 녹슨 철제 대문을 힘주어 열고 나면 정환은 대문 안쪽에 기대어 서서 저물어가는 마당을 바라보고 있곤 했다. 그때마다 정환을 사로잡은 것은 구덩이 하나하나에 우뚝 솟은 나무들의 환영이었다. 겨울임에도 불구하고 환영은 모두 봄의 형상을 하고 있었다. 낭창낭창한 처녀의 허리처럼 흔들리는 목련 꽃송이며 라일락 향기가 황량한 마당에 가득했다. 진달래나무들에 시선이 멎을 때면 환영은 더욱 풍요해져서, 눈이 멀 것 같은 붉은 꽃바다에 정환은 오한이 드는 줄도 모르고 거기 서 있었다.

그것은 정환이 고향을 도망쳐 나오던 아홉 살의 초봄, 역으로 가는 새벽 첫 버스를 기다리며 보았던 풍광과 흡사했다. 소도시의 산자락에 들어선 집들 사이로 새벽은 유난히 게으르게 찾아오고 있었다. 진달래 능선이라 부르던 뒷산 기슭에서 봉화처럼 타오르는 꽃불을 정환은 보았다. 그것은 입술 가득 진달래 꽃물을 들이고 다니던 코흘리개 정임이의 얼굴과 겹쳐졌다.

버스는 좀처럼 오지 않았다. 정환은 얼어붙은 발을 구르고 있었다. 버스보다 먼저 어머니가 달려와 자신의 목덜미를 낚아채는 것이 아닌가 정환은 초조했다. 마지막으로 고향 땅에서 있다는 생각은 들지 않았다. 오로지 어서 달아나야 했다. 어머니의 부여잡는 손으로부터, 언제 달려들지 모를 술 취한 아버지의 두껍고 큰 손의 타격으로부터, 그리고 혼자 버려두고 떠난다는 자책만을 안겨주는 누이동생 정임이의 백치스런 얼굴로부터 달아나야 했다. 어두웠던 사위가 밝아가며 진달래 능선이 차츰 거세게 불타오를 때 정환은 공포에 사로잡혔으며, 버스가 도착하자마자 숨이 차게 달려가 올라타고 말았다.

정환이 황씨에게 관심을 가지게 된 것은 해가 바뀌고 강추위가 닥친 일월의 어느 날 밤이었다.

정환은 고개를 젖히고 약봉지에 남은 가루약을 마저 입안에 털어 넣었다. 천장 벽지에 박힌 자잘한 국화 문양들이 쏟아져 내려 그의 얼굴을 덮었다. 차가운 어둠의 입자들이 내장 사이로 번졌다. 그것은 정환이 약과 함께 복용하는 해묵은 체념이었다. 정환은 입술에 묻은 가루를 털어낸 뒤 태아처럼 웅크려 누웠다. 차가운 이불이 체온으로 덥혀지기를 기다리며 몸을 뒤척였다.

정환은 이날따라 상태가 좋지 않았다. 약을 먹었는데도 위장의 통증이 계속되었다. 정환은 매주 일주일분의 이 약을 직장 근처의 단골 병원에서 지어오고 있었는데, 이날 오후 동료들의 한담을 들은 뒤로 내내 불쾌한 기분을 떨치지 못하고 있었다.

"정환 씨는 암만 해도 신경성 증세 같아, 젊은 사람이 다른 이유가 있겠느냔 말이지."

정환은 너털웃음을 터뜨렸다. '이봐, 난 실제로 아프다구'

라고 말하려다가 그만두었다.

"그 약이 효과가 있다면 아마 심리적인 걸 거예요. 안정제를 처방해주는 내과 의사도 더러 있다던데요."

다른 동료가 한마디 했다.

"하긴 뭐 이놈의 세상, 정신이 돌아버리지 않는 것두 다행이지, 난 말야 예전엔 안 그랬는데 요샌 성질이 더러워졌어. 지하철 같은 곳에서 누가 새치기를 하면 마구 고함을 치고 싶어진다구. 멱살을 붙잡고, 이 자식아 어디서 새치기야! 하구 말야……"

잠자코 듣고 있던 정환은 동료들과 함께 웃었으나 어쩐지 울적한 기분이 되어 직원들이 모두 퇴근하고 난 사무실에 남아 있었다. 창문으로 내다보이는 찻집과 술집 들의 간판에는 붉고 푸른 네온사인이 번쩍였다. 가까운 레코드점에서 때늦은 크리스마스 캐럴이 흘러들어 왔다.

정환이 사무실의 불을 끄고 문을 잠근 뒤 건물을 나선 것은 열 시가 다 되어갈 무렵이었다. 아무도 자신을 기다리지 않는 빈방을 향해 긴 비탈길을 오르면서 정환은 불 켜진 가등들을 올려다보았다. 가등 갓의 내부는 먼지투성이였다. 광력이 약한 전구는 매서운 바람 속에서 적요하게 깜박이고 있었다.

늦도록 텔레비전이 켜져 있던 거실은 자정이 지나면서 조용해졌다. 텔레비전과 형광등을 끄고 문단속을 하는 인기척만이 외딴집의 적막을 깨뜨렸다. 정환은 언제나처럼 그 소리에 뜻 없이 귀를 기울이며 아픔으로부터 자신을 구해줄 깊은 수면을 청했다. 갖가지 상념이 아득하게 침전하고, 깨어나면 모든 것이 정리된 아침일 것이다. 정환은 전신의 긴장을 푼 채 자신의 인생을 지배해온 질기고 부질없는 희망들이 밤의 혼곤함 속에 사라지기를 기다리고 있었다.

그때 나지막한 흐느낌이 들려왔다. 처음에는 잘못 들은 거라고 생각될 만큼 작은 소리였으나, 그 소리가 차츰 커지면서 정환은 잠이 달아나버렸다. 그는 몸을 일으키고 문틈에 귀를 댔다. 욕실 문이 닫히는 소리가 들렸다. 물소리에 섞여 잦아들어야 할 소리는 오히려 격렬하게 자정의 적요를 할퀴었다.

정환이 무슨 마음으로 문을 열었는지는 자신조차 알 수 없는 일이었다. 이해하기 힘든 힘에 이끌려 그는 세 들어온 뒤 처음으로 거실과 연결되는 문을 열었다.

계약을 위해 현관을 통하여 들어가본 적이 있는 황막하던 거실이 뜻밖에 어두우면서도 황홀한 분위기를 자아내고 있는 것에 그는 놀랐다. 그것은 촛불 때문이었다. 거실 벽을 따라 일렬로 늘어선 형형색색의 초들이 불꽃을 태우고 있었다. 푸르고 붉고 연보랏빛인 초들은 길이와 굵기가 제각각이었으며, 정환의 그림자를 여러 개로 분산시켜 무시무시하게 흔들리도록 했다.

정환의 기척 때문인지 울음소리가 별안간 멈추었다.

"괜…… 찮으십니까?"

대답은 들리지 않았다. 정환은 자신의 아우성치는 그림자를 보고 있었다. 욕실로 다가갈 수도, 돌아서서 다시 자신의 방문을 열 수도 없었다. 그의 그림자들은 외치고 있었다. 돌아가라, 어서 돌아가라, 돌아가라.

그림자의 명령대로 문을 닫고 방으로 돌아왔을 때 정환의 가슴은 무섭게 뛰고 있었다. 일백 평의 외딴집에는 모든 것이 죽어버린 듯한 침묵뿐이었다.

환청이 아니었을까.

정환은 자신이 들은 것이 정말 황씨의 울음소리였는지를 확신할 수 없었다. 헛소리를 들은 것은 아닐까. 정환은 불분명한 의혹을 안고 모로 누웠다.

통증은 조금도 나아지지 않았다.

별안간 여태까지 의사가 그에게 지어준 약이 위약(僞藥)이 아니었을까 하는 생각이 들었다. 그 생각은 강한 힘으로 정환을 사로잡아서, 몇 분이 지난 후에는 확신이 되었다. 정환은 일주일분의 약을 쓰레기통에 집어넣어버렸다.

고통은 지속될 것이며 어디에서도 그것을 진정할 수 없으리라는 초조함 때문에 정환은 좁은 방을 서성거렸다. 벽을 짚으며 한숨을 토했다. 통증 때문인지 울음소리 때문인지 알 수 없는 두근거림을 가라앉히기 위해 책상 앞에 앉았다. 간밤에 뒤집어서 팽개쳐놓았던 사진이 거기 있었다. 그는 그것을 집어 들었다.

얼굴이 희고 눈이 가느다란 앳된 소녀가 웃음도 울음도 아닌 표정을 머금고 있었다. 좀 커 보이는 잿빛 외투를 입고 꽃다발을 든 소녀의 뒤로는 블록 건물과 돌산이 서 있었다. 정환은 눈을 감고도 이 사진의 구석구석을 머릿속에서 재생해 낼 수 있었다. 그는 엄지손가락으로 소녀의 얼굴을 찬찬히 문질렀다. 어찌할 수 없는 무력한 희망으로 허공을 올려다보았다. 국화 문양이 가느다란 외풍에 비끼어 소리 없이 흔들렸다.

……정임아.

어디서 이렇게 가난한 얼굴로 자라났느냐. 지금은 어디서 이렇게 가난한 얼굴로 살고 있느냐.

사진을 뒤집어 원래 있던 자리에 놓았다. 정환은 허리를 굽혀 쓰레기통 속에서 약봉지를 꺼냈다. 물 한 모금을 수 초간 머금었다가 2회분의 가루약을 한 번에 털어 넣었다.

정환이 양부(養父)를 만난 것은 그렇게 고향을 달아나 중소도시에서 중소도시로 일 년간을 전전한 뒤였다.

교회의 장로였던 양부는 선하였으나 그만큼 엄하기도 한 사람이었다. 양부의 슬하에는 정환과 같은 처지의 아이들이 열 명 남짓 되었다. 양부는 아이들이 합숙 시설에 딸린 농장 일을 돕게 하다가 고등학교 졸업과 동시에 가차 없이 독립시킨다는 원칙을 실행하고 있었다.

정환이 양부를 만난 것은 행운이었다. 정환은 고향으로 되돌아갈 생각을 하지 않아도 될 만큼 양질의 기독교식 교육을 받았으며 학대나 강제적인 노동에 시달리지 않았다.

정환은 고학으로 빠듯한 대학 생활을 마쳤다. 과외 자리가 끊어지고 하숙비가 떨어지면 연구실이나 강의실에서 두 달이고 석 달이고 기식했다. 정환은 자신의 성장 과정이나 환경에 대해서는 이야기하지 않는 편으로, 가까이 지내는 동기들도 그 형편을 알지 못했다. 그것은 정환이 선택한 외로움이었다. 정환의 삶은 비밀로 이루어져 있었다. 가난과 폭력으로 얼룩진 가계를 버리고 달아나기로 몰래 결심했던 그 순간부터 비밀은 그의 삶을 지탱하는 중심 추와 같은 것이 되어버렸다.

어린 정환이 양부를 처음 만난 것은 텃세를 피해 구걸을 다니던 버스 안에서였다. 양부는 정환이 동전을 요구하기 위해 내민 팔목을 움켜쥐었다. 양부가 고향과 부모를 물었을 때 정환은 손을 빼내기 위해 양부의 정강이를 힘껏 찼다. "없어요." 정환은 소리쳤다. "그런 거 없어요." 정환은 양부가 지병인 고혈압으로 죽을 때까지 자신이 두고 온 고향과 식구에 대해서 이야기해주지 않았다.

양부의 장례는 정환이 대학을 졸업한 뒤 이등병으로 연병장을 구를 무렵에 치러졌다. 특박을 받고 나온 정환은 자신이 상상했던 것보다 훨씬 많은 그의 아들딸들이 양부의 농장에 모여든 것을 보고 놀랐다. 쉰 명도 더 되어 보이는 그 형제들 중에는 모르는 얼굴이 더 많았다. 그들은 쾌활해 보였으나, 어딘가 동질의 그림자를 얼굴에 드러내고 있는 것처럼 보였다.

정환은 그들과 어울릴 수 없었다. 그들은 양부를 어떤 방식으로든 사랑하고 있었다. 정환은 양부를 미워하지 않았으나 사랑하지도 않았다. 조숙하고 비뚤어진 내면을 가졌던 정환에게 양부는 그저 세상 한구석에서 남들이 알아주지 않는 신념을 가지고 살아가는 한 사람이었다. 정환은 대학에 간 후로 이따금 농장을 방문할 때마다 양부의 삶이 언제라도 세상 속으로 흩어져버릴 수 있는 가냘픈 것이라는 느낌을 받았다. 헌신과 자기 절제의 엄숙하고 우울한 분위기가 양부의 집을 채우고 있었다. 정환의 가난과 찢긴 학창 생활과 젊음, 오래 고여 있었으므로 언제 터져 나올지 모를 욕설과 같은 고독감은 그곳에서 여지없는 국외의 것이었다.

그러나 양부의 장례 후 육 개월이 지나 첫 휴가를 받고 나온 정환은 자신과 무관하다고 생각했던 그의 죽음이 자신에게서 이 땅의 유일한 '집'을 빼앗아갔다는 것을 깨달았다. 정환은 부대장이 첫 휴가병에게 선사하는 느타리버섯 묶음을 포장한 노끈이 손매듭 속으로 파고드는 것을 느끼며 역전을 서성거렸다.

그때 떠오른 것이 고향이었다. 십수 년 동안 돌아갈 생각을 품어보지 않았던 고향이었는데, 막상 하행선에 오르자 정환의 마음은 설레었다. 때는 봄이었다. 정환의 고향은 종착역이었으므로 다소 방심한 채 등받이에 머리를 기대고 고향의 변한 모습을 상상하고 있었다.

정환이 탄 열차는 그가 언제나 양부의 농장으로 가기 위해 내리곤 했던 중소도시를 지나쳤다. 후락하고 낯익은 역사 앞에 개나리가 만발한 것을 보았을 때 정환은 문득 한 방울 눈물이 뺨을 타고 흘러내리는 것을 경험했다.

고향은 개발이 되지 않아 예전의 모습이 남아 있었다. 정환은 자신이 어릴 때 넓고 복잡하다고 느꼈던 길들이 실은 초라하고 지저분한 골목이었음을 알게 되었으며, 광활하게 꽃 피었던 진달래 능선은 차츰 근거지를 넓혀간 인가들로 그 강렬함이 퇴색되었음을 보았다.

정환이 정임이의 사진을 손에 넣게 된 것은 실로 기적과 같은 일이었다. 그가 살던 슬레이트 집은 헐렸고 대신 이층집이 지어져 있었다. 집주인도 바뀌어 있었다. 어디에도 그의 가족이 살아 있었다는 흔적은 남아 있지 않았다.

그러한 상황을 이성적으로 예상하지 않은 것은 아니었다. 그러나 정환에게 고향과 가족이란 다른 누가 아닌 바로 자신의 의사에 의해 버린 것으로, 언제든 자신의 마음이 바뀌어 돌아오면 그 끈끈한 늪 같던 상황 그대로 남아 있으리라고 어렴풋이 상상하고 있었다. 그런데 막상 그것들이 사라지고 나자 자신의 출생과 성장이 한갓 우연에 지나지 않았다는 생각이 들었다.

정환은 동사무소에서 십오 년 전에 죽은 아버지의 기록을 찾아냈다. 이상하게도 아버지의 기록은 혼인 신고가 되어 있지 않았으며 따라서 어머니와 정환 남매의 인적 사항 또한 없었다. 정환이 얻은 소득이란 자신의 숙부라는 팔십 노인의 집 주소뿐이었다.

"떠나갔지, 모두 떠나갔어."

숙부는 노환으로 누워 있었다. 그는 말을 할 수 없었다. 누구의 얼굴도 알아보지 못했다. 간병을 하기에는 너무 늙은 것 같은 노(老)숙모가 정환의 손을 쥐며 혀를 찼다. 그녀는 정환의 어린 시절을 기억하는 모양으로 연신 "많이 컸구나, 이젠 못 알아보겠구나"를 연발했다.

정환이 도망친 그해 초겨울에 아버지는 술병으로 죽었다고 했다. 어머니는 그로부터 일 년이 안 되어 백치인 딸아이를 안고 먼 도시로 개가를 해 갔다고 했다.

"마산이라던가…… 울산이라던가……"

얼굴에 저승꽃이 가득 핀 숙모에게서 정환이 알아낸 것은 어머니의 성이 최(崔)라는 것, 그리고 몇 해 전이었는지는 확실치 않으나 지나던 길이라며 들른 적이 있었다는 것뿐이었다. 그때 어머니는 다시 이사를 가게 될 것이라고 했으며 무척 지친 얼굴이었다는 것이다.

아픈 사람에게 절하는 게 아니라는 노숙모의 만류 때문에 정환은 큰절 한번 못 했다. 서먹서먹한 인사말만 남기고, 종일토록 손바닥을 쓰라리게 했던 느타리버섯 묶음을 억지로 안겨준 뒤 대문을 나섰을 때 숙모가 좇아 나왔다.

숙모는 사진 한 장을 들고 있었다. 어머니가 연전에 방문했을 때 놓고 갔다는 정임의 중학교 졸업 사진이었다. 어머니는 반편이던 정임이가 그래도 조금씩 나아져서 중학교도 졸업했다며 한숨 섞인 웃음을 지어 보였다고 했다. 숙모의 얼굴은 빛나고 있었다. '어떠냐, 나두 아직 꽤 쓸모 있는 사람이지' 하는 자랑이 가득한 주름진 얼굴을 향해 정환은 몇 번이고 허리를 굽히며 사진을 받아 들었다.

사진을 가슴에 꽂고 정환은 진달래 능선에 올랐다. 귀가 떨어져 나가고 얼굴이 갈라지던 연병장의 겨울이 어느 사이에 지나가고 세상은 봄이었다. 마치 언제나 봄이었던 것처럼 환하게 피어나 있는 능선에서 정환은 문득 자신의 인생이 그날부로 바뀌었음을 알았다.

부대로 복귀한 뒤 구보와 수면 부족과 기합 속에서 정환은 시시때때로 거미줄에 이슬이 맺힌 것 같은 아스라한 유년 시절을 기억했다. 휴식 시간이면 정임의 얼굴이 박힌 사진을 꺼내어 보았다.

"애인?"

동료가 어깨 너머로 사진을 훔쳐보고 물었을 때 정환은 웃었다.

"아니."

정환은 대답했다.

"내 동생."

동료들은 일제히 야유를 보냈다.

"헛소리 마라. 아이고 안됐다, 언제 키워서 삶아 먹으려고."

순간 정환은 견딜 수 없는 기쁨이 치밀어 오르는 것을 느꼈다. 그 기쁨을 악물어 참느라고 긍정도 부정도 하지 않은 채 그는 어깨와 배로만 소리 없이 웃어댔다.

휴가를 얻을 때마다 정환은 마산과 울산뿐 아니라 경남 일대의 여중 학적부를 뒤지고 다녔다. 사진의 배경으로 찍힌 학교의 정경과 대조하는 것도 잊지 않았다. 물론 간단한 일이라고 생각해 시작한 것은 아니었다. 정임이라는 이름은 집에서 만 부르는 이름이었는지도 몰랐고, 어머니의 개가 뒤에는 다른 이름으로 기재되었을 가능성도 있었다. 사진이라고 해봤자 한 장면뿐이고 그것도 클로즈업해 찍은 것이 아니어서 다른 얼굴과 구별하기가 용이치 않을 것이라는 예상도 했었다. 그러나 막상 성과 없이 귀대할 때마다 정환은 절망했다. 사진과 비슷한 얼굴조차 없었던 것이다.

제대한 후로 정환은 마음을 잡을 수가 없었다. 모녀를 찾는다는 것은 이제 정환에게 너무도 큰 과제가 되어버려서, 이제 그것 말고는 어떤 일도 손에 잡히지 않았다. 정환은 경찰과 구청 직원들을 귀찮게 하며 본격적으로 모녀를 찾기 시작했다. 광고도 여러 번 냈으며 일단 기사로라도 나올 수 있을까 싶어 사회부 기자들을 못살게 굴었다. 그것은 고단하고 긴 싸움이었다. 대학 때나 하는 과외 아르바이트를 했고, 아르바이트 자리가 끊기면 막일로 입에 풀칠을 하며 여비를 모았다. 돈을 버는 동안은 값싸고 부실한 하숙집을 전전했다. 돈이 마련되면 전국의 여관과 여인숙을 떠돌며 지냈다.

더 이상 계속할 수 없다는 마음과 그렇다고 체념할 수도 없다는 마음 사이에서 그의 육신과 영혼은 찢기고 있었다. 찾을 수 없을 것이다, 찾아서 무엇 할 것인가. 하지만 그들이 아니라면 지금 나는 무엇인가.

아무것도 아니다. 아무것도 아니다.

마음들이 싸우며 지나간 자리는 노적가리들이 불태워진 겨울 논처럼 피폐했다. 정환은 견딜 수 없는 불안 때문에 혼자서 저녁 술집에 나가 술을 마셨다. 누구에게도 발설할 수 없는 고독감을 술잔 속에 털어 넣으며 정환은 구원이란 무엇인가, 내가 어머니와 정임을 찾겠다는 것과 이 몇 잔의 술을 필요로 하는 마음은 무엇이 다른가 하는 생각에 사로잡히기도 했다.

정환이 결국 붙박이 직장을 구했을 때 그는 지칠 만큼 지쳐 있었으며, 원인이 불분명한 위장 질환을 앓고 있었다.

그것은 꿈이었다고, 그들이 존재했다는 것은 한갓 꿈이었다고 생각하려 정환은 애썼다. 그러나 그에게는 사진이 있었다. 그들이 살아 있었음을, 지금 이 순간에도 이 땅 어딘가에서 숨 쉬고 밥 먹고 잠자고 있음을 증명하고 있는 사진이 있었다. 그것이 있는 한 정환은 완전한 체념을 할 수 없었다.

정환은 그동안 자신의 앙상한 희망을 혹사했다. 곰이나 원숭이 같은 짐승들을 먹이지 않고 채찍으로 다스리는 곡예사처럼 정환은 자신의 희망을 함부로 다루고 소모했다. 한데 이상한 것은 그것이 죽지 않는다는 것이었다. 정환의 지친 육체를 괴롭히는 것은 절망이 아니었다. 오히려 그것은 무작정의 희망이었다. 의지나 가능성과는 무관한 성질의 감정이었다.

바람기 많은 사내가 아무 여인에게나 넋을 잃듯이 정환은 시시각각 그 원시적이고도 지긋지긋한 희망에 사로잡혔다. 바람만 불어도 다시 희망이요, 날이 풀려도 다시 희망이었다. 거리에서 큰 소리로 웃으며 걸어가는 가족들을 볼 때도 희망이었고 정임이 또래의 처녀들이 떼 지어 몰려가는 것을 보아도 희망이었다. 새들이 전신주 사이로 날아올라도 희망이요, 아이들이 공터에서 뛰어놀아도 희망이었다. 찾고 싶다, 난 그들을 찾고 싶다. 정환은 도처에서 자신의 희망을 유혹하는 끈질긴 목소리를 들었다.

규칙적인 직장 생활로 몇 개월간 차도를 보이는가 싶던 병세는 다시 악화되었다. 정환이 긴 하숙과 떠돌이 생활을 마치고 일 년간의 계약으로 이 집에 들어온 것은 이 무렵이었다. 그는 쉬고 싶었다. 약봉지를 털어 넣을 때마다 정량의 체념을 함께 복용했던 것은 그것만이 자신의 무모하고 무기력한 희망을 잠재워줄 것임을, 그리하여 병을 쾌차시켜줄 것임을 스스로 잘 알고 있었기 때문이었다.

다음날 퇴근해 집에 들어섰을 때 정환은 목련나무 한 그루가 불길에 싸여 있는 것을 보았다. 황씨는 첫 대면 때와 마찬가지로 모닥불 앞에 웅크리고 앉아 있었다.

그 후로 정환은 사흘 걸러 한 번꼴로 황씨의 울음소리를 들었다. 그것은 견디기 힘든 일이었다. 이 넓은 집에 두 사람 외에는 어떤 생명체도 살고 있지 않음을 알고 있는 정환은 부쩍 증세가 심해진 위장을 끌어안고 장판 바닥에 누워 그의 울음이 진정되기만을 초조하게 기다리곤 했다.

어느 날은 참다못해 문을 열려다가 강한 반동을 느꼈다. 문 저편에 무거운 물건이 놓여 있는 것이었다. 정환은 그것이 황씨의 고의임을 알았다. 처음 울음소리를 들은 날 밤 정환이 저

질렀던 무례를 황씨는 그렇게 정중히 꾸짖고 있었다.

정환은 황씨의 행동을 이해할 수 없었다. 황씨는 매일 아침 자신이 파내어버린 캄캄한 구덩이 속을 들여다보고 앉아 있었으며, 울음을 터뜨린 다음날이면 나무 한 그루를 불살랐다. 멀쩡한 나무들을 태운다는 것도 이상하거니와, 그 자리에서 태우면 될 것을 뿌리째 파내는 까닭을 알 수 없었다. 울부짖는 밤이 믿어지지 않을 만큼 무표정하게 굳어 있는 황씨의 이중적인 인상을 볼 때마다 정환은 혐오감과 동질감을 함께 느끼고 있었다.

그러던 일요일 오후의 일이었다.

전날 밤 황씨의 울음소리는 유난히 크고 격렬해 정환은 새벽녘에야 선잠이 들었다. 정오가 가까워서야 일어난 그는 깔깔한 혀를 침으로 다구며 마당으로 걸어 나왔다.

마구 겹쳐져 그 수효를 알 수 없는 진달래나무들이 타고 있었다. 정환은 놀라 불길 앞으로 다가갔다. 환상이 아니었다. 그것은 실제로 불타고 있는 진달래였다.

"……왜 태우는 겁니까?"

정환은 처음으로 황씨를 만류하고 싶은 생각이 치밀었으므로 더듬거리며 첫마디를 꺼내놓았다. 우거진 진달래나무들을 바라볼 때마다 정환은 막연한 향수와 기쁨을 느끼곤 했던 것이었다. 그것은 곧 봄이 오리라는 생각, 봄이 와서 이 마당에도 붉은 꽃들이 만발하리라는 단순한 충만감이었다.

황씨는 충혈된 눈으로 정환의 얼굴을 올려다보았다. 그의 몸에서 엷은 술냄새가 풍겨오고 있었다. 오랜 침묵 뒤에 황씨는 들릴 듯 말 듯한 목소리로 뇌까렸다.

"……보기 좋잖소."

그랬다. 그것은 아름다웠다. 관목들은 놀랄 만큼 선명한 불길 속에서 서로서로를 간절히 어루만지고 있었다.

"하지만,"

정환은 항의했다.

"곧 봄이 됩니다, 꽃이 필 텐데요."

"……그러니까 태우는 거요."

황씨는 더 이상 정환에게 대꾸하고 싶지 않다는 듯이 시선을 모닥불 속에 못 박았다. 불티가 허공에서 깜박이다 꺼졌다. 황씨의 얼굴은 가면을 덮어쓴 것처럼 어둡고 침착했다.

정환은 불현듯 황씨의 멱살을 움켜쥐고 싶은 충동을 느꼈다.

울어라.

정환은 고개를 떨군 황씨의 정수리를 내려다보았다. 목젖까지 치민 욕설을 삼켰다.

흐느껴라, 어젯밤처럼, 그 언제나처럼.

아버지의 타격이 한차례 지나가면 정환은 동네 아이들에게 살기에 가까운 투혼으로 대거리해 이기곤 하였다. 정환에게 맞아 코피를 터뜨려보지 않은 아이가 없었다. 심지어 높은 곳에서 정환에게 떼밀려 팔이 부러진 아이까지 있었다. 정임이는 정환 같은 싸움꾼이 되는 대신 먹보가 되었다. 어찌나 먹보인지 마침내는 앉은자리에서 웩 하고 토하면서도 입속으로 음식을 집어넣었다. 정환은 그때마다 정임을 때리고 손을 붙들어 그 어이없는 자멸을 막으려 애썼으나 허사였다. "병신, 이 병신아, 그만 처먹어."

정임은 그렇게 먹고 토하는 일을 반복하다가 정환을 향해 멍한 얼굴을 들 때가 있었다. 정임의 눈에는 표정이 없었다. 그저 먹을 것에 대한 욕망과, 그 턱없이 비대한 욕망에 어울리지 않는 자신의 작은 내장들이 슬프다는 듯이 정임은 망연히 정환의 얼굴을 치어다보고 있었다.

"……그렇게 나무를 좋아했었는데……"

앉은 채로 잠든 것이 아닐까 싶을 만큼 미동도 없이 앉아 있던 황씨가 꿈꾸듯이 중얼거렸다. 그의 낮은 음성은 부러진 장작의 단면처럼 거칠었다.

"……재가 되었어."

황씨는 서로를 끌어안은 나무들의 아랫도리를 삽자루로 떼어놓았다. 밑동과 뿌리까지 오롯이 타게 하려는 것이었다.

"다 타서 날아갔어……"

강풍이 불어와 정환의 등허리를 쓸어내렸다. 불꽃이 소리를 내며 치솟았다. 순간 정환은 황씨의 등에 업혀 있곤 했다는 여자아이의 환영을 보았다. 등허리에 뿌리를 박고 핀 꽃나무 묘목 같은 여자아이였다. 황씨의 얼굴은 이 세상 사람 같지 않았다. 아주 오래전에 영혼은 이 세상을 떠나고 육신만이 이곳에 어중간하게 걸쳐져 있는 것 같았다.

그때 정환의 머리를 스친 생각은, 봄과 여름과 가을을 이자가 어떻게 견디었을까 하는 것이었다. 황씨의 모습은 이 삭막한 겨울의 뜰과 너무도 잘 어우러져 있어서, 만일 이곳에 봄이 온다면 전혀 낯선 사물이 되어버릴 것 같았다. 남은 나무들의 수효는 눈에 띄게 줄어 있었다. 봄이 오기 전에 저 나무들은 모두 불태워지고 황씨의 육신도 얼어붙은 겨울의 구덩이 속으로 사라져버릴 것만 같았다. 정환은 이상한 두려움을 느꼈다.

통증은 하루가 다르게 악화되어갔다. 정환은 더 견딜 수 없어지면 온수를 머금고 사무실 옥상으로 올라갔다. 이월로 접어들면서 날이 풀렸으므로 바람과 햇빛은 상쾌했다. 탁 트인 시야로 보이는 도시의 거리와 뼈대만 남은 가로수들이 그를 위로해주었다.

정환은 그 옥상에서 내려다보는 거리를 잘 알고 있었다. 비가 올 때나 눈이 올 때, 바람이 찰 때, 하늘이 짙푸를 때의 풍경을 모두 보았다.

아프지 않은 사람들과 함께 사무실에 앉아 있는 것은 고통스러웠다. 그들과 웃고 떠드는 것은 더욱 우울한 일이었다. 차라리 옥상에 혼자 서서 자신의 지난날을, 뚜렷한 대상 없는 억울한 마음들을 반추하는 편이 나았다. 그렇게 마음을 잠시 풀어놓았다가 사무실로 돌아오면 탁하고 안온한 공기가 정환의 숨을 틀어막았다. 그때마다 정환은 이곳을 떠나서는 안 된다.

이곳이야말로 나를 먹여주고 입혀주는 집이며 가족이며 세계이다라고 입맛이 쓴 다짐을 하곤 했다.

나무는 차례차례 불살라졌다. 대문에 기대어 바라보면 눈부시게 빛나던 붉은 꽃들의 환영은 이제 오도카니 서 있는 진달래나무 한 그루로 남아 있었다. 그들을 불살라가는 황씨의 모습은, 아무도 보지 않는 세계의 구석에서 차츰차츰 자신의 생명을 불 속에 던져 소진해가는 것처럼 보였다. 황씨의 몸에 밴 엷은 술냄새는 날이 갈수록 진해졌다. 눈에 보일 만큼 휘청거리며 구덩이 앞에서 일어서는 모습을 본 적도 있었다. 이날 아침 대문을 나서면서 정환은 긴박감마저 느꼈다. 봄이 가까웠고 황씨의 겨울이 끝나가고 있다는 생각이, 이른 봄이면 강수면에 떠오르는 깨어진 얼음 조각의 단면처럼 정환의 머릿속을 날카롭게 할퀴었다.

이날 퇴근을 서둘러 돌아온 정환은 저문 마당에 아직 남아 있는 진달래나무를 보았다. 그것을 둘러싼 수십의 구덩이들은 음험한 입을 벌리고 누워 내려앉는 땅거미를 삼키고 있었다.

자물쇠를 열고 방으로 들어간 정환은 이가 부딪치는 세면장에 쭈그려 앉아 찬물로 얼굴과 손발을 씻었다. 약을 삼킨 뒤 베니어판 문 앞에 앉았다. 문은 무거웠다. 정환이 등을 기대었으나 삐걱하는 소리조차 나지 않았다. 정환은 문 저편에서 느릿한 발소리를 내던 황씨, 혼자서 밥을 안치고 먹을 것을 삼키고, 저녁이 오면 텔레비전을 켜고 제례처럼 하나하나 촛불을 밝혀온 황씨의 지난날을 상상했다.

이 문, 이 문의 건너편에서 한 사내가 혼자 밥 먹고 잠을 자고 술을 마시고 흐느껴 울었다.

그렇게 기대어 있자니 정환은 형언할 수 없는 감정에 휩싸였다. 그것은 정환의 고학 시절 연구실에 숨어 자기 위해 안에서 문을 잠갔을 때 그 투명한 금속성의 소리가 적요하고 싸늘한 실내를 울리던 느낌과 흡사했다.

약봉지를 털어 넣은 지 한 시간도 안 되어 다시 내장이 뒤틀리기 시작했다. 거실의 텔레비전에서는 웃음소리가 터져 나오고 있었다. 기계적인 웃음이었다. 그 소리 외에 인기척이랄 만한 것은 들려오지 않았다. 정환은 주전자 부리를 입에 물고 불쾌하게 미지근한 물을 들이켰다. 위약이야. 정환은 소리를 내어 중얼거렸다. 위약을 먹고 버텨왔군.

그날 아버지는 어머니를 반죽음이 되도록 두들겼다. 광기 등등한 아버지를 말리다가 오히려 표적이 된 정환과 정임은 진달래 능선으로 도망쳤다. 정임이의 뺨은 터서 발간 핏자국이 얹혀 있었다. 정임이는 배가 고프다며 꽃잎을 씹어 삼키고 있었다. 정임이가 지나온 자리는 그 키가 닿는 만큼 표가 나고 있었다. 해가 뉘엿뉘엿 저물었을 때 정임은 검붉은 물이 잔뜩 든 입술을 깨물며 훌쩍거렸다. "배고파 오빠!" 정임은 기어코 주저앉아 발을 뻗었다.

"그럼 돌아가." 정환은 정임이가 뒤따라오고 있다는 것을 잊어버리고 있던 참이었으므로 되는대로 대답했다. 아직 새

싹과 봄 잎이 나지 않은 고요한 산등성이에서 가느다란 물소리가 들려오고 있었다. 어디서 흘러오는 소리일까, 간밤에 내린 큰비로 새 물길이 생긴 것일까. 큰 짐승의 잔등같이 따스한 대지 사이로 흐르는 맑은 소리가 이명처럼 정환의 귀를 울렸다. 저문 하늘을 향하여 우뚝우뚝 솟은 마른 나뭇가지들을 정환은 보았다. 나무의 뼈대는 아름답구나. 정환은 그 사이의 짙푸른 하늘에, 거기 떠오른 한 점 별에 넋이 나가 있었다. 하늘은 아름답구나.

"오빠아 가자."

정임이가 정환의 소매를 끌었다.

"너 혼자 돌아가란 말야!"

정환은 순간 물소리의 방향을 잃어버렸다. 정임이의 입가에 번진 진달래 꽃물, 녀석의 집요한 식욕, 집, 어머니의 비명소리가 일제히 정환의 머리 위로 무너졌다. 그 모든 것을 잠시나마 잊고 있었던 정환은 울분을 터뜨렸다.

"꺼져버려! 날 귀찮게 굴지 마!"

정환은 발작적으로 정임이의 뺨을 쳤다. 정임이는 자지러지며 울음을 터뜨렸다. 정환은 빠른 걸음으로 능선을 탔다. 정임이의 울음소리를 뒤로하며 달렸다. 연약한 진달래들을 잡히는 대로 쥐어뜯었다. 물소리, 물소리를 찾아야 한다. 그러나 아스라한 물소리는 어디론가 사라져버리고 없었다. 정임이의 날카로운 울음만이 뇌리에 각인되었다. 손톱 밑에 박힌 꽃물은 좀처럼 지워질 것 같지 않았다.

그날 저녁 흙투성이가 되어 하산한 정환은 아무도 없는 학교 놀이터에서 혼자 그네와 미끄럼틀을 타며 놀았다. 정임이의 연한 뺨의 탄력이 고스란히 손바닥에 남아 있었다. 그것을 지우기 위해 정환은 모래 씨름판에 벌렁 드러누워 별을 세었다. 그러다가 집으로 돌아왔을 때 어머니는 목조 대문을 열어주지 않았다. 정임이는 어두워지는 산중에서 길을 잃었던 것이다. 어린 정임이는 만신창이로 헤매다가 등성이께에서 무허가로 화전을 부쳐 먹고 살던 가족에게 용케 발견되어 돌아왔다고 했다. 그러잖아도 지친 어머니는 아들 정환의 무책임에 단단히 화가 나 있었다.

"여긴 네 집이 아니다. 들어오지 마라."

정환은 울며불며 대문을 두들겼다.

"잘못했어요 어머니, 다신 안 그럴게요."

밤이 깊었다. 이른 봄의 밤공기는 차가웠다. 정환의 몸 역시 만신창이였으며, 어머니의 따뜻한 웃음과 이불이 깔린 아랫목을 무엇보다 원하고 있었다. 그러나 문이 열리는 대신 어머니의 쩌렁쩌렁하고 냉담한 음성이 날아왔다.

"넌 내 아들이 아니다!"

울다 지친 정환은 대문에 기대어 주저앉았다. 자잘한 고드름같이 투명한 별들 위로 어둠이 술렁거리고 있었다.

여긴 너희 집이 아니다.

그때 정환은 그 말이, 자신이 기식했던 남루하지만 따뜻한 방과 세끼의 식사가 이제는 없음을 의미한다는 것을 알았다.

넌 내 아들이 아니다.

그것은 어머니의 단내 나는 치마폭과 설탕을 묻혀 튀겨주던 누룽지, 침 흥건한 입맞춤이 이제 정환의 것이 아님을 뜻했다.

그는 혼자였다. 태어나서 처음으로 혼자였다. 그때 정환은 막연히 나에게는 집이 없다라고 생각했다. 그 생각이 그의 평생을 지배하게 되리라고는 미처 예상하지 못한 일이었다.

무릎 사이에 얼굴을 묻었다. 더러운 눈물이 뺨을 타고 흘러내렸다. 그는 눈물을 닦지 않았다. 갑자기 정환이 잠잠해지자 걱정이 되었는지 어머니는 문을 열어주었다. 그날 밤 정환은 차가운 이불 속에서 몸을 뒤척이며 사흘 뒤에 떠날 것을 결심했다. 사흘 동안 얌전히 있으면서 모두를 방심하게 한 후 도망칠 것이라고 정환은 계획했다. 여비가 될 만한 것을 훔쳐낼 계획과, 누구에게도 그것은 털어놓지 않으리라는 다짐으로 정환은 그날 밤 한숨도 잠들지 못했다. 그리하여 마침내 사흘 뒤의 새벽 큰길가에 서서 첫 버스를 기다리는 정환에게 무엇을 찾아가는 것이라는 생각은 없었다. 떠난다는 생각뿐이었다. 진달래 능선은 바야흐로 계절의 절정에 달하여 박명 속에서 불타고 있었다. 그것은 정임이의 날카로운 울음소리와 혼동되어 정환의 가슴을 찢었다.

정임의 사진을 가슴에 꽂고 도처를 헤매일 때에 정환은 종종 그 새벽 버스에 올라서던 순간으로 돌아가 있는 자신을 보았다. 그때 어린 마음을 사로잡았던 어렴풋한 후회, 그러나 되돌릴 수 없다는 각오를 그는 기억했다. 정환은 이따금, 그때 그 저무는 능선 자락에 자신이 버리고 내려온 것이 무엇이었을까를 곰곰이 생각해볼 때가 있었다.

깜빡 잠이 들었을까. 정환은 오한 때문에 눈을 떴다. 거실에서는 텔레비전 프로그램이 끝나고 요란한 잡음이 들려오고 있었다. 어떤 인기척도 들리지 않았다. 불길한 침묵과 텔레비전의 기계음이 정환으로 하여금 강한 불안에 휩싸이게 했다.

정환은 문을 짚고 일어섰다. 정중하게 노크를 했다. 반응이 없다는 것을 확인하자 그는 양손으로 문을 두들겼다. 정환은 문을 밀기 시작했다. 얼마나 둔중한 물건이 기대어져 있는지 그는 눈앞이 아찔해질 만큼 힘을 써야 했다.

요란한 소리를 내며 마침내 물건이 넘어졌다. 그것은 책꽂이였다. 정환은 거실을 볼 수 있었다. 벽을 따라 웅크리고 앉은 촛불들이 제 심지를 사르고 있었다. 정환은 발에 채이고 찢기는 책들을 헤치며 걸어갔다. 키가 제각각인 촛불들이 정환의 그림자를 흉흉하게 흔들었다.

안방 문을 열자 또아리 틀고 있던 어둠이 거실 밖으로 뛰쳐나왔다. 이불 한 채와 옷가지 몇 개가 아랫목에 뒹굴고 있었다. 정환이 들어서자 여남은 개의 빈 소주병들이 그의 발길에 채여 깨지는 소리를 냈다. 황씨는 없었다. 욕실 문을 열었다. 열려 있던 욕실의 들창에서 강한 밤공기가 들이쳤다.

정환은 무너뜨린 책들을 헤치고 마당으로 달려 나갔다. 황씨는 거기 있었다. 그는 엉망으로 취하여 마지막 남은 진달래

나무를 파내고 있는 중이었다. 숨을 헐떡이며 삽질을 하던 그는 삽을 내팽개치고 엎드려 맨손으로 흙을 파헤쳤다. 황씨를 둘러싼 깊고 캄캄한 구덩이들은 금방이라도 털이 검고 험상궂은 짐승들을 토해낼 것 같았다. 황씨의 발치에 놓인 손전등의 불빛은 건전지가 다 되어 가늘게 떨고 있었다.

"그만두세요!"

정환은 황씨의 허리를 붙들었다.

"왜 이러십니까, 왜 나무를 뽑아내는 겁니까!"

황씨는 가쁜 숨을 몰아쉬며 정환의 팔을 뿌리쳤다.

"건드리지 마."

그의 입에서 독한 술냄새가 났다.

다시 엎드려 흙을 파헤치려는 그의 손을 움켜쥐었을 때 황씨는 으르렁거리며 정환의 가슴을 밀어냈다.

"자네 때문에 뿌리가 상했어!"

황씨는 몸을 가눌 수 없을 만큼 취해 있었다. 희미한 불빛에 눈자위가 번쩍이고 있었으며, 마치 보호하려는 듯이 진달래나무를 가로막고 비틀거리며 서 있었다.

"태우지 마십시오."

정환은 황씨의 어깨를 밀치며 울부짖었다.

"태우지 말아요!"

순간 황씨의 주먹이 정환의 얼굴을 향해 날아왔다. 힘이 실린 주먹이었으나 흠뻑 취했으므로 황씨는 제풀에 균형을 잃고 정환에게 엎어졌다. 둘은 엉키어진 채 차가운 흙바닥에 쓰러졌다. 정환의 뒤통수가 구덩이 속에 처박혔다. 꺾인 고개를 가누며 정환은 하늘을 보았다. 마당 한켠에서 새어 나오는 손전등의 불빛이 삼엄한 어둠에 물어뜯기고 있었다.

그때 황씨가 울기 시작했다. 겹쳐진 몸으로 전해오는 가냘픈 흐느낌이 차츰 격렬해졌다. 창(槍)을 맞은 상한 짐승처럼 황씨는 고함쳐 울고 있었다. 황씨의 통곡이 그칠 때까지 정환은 얼어붙은 겨울 땅을 고스란히 등허리로 느끼며 누워 있었다.

그들은 누가 먼저랄 것 없이 몸을 일으켰다. 황씨는 정환의 부축을 뿌리쳤다. 집요하게 진달래나무를 향해 휘청거리며 걸어갔다.

황씨는 맨손으로 언 흙을 파내는 작업을 다시 시작하고 있었다. 마침내 나무를 뽑아낸 그는 떨리는 손으로 뿌리에 붙은 흙덩이들을 알뜰히 털어냈다. 그것은 진지한 의식과도 같았으므로 정환은 더 이상 만류할 엄두를 내지 못한 채 망연히 지켜보며 서 있었다.

"……내게는 딸이 있었소."

진달래를 마당 가운데로 운반해 내려놓은 황씨는 숨을 고르며 그의 뒤에 서 있던 정환에게 말을 건넸다. 그의 목소리는 쉬어 있었으며 술기에 젖어 불분명했다.

"……이따금 그 아이 꿈을 꾼다오."

황씨는 나무에 석유를 끼얹은 뒤 호주머니에서 성냥갑을 꺼내 불을 당겼다.

"손전등을 꺼주겠소?"

불을 붙이기 위해 수그렸던 몸을 펴며 황씨가 말했다. 정환은 홀린 사람처럼 바닥에 뒹굴고 있던 차가운 손전등을 집어 들었다. 명령대로 전등을 끄자 어둠 속의 불꽃은 한결 선명하게 타올랐다. 붉게 물든 황씨의 백발이 불길이 일으키는 뜨거운 바람에 흔들리고 있었다. 침묵이, 수많은 날들 같은 침묵이 흘렀다.

몸의 중심을 가누기 위해 비틀거리는 그의 등이 허전하게 넓어 보였다. 정환은 그 등에서 떨고 있는 여자아이의 환영을 보았다. 목도리를 친친 감고 푸른 입술을 달싹이던 여자아이가 푸드덕 모닥불 속으로 뛰어들었다.

"한없이 넓고 황량한 벌판에, 나무 한 그루 없는 곳에 그 아이가 서 있소. 한마디 말도 없이 말이오…… 하긴 살았을 때도 말은 많이 하지 못했지, 숨이 차서, 늘 짧고 간단하게 말해야만 했다오."

정환은 여자아이의 그림자가 모닥불 속에서 불타는 것을 보고 있었다. 날름거리는 불꽃이 몸뚱이를 핥을 때마다 아이는 들리지 않는 비명을 지르며 나무뿌리 속으로 사위어갔다.

"언제나 깜박 잠이 들 무렵이면 녀석이 거기 서 있는 거요, 아부지 여긴 춥구 나무 한 그루 없어요 하고 말하는 것 같은 눈으로 말이오. 그때마다 난 말하오, 그래 보내주마 네가 그렇게 좋아하던 것들, 한 번도 그 사이로 뛰어다니지도 못한 네 나무들을 보내주마 하고……"

황씨는 모닥불을 향해 한 발자국 다가섰다. 순간 그의 몸이 불 속에 고꾸라질 뻔했다.

"난 이렇게 불태워진 것들이 그 애의 마당에 옮겨 심어질 거라고 믿고 있는 거요. 이제 이것이 내가 가진 마지막 나무인데, 그 아이 섰는 한없이 넓은 땅에 꽃이 피고, 물이 흐르려면 아직도 멀었소……"

불길이 진달래 가지의 끝에 이르자 무수한 불티들이 어둠을 거슬러 올랐다. 그 어둠 저편에서 진달래 관목들이 붉은 봄빛을 내뿜으며 능선을 이루고 있었다.

붉은 닻

1

동식은 도로 맞은편의 건물들 사이로 사위어가는 황혼을 보고 있었다. 황혼(黃昏)을 다른 말로 염혼(殮昏)이라고도 부른다고 했다. 그것을 알게 된 후 그는 석양을 볼 때면 어둠 속에서 죽은 사내의 몸을 씻기고 옷을 입히고 염포(殮布)로 묶는 불타는 손을 상상하곤 했다.

하루가 다르게 기온이 떨어지는 늦가을 날씨가 행인들을 종종걸음 치게 하고 있었다. 그들의 몸에 어깨가 거듭 부딪히는 것을 아랑곳하지 않고 동식은 왜소한 몸을 떨며 양복바지 호주머니에 주먹을 찔러 넣은 채 서 있었다.

그의 동생 동영이 돌아왔다.

동식은 동영의 귀환이 다가오는 것에 두려움을 느껴왔다. 달포 전부터 까닭 없이 가슴이 두근거렸다. 동영의 전역일인

이날은 목요일이었는데, 달리 먹은 것도 없이 월요일부터 위장을 앓았다. 사무실 복도 구석에 있는 화장실까지 걸어가다 말고 더러운 석회 벽에 상체를 기대어 서서 한숨을 뱉었다. 새벽녘이면 바람 소리에 섞인 환청을 듣고 낮은 비명을 지르며 눈을 떴다. 그때마다 귀밑머리가 식은땀으로 젖어 있곤 했다. "아가……" 늙은 어머니는 어린아이의 병을 구완하듯이 동식의 새치 많은 머리털을 쓸어주었다. "또 무슨 소리를 들은 거냐?" 동식은 대답하지 않았다. 그것은 방 뒤꼍에서 흘러나오는 흐느낌이기도 했고 들창을 두드리는 소리이기도 했다. "동식아아." "문 열어다오……" 환청은 그렇게 가냘프게 외치고 있었다.

동영의 귀환이 오후로 다가온 이날 아침, 동식은 단칸방 문을 닫기 전에 이불을 개켜놓은 어둑한 구석 자리를 보았다. 그곳에 웅크리고 앉아 있곤 하던 동영의 캄캄하고 둥근 몸을 기억했던 것이다. 들창에서 새어드는 박명을 받아 동영의 등이 그리는 선은 유연했었다. 오늘 돌아오면 그 모습을 마주하게 되리라는 생각은 혈육을 만난다는 기쁨보다 먼저 동식의 가슴을 서늘하게 했다.

"일요일에는 소풍을 가자꾸나."

어머니는 새색시처럼 설레어 있었다.

"아주 먼 데로 가보자꾸나, 동영이가 가자는 데로."

세 식구의 소풍은 달포 전부터 어머니가 계획하고 있는 것이었다. 처음 어머니가 '소풍'이라는 말을 꺼냈을 때 동식은 적잖이 놀랐다. 그것은 십여 년 만에 듣는 말이었던 것이다. 더욱 놀라운 것은 어머니의 어조가 마치 주말마다 소풍을 계획하곤 했던 것처럼 가벼웠다는 것이었다.

이날 아침도 어머니는 부엌과 방을 오가면서 곡조가 맞지 않는 노래를 가볍게 흥얼거리고 있었다. 동영이 돌아온다는 사실은 그녀를 딴사람으로 바꾸어놓은 것 같았다. 그녀가 그토록 동영을 기다리고 있었다는 것을 동식은 이날에서야 알았다.

그러나 뜻밖에 동영은 어머니가 기다리는 집보다 먼저 동식의 사무실로 찾아왔다. 수화기 속에서 그의 낯익은 목소리가 흘러나왔을 때 동식은 태연을 가장했다. "제가 문동식입니다만……" "나야, 형."

쾌청한 오후였다. 거리에는 때마침 규모가 큰 군악대가 일사불란하고 화려한 행진을 하고 있었다. 자유 시간을 맞은 군인들이 인도를 메우며 활보했다. 건장한 수도방위군들과 화장이 진한 여군들이 가로수를 기준으로 정렬하여 군(軍) 기념행사 일정이 박힌 유인물을 나누어주고 있었다. 그들을 지나쳐 가려 했을 때 카랑한 목소리의 여군이 "제대를 축하합니다!"라고 외치며 동영을 불러 세웠다. "참석해주십시오!" 동영이 머뭇거리며 유인물을 받아 들자 여군들은 웃었다. "생각만 해도 지금은 끔찍할 텐데." "그래, 다 잊어버리고 싶을 텐데 말야."

동영이 그들을 피하고 싶은 눈치였으므로 동식은 인적이

드문 골목으로 그를 안내했다. 동영은 개인 주택의 대문 앞에 주저앉아 담배를 피웠다.

"축하한다."

멀리서 군악대의 연주가 들려왔다.

"어머니가 애타게 기다리셨다."

동영은 반쯤 태운 담배를 비벼 껐다.

동영을 버스에 태워 보내려고 다시 큰길로 나왔을 때 얼굴이 그을린 해병들이 동영을 향해 껄껄 웃으며 다가왔다. "야 하, 제대를 축하한다 이 자식아!" 동영은 어색한 웃음을 지으며 그들과 악수했다.

동영은 지쳐 보였다. 그는 조잡한 꽃무늬가 촘촘히 박힌 포장지로 싸인 커다란 선물 꾸러미를 겨드랑이에 끼었으며, 새것으로 보이는 군용 배낭을 아무렇게나 메고 있었으므로 군인들의 무리 속에서 누구보다 돋보이고 있었다. 정류장까지 걸어가는 동안 거리가 몹시 번잡했음에도 불구하고 군인들은 한 번씩 걸음을 멈추고 환호성을 지르며 동영을 선망의 눈초리로 바라보았다. 그러나 정작 동영은 아직 자신의 자유를 실감하지 못하고 있는 것 같았다. 햇살이 눈부신 듯 시종 눈살을 찌푸리고 있을 뿐이었다. 동영의 내성적이며 무표정하던 얼굴에 제법 사내다운 윤곽이 생겼다고 동식은 생각했다. 그 윤곽에 더 깊게 새겨진 피로와 외로움이 동식의 가슴을 할퀴었다.

"어서 들어가봐라. 이따 보자."

풍물 굿까지 동원된 군악대의 연주가 귓전을 때리고 있었다. 동영은 몰라보게 단단해진 팔뚝을 내밀었다. 악력이 강한 동영의 손을 잡았다가 놓으며 동식은 팔을 뻗어 올려 녀석의 훤칠한 어깨를 두어 번 두들겨주었다. 멀리서 보면 동식이 동생으로 여겨질 만큼 동영은 균형 잡힌 체구를 하고 있었으므로, 그들의 모습은 약간 우스꽝스러웠을 터였다.

거리는 시시각각으로 어두워졌다. 동식은 돌아가야 한다고 생각했다. 무엇을 망설이면서 여기 서 있는 것이냐고 자신에게 물었다. 보도블록에 붙박여 있던 두 발을 정류장을 향해 떼어놓았다. 동식은 초조했다. 황혼이 스러지고, 박명이 자취를 감추기 전에 버스에 올라타고 싶었던 것이다. 그것은 대학을 졸업한 후 동식이 철칙과도 같이 지키는 본능이었다.

인간의 조상들은 약한 근육과 이빨을 가지고 있었다. 그들은 낮 동안 뿔뿔이 흩어져 수렵과 채취를 하다가 해 질 무렵이면 무리의 본거지인 동굴로 돌아오지 않으면 안 되었다. 잦은 이동은 맹수들이 잠든 야간에 이루어졌으므로, 밤에 돌아왔다가는 무리에서 낙오되기 십상이고 낙오는 비참한 죽음을 의미했기 때문이었다. 식량을 찾아 강으로 숲으로 헤매던 인간의 조상들은 불타는 황혼을 신호로 하던 일들을 모두 팽개치고 자신들의 동굴을 향해 필사적으로 돌아오곤 했다. 그 본능이 지금까지 후예들의 무의식 속에 남아 있는 것을 이른바 황혼병(黃昏病), 혹은 귀소 본능이라고 부른다고 했다.

동식은 자신에게 그 본능이 유난히 깊은 곳에 자리 잡고 있다는 생각을 하곤 했다. 어쩌면 자신은 대열에서 낙오되어 캄캄한 숲을 떨며 헤매다가 산짐승에게 찢겨 죽은 벌거벗은 원시인의 후생(後生)인지도 모른다고 생각했다. 어머니가 늦게까지 가게를 지키도록 둔 채 동식은 단칸방 한가운데에서 잠들어버리곤 했다. 자신은 이제 안전하며, 누구에게도 침범당하지 않으리라는 느낌은 동식으로 하여금 늘 심연 같은 수면 속으로 가라앉게 했다. 동영이 입대하여 떠나가고 자신의 병이 쾌차를 보여 직장을 구한 뒤 그 생활이 차츰 몸에 익어갈 무렵, 동식은 태어나서 처음으로 완전한 만족감과 행복을 맛보았다. 변화 없는 생활의 리듬이야말로 그 불가침의 공간이 주는 안락과 평화를 영락없이 닮아 있었던 것이다.

건조하고 차가운 바람을 맞받으며 동식은 걸었다. 생각에 잠긴 그는 정류장에 도착하기까지 맞은편에서 다가오는 사람들과 여러 번 몸을 부딪쳤다. 짧은 통증을 느낄 때마다 동식은 입술을 거칠게 씹었다. 버스에 오르던 동영의 건장한 뒷모습이 눈앞에 아른거렸다. 대체 이 두려움의 정체가 무엇인가 하고 동식은 생각했다. 삼 년 가까운 시간이 지나갔다고 그는 생각했다. 자신도 녀석도 모두 변했다고 생각했다. 그 모든 것들을 다시 반복할 수는 없는 것이라고 생각했다.

버스가 도착했다. 혼탁한 조명 아래 얼굴과 얼굴이 뭉개어지도록 빽빽이 들어차서 거리를 내다보고 있는 사람들을 동식은 보았다. 그는 입구를 향해 달려가지 않았다. 집으로 돌아가서 맞부딪쳐야 할 두려움의 정체와, 이미 붉은빛을 거두어

가기 시작한 황혼의 두려움이 뒤섞이며 동식을 오히려 도심 한복판에서 옴짝달싹 못 하게 하고 있는 것이었다.

예전에 그 골목은 근방에서 가장 번화한 곳이었다. 여자 중고등학교와 남자 중고등학교뿐 아니라 초등학교와 유치원까지 부속된 대규모 사립 학원이 널따란 골목의 막다른 곳에 자리 잡고 있었다. 골목 양편에는 문방구며 분식집이며 수예점, 체육사 따위가 즐비하게 늘어서 있었다. 상점들은 일 년 내내 불황도 없이 학생들로 북적거렸다.

동식은 그 동네에서 태어났다. 동식네 가게는 여남은 개의 문방구집 중에서 가장 작은 집이었다. 식구들은 가게에 딸린 단칸방에서 기거했다. 대지가 역삼각형이었으므로 가게의 앞 모습은 웬만큼은 커 보였으나, 계산대 뒤편의 방은 예각의 세 모꼴로 형편없이 비좁았다.

그 사립 학원이 온갖 억측과 헛소문 속에서 부도를 내고 대지를 판 뒤 이사를 한 것은 동영이 대입 시험을 앞두고, 대학 졸업반인 동식 앞으로 신체검사 통지서가 날아왔을 즈음이었다. 그때 동식은 병자였으므로 병역을 면제받았다. 젊은 날의 방황이 유난히 깊은 낙인을 찍어놓는 사람이 있는데 동식이 바로 그런 경우였다. 영혼과 육신 중 어느 쪽이냐 하면 동식의 경우는 육신 쪽에 낙인이 찍혔다. 의사는 겁을 줄 요량으로 이대로라면 오 년밖에 살 수 없을 거라고 말했지만 동식에게 그 말은 자신의 모든 방종에 대한 선고처럼 들렸다. 사 년여의 폭음과 폭연, 수치스러운 중독에 가까웠던 사창가 출입이 남긴 것은 서서히 진행되어오고 있었던 간경변이었다.

동네 전체가 밤이고 낮이고 술렁거렸다. 땅값과 집값이 폭락했다. 인심도 흉흉해졌다. 학교가 헐리던 날은 동네 사람들이 죄다 구경을 갔고, 개중에는 훌쩍이는 사람도 몇 있었다. 골목은 적적해졌다. 두 집 벽을 허물고 넓게 차렸던 문방구집들이며 하루에 매상을 얼마 올리네 하던 분식집, 학생 손님으로 월초마다 대목이던 이발소들이 하나둘 문을 닫고 동네를 빠져나갔다. 남은 것은 손에 쥐어볼 만한 자본도 없이 월세를 내며 근근이 생계를 유지하던 동식의 식구 같은 집들뿐이었는데, 그나마 일 년쯤 지나자 완전히 정리가 되어 동식네는 그 골목에 유일하게 남은 문방구집이 되었다. 차도와 가까운 곳에 있던 체육사 자리에 갈빗집이 들어섰다 뿐 다른 가게들은 주택으로 개조를 한 것도 아니고 그저 모두들 몇 년이고 철제 셔터가 내려져 있었다. 세입자가 떠난 후 집주인들은 그린벨트가 인접한 학교 부지에 들어설지도 모를 근사한 건물이나 아파트 따위를 기대하며 아무도 들어오려 하지 않는 가게들을 원래 모습 그대로 놀려두고 있었던 것이다.

골목 중앙의 붐비던 네 갈래 길은 이웃 동네 어린아이들의 공터가 되었다. 자동차의 위협이 없는 그 공터에서 아이들은 욕지거리를 하며 뛰어놀았다. 동식은 한 해 남짓 그 소리를 들으며 단칸방 아랫목에서 앓았다. 육신의 병이 영혼을 어떻게 물어뜯는지를 동식은 그때 알았다. 헛구역질을 할 때마다 그는 자신의 목과 어깨와 다리에 올라타고 매달린 수많은 귀신들의 모습을 보았다. 자신이 내뱉고 들었던 말, 유행가 가사, 책에서 읽은 모든 단어와 문장 들이 이명처럼 울리며 귓속과 머리를 헤집어놓았다. 동식은 완전한 통증을 배웠으며 그것을 아는 사람은 오만해질 수 없다는 것을 배웠다. 육체의 무력함과, 그 무력한 육체에서 벗어날 수 없음을 아는 자 앞에서는 어떤 희망도 그리 눈부시지 않다는 것을 배웠다.

밤이 되면 어린아이들도 흩어졌다. 불빛이 휘황하게 흔들리고 젊은 학생들의 웃음소리가 떠들썩했던 그 길에는 을씨년스러운 어둠의 뭉텅이들만 아무렇게나 굴러다녔다. 학교가 있던 빈터는 묘지처럼 고요했으며, 가정집도 없어 불 켜진 곳이라고는 보이지 않는 골목은 등화관제 혹은 전염병 따위의 음습한 분위기를 자아냈다.

많은 시간이 지났으나 동식은 그 길의 어둠에 익숙해지지 않았다. 도로변에 있는 갈빗집의 네온사인을 등질 때마다 그는 막다른 곳에 자리한 무시무시한 빈터의 암흑을 똑바로 쏘아보았다. 외등이라곤 침침하고 키 껀정한 놈 둘뿐인 그 길을 걸어 올라가자면 골목 깊은 곳에 홀로 불을 밝혀둔 가게가 바로 동식의 문방구집이었다. 사무실이 있는 도심에서 변두리까지 오다 보면 날은 완전히 저물어 푸른 달이나 한 점 떠 있게 마련이었는데, 그는 뻣뻣해진 목을 돌릴 엄두도 내지 못한 채 희끗희끗한 그림자가 따라오는 것만 같은 환영을 떨쳐버리려고 구두 징 소리를 요란하게 내며 직진했다.

문방구집이 가까워지면 동식은 때때로 불빛을 등지고 걸어 나오는 사내의 모습을 환상으로 보았다. 역광 때문에 사내의 얼굴은 완벽하게 검은빛이었으며, 그의 걸음걸이는 단단하게 슬픔이나 외로움 따위를 잠가놓은 사람 특유의 느릿하고 확고한 것이었다. 동식은 자신의 의식이 만들어낸 환상이라는 것을 알면서도 치를 떨곤 했다.

입대 전 동영은 해가 지고 난 무렵이면 그런 모습으로 문방구집에서 걸어 나오곤 했었다. 동식은 병이 차츰 차도를 보이면서 무리인 줄 알면서도 동네에 있는 시립 도서관에 다니고 있었다. 더 이상 누워 있을 수 없다는 자각이 그를 일으킨 것이었다. 점심을 먹고 나서 도서관까지 걸어가는 길, 이마에 쏟아지는 정오의 햇살은 동식에게 놀라운 것이었다. 도서관의 창문으로는 변두리를 에워싼 바위산이 햇살을 반사하고 있었다. 동식은 언제나 그 창 옆자리를 차지하고 앉아 오후를 보냈다. 바위산 너머로 날이 저물 때 동식은 예의 초조함에 사로잡히곤 했다. 그렇게 석양에 쫓겨 골목으로 들어서면 외등이 비추는 곳을 피하여 가장 어두운 곳만을 짚어 걸어 나오는 동영을 보았다. 동식은 자신의 친동생이라는 것을 알면서도 가슴이 내려앉곤 했다. 동영의 침착한 걸음걸이에는 스무 살 어귀의 청년다운 허랑한 면이나 열정 같은 것은 조금도 담겨 있지 않았다. 마치 다른 사내의 혼이 씌어 있는 것 같았다.

"어디 가냐." 동식이 물으면 동영은 보일 듯 말 듯한 웃음을 지어 보였다. 안개 같은 녀석이었다. 고등학교를 졸업하고 영장이 떨어질 때까지 동영은 전후기를 합하여 도합 네 번을 입시에 실패했다. 아니, 녀석에게는 실패라는 말이 어울리지도 않았다. 동식은 녀석이 공부에 매달리는 것을 본 적이 없었다. 어둠과 함께 시야를 교란하는 음습한 밤안개처럼 녀석은 골목골목을 헤매다가 새벽빛이 스며들기 시작할 무렵 슬며시 돌아와 자리에 누울 뿐이었다.

동영은 옷도 벗지 않은 채 쓰러져서 오전 내내 시체처럼 잤다. 추위 때문에 남방을 목단추까지 잠그고 외투의 지퍼를 완전히 올린 채 윗목에서 웅크리고 잠들어 있는 것을 동식과 어머니가 끌고 내려와 재웠다. 단추를 풀고 양말과 외투를 벗기고 이불을 덮어주었다. 얼마나 먼 거리를 걸어갔다 오는지 종종 흙투성이인 바지도 벗겨냈다.

형광등을 밝히고 어머니와 그렇게 녀석의 옷을 벗기고 있을 때마다 동식을 괴롭힌 것은 어머니의 한숨이었다. 길고 고즈넉한 한숨이, 한번 동영의 단추를 풀고 또 한번 양말을 벗겨내고 하반신을 들어 바지를 벗겨낼 때마다 좁은 방에 길고 습기 찬 여운을 남기곤 했던 것이다. 마지막으로 동영의 목까지 이불을 끌어당겨 덮어주면서 어머니는 가장 길고 안타까운 한숨을 내쉬었다. "이 아이가 뭐가 되려고 이러지요?" 어머니는 동식의 밭은 목소리에 대답하는 법이 없었다. "어서 더 자거라." "나가겠어요." "어딜 가겠다는 거냐 그 몸으로." "답답해서 이 녀석이랑은 더 같이 있을 수 없어요." 그러나 동식은 일어날 수 없었다.

사람이 살지 않는 동네의 유난히 찬 밤바람이 들창을 두드리고 있었다. 누군가 창밖에서 부르는 것만 같은 덜컹거림을 동식은 견디기 힘들었다. 병든 육체로 스미는 섬뜩한 한기(寒氣)에 그는 무력한 분노를 느꼈다. 방향이 엇나간 분노는 잠든 녀석의 무표정한 얼굴과, 하염없이 긴 한숨을 흘어놓고 있는 어머니에게 쏟아부어졌다.

해가 중천에 뜬 뒤 깊은 잠에서 깨어난 동영은 우두커니 윗목에 웅크리고 앉아 있었다. 동식이 심하게 앓고 있을 때조차도, 녀석은 어떤 말도 표정도 드러내지 않은 채 어둠 속의 한 점만을 응시하고 있었다. 날이 저물고 들창이 흔들리는 밤이 되면 그는 무릎을 안았던 팔을 풀고 일어섰다. 외투를 챙겨 입고 양말을 신고 방을 나갔다.

소리 질러 녀석을 제지하기도 했다. 열 끓는 몸으로 일어나 녀석의 다리를 붙안기도 하였다. "어딜 가는 거냐 이 자식아." 그러나 소용없는 일이었다. 녀석은 동식이 울부짖음에 지쳐 다시 쓰러져 잠들기를 기다리면서 말없이 서 있을 뿐이었다.

그 녀석이 돌아왔다.

동식은 문구점의 불빛이 만드는 자신의 그림자를 보고 있었다. 감이 얇은 양복과 단별 넥타이, 이발할 때가 가까운 자신의 머리카락을 그는 보았다. 유리문 양옆으로 즐비하게 걸린 연예인의 사진들이며 엽서들은 낡아 있었고 먼지투성이였다. 바람이 불자 그것들은 작은 소리로 펄럭였다.

그 녀석이 돌아왔다.

동식은 딱딱하게 얼어붙은 손을 주머니에서 꺼냈다. 녀석이 돌아온 것이 어떻다는 말이냐. 동식은 마침내 유리문을 열었다.

자정이 가까웠다. 외등이 격렬하게 깜박거리다가 '퍽' 하는 소리를 내며 꺼졌다. 동식은 불빛 아래에서 펼쳤던 손바닥을 접었다. 엄지며 새끼손가락에 붉은 반점이 번졌었다. 손톱이 희어졌었다. 음모가 빠졌었다. 겨드랑이도 밋밋해졌다. 의사는 그에게 오 년 안에 죽을 것이라고 말했다. 그 시한이 지났고 그는 죽지 않았다. 나는 죽지 않았어, 라고 동식은 소리 내어 중얼거려보았다.

도둑고양이 여러 마리가 시야 외곽에서 갑자기 튀어나왔으므로 동식은 놀랐다. 돌아가야 한다고 동식은 생각했다. 동영을 찾을 수 없으리라는 것을 알고 있었음에도 그는 방금 전에 문구점을 뛰쳐나왔다.

"동영이는요."

유리문을 열고 들어서면서 동식은 계산대 앞에 앉은 어머니에게 그렇게 물었었다. 젊을 때부터 새치가 많아 반백이었던 어머니의 머리는 이제 완전한 백발이었다. 그녀는 동식에게 희끗희끗한 머리털을 고스란히 유전시켜놓았다.

"잔다."

동식은 긴 숨을 몰아쉬었다. 그래, 동식은 속으로 중얼거렸다. 모두 변했다, 녀석도 변해서 돌아왔다. 강렬한 안도감으로 잊고 있던 오한이 밀려왔다.

"좀 늦었구나."

어머니는 등을 구부려 바닥에 떨어진 볼펜을 주워 올렸다. 어느새 여덟 시였다.

"오늘은 좀 어땠어요."

계산기를 턱으로 가리키며 동식이 물었다.

"늘 그렇지 뭐."

어머니가 까칠한 음성으로 대답했다. 동식은 새삼스러운 눈으로 가게 내부를 둘러보았다. 예전처럼 물건이 잘 팔리지 않기 때문에 높은 곳에 자리한 선반들은 먼지투성이였으며, 장난감 상자들이 계산대 한켠에 쌓여 모서리들을 함부로 드러내놓고 있었다. 그것은 백발의 어머니와 함께 완전한 조화를 이룬 그림이었다. 그 그림 속에서 어머니는 저녁을 준비하고 따뜻한 세숫물을 받아주마고 하며 탁자를 짚고 일어섰다.

"저녁은 됐어요 어머니."

동식은 황급히 만류했다.

"몸 좀 눕히고 나오세요. 전 잠깐 여기 있고 싶은데요."

어머니는 희미한 미소를 지었다. 실은 아까부터 돌아온 작은아들의 머리맡에 가 앉고 싶었을 것이다. 두 번 사양하지 않고 들어가는 어머니의 뒷모습을 보며 동식은 넥타이를 풀었다. 어머니가 벗고 들어간 슬리퍼를 신었다. 오래 떨었던 탓에 경직된 뺨으로 어머니의 희미한 미소를 흉내 내보았다. …… 발이 따뜻하다. 그때였다.

"어, 없다."

어머니가 방에서 뛰쳐나왔다.

"뭐라구요?"

"없어. 언제 나갔는지 모르겠다. 계속 지키고 있었는데. 아까 참에 잠깐 채소 트럭이 와서 나갔다 온 것밖엔."

어머니는 발을 구르고 있었다. 동식은 거칠게 머리털을 쓸어 올렸다.

"잠깐 뭘 사러 갔겠죠."

"아니다아."

어머니는 울음을 터뜨릴 것 같았다.

"나간 지 한참 된 모양이야. 이불도 따뜻하지 않아."

그들은 어쩔 줄 모르는 채 그 자리에 서 있었다.

"찾아보고 올까요."

"놔둬라!"

어머니는 기어이 울음을 터뜨렸다. 들먹이는 어머니의 어깨를 동식이 토닥거렸다. 울음이 가라앉았다. 그들은 계산대 앞에 나란히 앉았다.

아홉 시 삼십 분경 갈래머리 소녀가 들어와 공책 세 권을 사 간 것을 마지막으로 손님은 들지 않았다. 시간은 흘렀다. 공기가 차츰 썰렁해지고 있다고 동식은 생각했다.

"주말에는 난로를 놔야겠어요."

어머니는 대답하지 않았다. 동식은 잊고 있었던 그녀의 소풍 이야기를 기억해냈다. 그녀가 이날 아침 설레어서 흥얼거리던 곡조를 떠올렸을 때 동식은 동영을 향해 치미는 분노를 느꼈다.

"……제기랄 우리도 그만,"

동식은 잠시 망설였으나 이내 남은 말을 뱉어버렸다.

"……이곳을 떠나야겠어요."

어머니는 이번에도 대답하지 않았다. 어디선가 개 짖는 소리가 들려오는 듯했다. 소리는 곧 잠잠해졌다. 바람 소리가 문틈에 끼어 기괴한 신음을 발했다. 고역스러운 적요였다.

동식이 그 적요를 더 견딜 수 없다고 생각했을 때, 어머니는 그가 가장 참기 힘들어해왔던 긴 한숨을 내쉬었다. 동식은 자리를 박차고 일어났다. 문 쪽으로 성큼성큼 걸어 나갔다.

"어딜 가는 거냐?"

어머니의 가늘고 떨리는 음성을 틀어막기라도 하려는 듯 동식은 문을 소리 내어 닫았다.

동식은 학교가 무너지고 난 빈터 쪽으로 걸어갔다. 어둡고 추웠으므로 그는 빨리 걸었다. 골목 끝의 외등이 촉이 다 되었는지 떨고 있었다. 철조망으로 막힌 폐허 앞에서 돌아 나온 그는 이 외등 아래에 서서 씁쓸한 웃음을 자신에게 지어 보이고 있었던 것이었다.

이렇게 해서 녀석을 찾을 수 있을 거라고 생각했던가.

어린 시절부터 동영은 감쪽같이 실종되어버리곤 했다. 동영을 찾는 일은 언제나 형인 동식의 몫이었다. 누군가 보았다는 아이만 있으면 건너 동네, 그 옆 동네 놀이터까지 뒤지고 다녔다. 날이 저물고 건물마다 불이 밝혀져 본능적인 두려움이 동식의 머리털을 곤두서게 할 때까지 동영은 찾아지지 않았다. 이대로 영영 돌아갈 수 없는 것은 아닌가, 낮과는 전혀 다른 얼굴을 하고 있는 거리가 집으로 가는 길들을 모두 바꿈질해버린 것은 아닌가 하는 두려움에 사로잡힌 채 동식은 숨이 차도록 뜀박질하여 돌아오곤 하였다. 그럴 때면 반대편에서 느린 걸음으로 걸어오는 어린 동영의 모습이 보였다. 녀석은 한 번도 동식의 손에 붙들려 돌아온 적이 없었다. 제 발로 돌아올 뿐이었다.

동영은 내성적인 아이였다. 웬만해서는 어리광을 부리지 않았고 귀찮게 구는 법도 없었다. 초등학교에 들어가기 전 녀석은 동식에게 꿈꾸는 듯한 어조로 물었다. "세상 끝에는 뭐가 있지?" 동식은 미술 숙제를 하고 있었다. 어린 동영은 동식의 팔레트에 짜놓은 물감들을 무척 만지고 싶어 했다. "바다." 동식은 바탕색을 짙푸르게 칠하고 있었으므로 그렇게 대답했다. "그거 입에 넣지 마." 녀석은 엄지손가락에 묻힌 푸른 물감을 다른 편 손바닥에 문지르고 있었다. "그럼 바다 끝에는?" 동식은 붓을 놓고 동영의 손가락을 잡아끌어 물통 속에 헹구어주었다. "세상이지 뭐."

그날 밤 열 시가 넘도록 녀석이 돌아오지 않았다. 어머니도 동식도 사방으로 찾아다녔다. 시간이 늦었으니만큼 동식은 공포에 질려 있었다. 이웃 동네의 어둠 속을 헤매다가 달음박질쳐 오던 동식은 골목 모퉁이를 돌아 나오는 기괴한 그림자에 비명을 질렀다. 팔이 여러 개 달린 괴물의 그림자가 너울너울 춤을 추며 동식에게로 다가오고 있었던 것이다. 그의 찢어지는 비명 소리를 듣고 파출소에 신고하러 갔다 오던 어머니가 달려왔다. 그 그림자는 다름 아닌 아버지의 어깨에 무등을 탄 동영이었다. 동영은 인천에 가면 바다를 볼 수 있다는 말을 이웃 아저씨에게 듣고 서울역 근처를 헤매다가 돌아오는 길에 아버지를 만났다고 했다.

"형아, 아부지가 바다 보여준대, 이담 소풍에 꼭 보여준대애."

어린 동영을 무등 태운 아버지는 얼근하게 취해 있었다. 어머니는 그날 밤 내내 소리를 질렀다.

"당신이란 인간은 뭐요, 집에서 걱정하고 있는 나라는 사람은 뭐요." 아버지의 대답은 들리지 않았다. 노래는 기가 막히게 잘하는 양반이었으나 그건 그저 그의 혀가 굳지 않았다는 것의 증명일 뿐 그가 무엇인가 지껄이는 것을 동식은 들어본 적이 없었다.

"아아 언제나 이 가슴엔 짙은 안개 활짝 개고……"

아버지는 언제나 이 후렴구만 떠나가게 부르며 새벽녘에 돌아왔다. 이상하게도 철이 들도록 동식은 아버지에게 발이 없었다고 기억하고 있었다. 아버지는 언제나 무릎 어귀부터 뿌옇게 지워진 채로 비틀거리며 허공에 둥실둥실 떠서 걸어오곤 했다. 돌아온 아버지를 부축하러 어머니가 달려 나가고, 아직 잠들지 않은 동식이 쭈뼛거리며 따라나서면 아버지는 겁먹은 동식의 볼을 꼬집어대곤 했다. 엉덩이를 때리고 머리를 쓰다듬다가 아무 데나 엎어져 잤다. 종종 그의 주먹에는 상처가 나 있었으며, 바짓가랑이는 찢어져 있기 일쑤였다. 어머니와 동식은 힘을 합해 그의 옷을 벗겼다. 너덜너덜하게 해어진 구두를 벗기고 양말을 벗기면 그 안에 발이 있었다. 동식은 늘 그 발의 존재가 신기해 쓰다듬어보곤 했다.

아버지가 전혀 다른 얼굴이 될 때가 있다면 그것은 네 식구가 소풍을 갈 때였다. 두 달에 한 번꼴로 그들 식구는 일요일에 문구점 문을 닫고 도시락을 싸 들고 동네를 떠났다. 산을 오르는 젊은 아버지는 비틀거리지도 않았고 발도 아주 튼튼해 보였다. 때로 어린 동영을 업기도 했고 괜스레 수줍어하는 어머니의 손을 잡기도 했다.

그러나 대부분의 나날 동식에게 아버지는 두려운 사람이었다. 그가 활화산같이 뿜어내는 노랫소리가 두려웠으며 그가 묻혀가지고 들어오곤 하는 어둠이 두려웠다. 이불 속에 웅크려 잠든 어린 동식은 발이 없는 사내가 허공에서 흔들거리는 환상에 가위눌려 오줌을 지리곤 했다. 축축한 감촉에 눈을 뜨면 얼른 자신의 다리가 붙어 있는가를 확인했다. 체육대회 때면 그는 꽤 인기 있는 릴레이 대표 선수였는데, 일등으로 테이프를 끊을 때마다 자신의 발이 그토록 굳건하게 땅을 디디고 서 있음을 감사히 여겼다.

철이 들었을 때 동식은 자신의 두려움이 부끄럽고 미웠다. 아버지가 무엇을 하는 사람이었는지 동식은 알지 못했다. 젊은 시절 극패를 쫓아다녔다고도 했고 퉁소를 불었다는 말도 얼핏 들었지만 동식이 아는 아버지란 아무것도 하지 않는 사람이었다. 아버지가 평생을 통틀어 단 한 가지 실제적인 일을 했다면 그것은 어머니와 결혼한 것일 터였다. 그는 그저 밤마다 노래를 했으며 술을 마셨다. 그런데도 그는 동식으로서 감히 경멸하거나 저항할 수 없는 이상스러운 존재였다.

동식은 자신에게 고스란히 남은 그 두려움에 저항하듯 술을 마셨으며 담배를 피웠다. 그는 타락하고 싶었다. 발을 떼어놓는 것을 두려워하지 않을 만큼 자신이 강하다는 것을 증명하기 위해 그는 타락하고자 했다. 병을 얻은 뒤, 변통을 이기지 못해 처음 관장을 하다가 동식은 헛구역질을 했다. 캄캄한 수챗구멍 속으로 위액을 뱉어내며 그는 자신의 방종의 형벌을 달게 받으리라 생각했다. 아무것도 원망스럽지 않았다. 다만 자신이 미울 따름이었다.

동식은 가게에 불을 밝히고 계산대 앞에서 졸고 있을 백발의 어머니를 생각했다. 그것은 그녀의 습관이었다. 동영이 입대하고 동식이 일찍 퇴근했을 때에도 그녀는 늦도록 불을 밝혀두고 있곤 했다. 그 늦은 시간에 길고 음습한 길을 올라와 문구를 사 갈 사람이 있을 리가 만무한데도 어머니는 자정 가까이까지 가게 문을 열어두었다. 동식이 언젠가 그 이야기를 했더니 어머니는 쑥스럽게 웃었다. “그래도 간혹 늦은 시간에 손님이 든단다.” 어머니는 말꼬리를 흐렸다. 어머니는 문을 열어두기만 하는 것이 아니었다. 자정 무렵이면 마치 누구를 기다리는 사람처럼 입구에 기대어 서 있곤 했다. 일찍 잠들었다가 깨어난 동식이 뒤에서 부르면 백발을 어루만지고 있던 어머니는 놀라 돌아보며 예의 희미한 웃음을 지어 보이곤 했다.

동식은 유리문을 열고 들어갔다. 어머니는 팔에 얼굴을 묻고 계산대 앞에 엎드려 있었다. 울고 있나 싶어 발소리를 내며 달려가자 어머니는 마른 눈으로 고개를 들었다. 몹시 추운지 입술이 퍼렜다.

"지금, 누구를 기다리세요?"

어머니는 망연하게 동식을 올려다보았다. 동식은 까닭 없이 화를 내고 있었다.

"누굴 기다리시냔 말입니다."

동식은 방문을 열었다. 비어 있는 세모꼴의 내부가 한눈에 들어왔다. 인내하기 힘든 증오스러운 감정 때문에 그는 아무렇게나 구두를 내던지고 방 안으로 들어가버렸다.

2

차창으로 쏟아지는 정오의 햇빛이 강렬했다. 동식은 눈을 가늘게 떴다. 가없이 펼쳐졌던 염전(鹽田)을 지난 버스는 굽이치는 산길을 달리고 있었다. 인천에서 배를 타고 나와 이렇게 큰 섬이 있었을까 싶을 만큼 버스는 멀리 달려 나왔다.

얼었던 육체 위로 강한 햇빛을 받자 동식은 오랜만에 자유를 느꼈다. 빛은 몸 구석구석에 눅어 있던 습기를 증발시켰으며, 혈관을 흐르던 검붉은 어둠의 알갱이들을 잘게 부수어주었다. 동식은 자신의 고단한 근육들이 풀리는 것을 느꼈다. 그 빛에는 모든 절망과 고통들을 우스꽝스럽고 하잘것없는 것으로 만들어버리는 기묘한 힘이 있었다.

동식의 옆자리는 비어 있었다. 어머니와 동영은 그의 앞에 나란히 앉아 잠들어 있었다. 어머니는 이따금 차가 덜컹거릴 때마다 선잠에서 깨어나 창밖을 보는 시늉을 하다가는 다시 고개를 못 이기고 등받이에 몸을 눕혔으며, 동영은 한 번도 깨지 않고 어린아이처럼 잘 잤다.

동영은 그날 밤 돌아오지 않았었다. 다음날 아침이 되어 출근할 때까지도 오지 않았다. 동식이 점심나절 사무실에서 집으로 전화를 넣었을 때 대뜸 동영의 목소리가 응답해왔다. "……너냐?" "미안해 형." 동식은 대답하지 않고 수화기를 내려놓았다.

그날 퇴근 무렵 동식은 참으로 오랜만에 독한 술을 마시고 싶다는 생각을 했다. 그러나 자신에게 술이 비상과 같다는 것을 그는 알고 있었다. 묵묵히 사무실의 동료들 틈을 빠져나왔다. "문동식 선배 취하는 것 좀 봤음 좋겠어." "너무 맑은 물에도 고기가 안 논다고 누가 그랬더라?" "학생 때 동식 씨 알던 사람들은 그렇게 말하지 않던데 말야." 버스 정류장까지 걸어가며 그는 동영을 생각하지 않았다. 어머니를 생각하지도 않았다. 입담 좋은 동료나 선배 들의 생각도 하지 않았다. 그저 도심의 건물들 사이로 흩어지고 있는 붉은 구름장들을 보며 걸었다.

동식은 떠나려 하는 만원 버스에 달려가 매달렸다. 간신히 층계를 올라가 토큰을 떨어뜨렸다. 산소가 부족한 후끈한 공기를 들이마셨다. 그보다 키가 큰 사내들 사이에서, 호흡이 가쁠 만큼 가슴과 등이 짓눌리는 것을 느꼈다.

삼십여 분의 괴로운 여정 끝에 동식은 땀투성이가 되어 버스에서 내렸고, 믿기지 않을 만큼 서늘한 골목길에서 그는 환상이 아닌 사내의 모습을 보았다. 어둠을 등지고 걸어 나오는 사내의 머리털은 짧게 깎여 있었다. 동식은 사내를 외면했다. 사내도 동식을 외면했다. 동식은 어머니와 일별을 하고 단칸방에 드러누웠다. 썰렁한 문구점에 그녀를 혼자 버려두고 잤다.

잠에서 깨어났을 때는 세 시경이었다. 어머니는 자리도 깔지 않은 채 칼잠을 자고 있었다. 스산한 바람은 언제나처럼 창틀 사이에 끼어 흐느끼는 소리를 내고 있었다. 어둠은 그의 곁을 떠나지 않았다. 옅은 잠과 함께 밤새 그의 머리맡을 서성이고 있었을 뿐이었다. 동식은 상체를 일으켜 앉아 적요한 방을 둘러보았다. 동영의 부재는 생생했다. 동식은 상점의 불빛도 꺼지고 자동차도 없는 밤거리를, 또 하나의 외등을 만나기까지 암흑 속에서 헤매고 다니는 동영의 모습을 상상했다.

다시 잠들지 못한 채 밤을 밝히고 나왔을 때 문구점에서 동영과 마주쳤다. 어머니는 늦게까지 기다리느라 지친 탓인지 혼곤히 잠들어 있었다. 좀처럼 그러는 법이 없는 어머니였기에 동식은 주섬주섬 옷을 챙겨 입고 가방을 들고 소리 없이 방문을 닫고 나왔던 것이었다. 동영의 무표정한 얼굴을 마주한 순간 동식은 강한 분노를 느꼈다. 그것이 당장 동영의 얼굴에 주먹을 날리리라고는 자신도 예측하지 못한 일이었다. 외투 주머니에 손을 찌르고 있던 녀석은 맥없이 휘청거렸다. 장난감 상자들이 소리 내어 무너졌다. 먼지가 날렸다. 두번째 주먹을 날렸을 때 녀석의 단단한 손이 동식의 팔을 붙들었다. 뿌리치려 하자 어깨가 비틀렸다.

검은 뻘이 펼쳐져 있었다. 넓은 대지가 온통 석탄빛이었다. 그 사이로 뱀처럼 꿈틀거리는 물줄기들이 비늘을 번쩍이며 깊은 내륙까지 파고들어 와 있었다. 그것은 거대한 바다의 일부일 터였다. 동식은 눈부신 햇살에도 불구하고 그것들을 보기 위해 눈을 부릅뜨고 있었다. 물줄기의 형상은 마치 깊고 거대한 심연에서부터 뻘의 단단한 피부를 뚫고 나온 상흔 같았다. 그 집요한 촉수들의 번쩍임이 자신의 두려움을 우롱하기라도 하는 듯 희고 정갈하다고 동식은 생각했다.

"나비 나비, 나비 봐."

차창 밖으로 흰 나비가 팔랑거리다가 뒷전으로 멀어졌다.

"이렇게 쌀쌀한데 나비가 있네."

동식의 뒷자리에 앉은 중학생 차림의 여자아이들이 호들

갑을 떨었다. 상장(喪章) 같은 흰나비를 동식은 좋아하지 않았다. 의식 속에 박힌 흰 날갯짓을 지우기 위해 눈을 감았다. 감은 눈꺼풀 위로도 섬 전체를 뒤덮고 있는 빛을 고스란히 느낄 수 있었다. 그날 아침 팔을 움켜쥔 채 자신을 응시하던 동영의 눈동자가 나비의 잔상과 함께 펄럭거렸다. 후락한 문구점의 유리문으로 드는 박명 속에서, 그 불타는 눈빛은 동식의 증오를 순식간에 무력하게 만들어버렸었다. 동식은 그 눈빛을 예전에 꼭 한 번 본 적이 있었다.

아버지가 실종된 지 이 주쯤 지난 뒤였다. 중학교 졸업반이던 그는 저녁나절에 동영의 초등학교 교무실에서 걸려 온 전화를 받았다. 아이를 데려가라는 것이었다. 아버지를 찾겠다며 가게고 집이고 팽개쳐버린 어머니 대신 동식은 그곳에 찾아갔다. 교모를 벗어 들고 인사를 했을 때 동영의 담임선생은 잠자코 교무실 구석을 가리켰다. 녀석은 그곳에 서 있었다.

녀석은 이날 오후 옆에 앉은 짝 아이와 싸웠다고 했다. 담임선생이 번연히 앞에 있는 청소 시간이었는데, 무언가 시비하는 소리가 들리는가 싶더니 아이가 단말마의 비명을 지르며 주먹으로 동영의 배를 내질렀다. 평소 내성적이고 유약하던 동영의 찢어지는 고함 소리에 선생이 달려갔다. 큰 소리로 울어대는 두 아이를 끌고 교무실로 온 선생은 자초지종을 묻기 전에 대뜸 동영의 짝 아이에게 혼찌검을 냈다. "비겁하게 먼저 폭력을 쓴 놈이 누구냐!" 그러자 놀랍게도 얼굴이 흠빽 젖은 동영의 짝이 입술을 파르르 떨며 반격해왔다. "이 자식이 걸상으로 제 발을 찍었어요, 찍기만 한 게 아녜요, 이것 보세요." 아이가 실내화를 벗고 양말을 벗자 상처가 깊은 발등이 드러났다. 아이는 목 놓아 울기 시작했다. 동영은 걸상을 높이 들어 아이의 발을 찍고 힘껏 짓이긴 것이었다.

담임선생은 당황했다. "어째서 그랬니?" 동영은 대답하지 않았다. 그 자리에서 온몸이 굳어버린 듯 서 있을 뿐이었다. 선생은 동영의 짝 아이를 양호실로 데리고 갔다. 완강하게 대답을 거부하던 아이는 설득 끝에 마침내 울먹이며 고백했다. "제가 동영이 아버지를 주정뱅이라고 했어요. 정신이 나가서 물이 술인 줄 알고 뛰어든 거라구요. 저희 엄마 아빠도 그러시던걸요."

선생은 아이를 보낸 후 동영에게도 돌아가라고 했으나 녀석은 움직이지 않았다. 고개를 떨구고 발가락을 오그라뜨린 채, 동영은 날이 어둑어둑해지도록 그 자리를 꼿꼿이 지키고 있었다. 숨소리도 들리지 않았다고 했다. "네 마음도 괴롭겠지만, 어린 동생에게 좀 신경을 써다오." 선생은 외투를 걸치고 가방까지 챙겨 들고는 어서 동식이 이 폭탄 덩어리 같은 물건을 데려가주기를 원하고 있었다.

동식은 녀석에게 가까이 다가갔다. 이미 동영은 많이 자라 네 살 터울의 동식과 키가 엇비슷했다. "동영아." 녀석은 대답하지 않았다. 손을 뻗어 녀석의 턱을 들어 올렸다. 그때 동식은 녀석의 눈을 보았다. 녀석의 눈은 불붙은 듯 이글거리고 있었다. 녀석의 그런 눈을 본 것은 그때가 처음이었다. "……가자." 몇 차례 힘주어 끌어당겼을 때에야 동영은 서 있을 때와 마찬가지로 꼿꼿하게 동식을 앞장서서 교무실을 걸어 나갔다. 동식이 선생에게 목례를 하고 녀석을 따라나섰을 때, 동영은 다리가 저리는지 비틀거리면서도 앞만을 향해 뒤돌아보지 않고 걸어갔다. 그리고 녀석의 분노를 다시는 본 적이 없었다.

토요일 오전 근무를 끝낸 동식이 돌아왔을 때 동영은 문구점에 있었다. 녀석은 뜻밖에 난로를 놓고 있었다. 어머니는 동영의 전역일 아침에 그랬던 것처럼 잔뜩 설레어 있었다. 연장을 양손에 든 채 조수 노릇을 하고 있었던 모양으로, 동식이 들어서자 대뜸 "이것 보아라, 동영이가 연통을 달았다. 이 자식, 아주 장정이 되었다" 하고 자랑을 하였다. 동영은 동식과 시선을 마주치지 않으며 낮은 음성으로 웃었다. "소풍을 가자." 어머니는 발그레한 얼굴로 부엌과 문구점을 오가기 시작했다. 새 찬거리를 마련하는 모양이었다. "내일 우리 모두 소풍을 가자꾸나."

버스가 종점에 이르러 속도를 줄일 즈음 깨어난 어머니는 한 손으로 머리를 매만지며 남은 손으로 잠든 동영을 흔들어 깨웠다. 버스에 함께 탔던 단체 여행 팀이며 스무 살 또래의 연인들, 젊은 부부와 어린아이들은 허둥지둥 출구를 빠져나와서 일행을 점검하고 있었다. 동식은 늦게 좌석에서 일어났고 통로에서 몇 번 양보를 했기 때문에 식구들을 찾기 위해 사람들을 헤치고 걸어 나가야 했다. 차 안에서도 느낀 감정이었으나, 이제 유리창으로도 여과되지 않은 채 생생하게 온몸을 덮치는 햇살은 그를 더욱 안도하게 했다. 어둠의 결박이 풀어진 듯한 자유스러움이었다. 다만 마음 한구석에 숨어 있던 씁쓸함이 치미는 것만은 누를 수 없었다. 그것은 젊은 날을 병에 고스란히 지불해본 적이 있는 사람만이 이따금 느낄 수 있는 회한일 터였다.

동영은 먼저 내려서서 고개를 떨구고 있었다. 어둠 속에서 그토록 단단해 보이던 녀석의 등허리는 한낮의 태양 아래 외롭고 맥없었다. 어두운 곳에 길든 눈을 가늘게 뜨고 있는 녀석은 간신히 제 몸을 지탱하고 서 있는 것처럼 보였다.

갯냄새가 났다. 갈매기 소리도 아스라이 들려왔다. 어머니의 머리카락이 갯바람에 날렸다. 완벽하게 물든 백발에는 윤기가 흘렀다. 이마의 고랑마다 고여 있던 어둠은 다 증발해버린 것 같았다. 동식의 하차를 확인한 그녀와 동영은 천천히 바다 쪽으로 걷기 시작했다. 동식은 잠자코 그들의 뒤를 따라갔다. 큰 간조 차로 밀물이 상당히 안쪽까지 들어오는지 모래밭은 온통 젖어 있었으며 잘잘한 조개껍질들이 눈에 띄었다. 멀리 뱃고동 소리가 들려왔다.

아까부터 동식은 이 바다에 무엇인가가 빠져 있다고 생각하고 있었다. 빠뜨린 것을 알아내기는 어렵지 않았다. 그것은 파도 소리였다. 파도 소리뿐 아니라 하얗게 부서지는 거품 역시 없었다. 썰물 때라서 조용히 물러가고 있는 물결이 있을 뿐이었다. 동식은 바다 쪽으로 속도를 내어 걸어 나갔다. 담담한 얼굴의 동영과 어깨를 나란히 했을 때 토요일 아침 이후 처음으로 말을 걸었다.

"파도치지 않는구나."

"그래, 원래 그래."

"여기, 와본 일이 있냐?"

"응."

"언제?"

"첫 휴가 때, 그 후로 여러 번."

동영은 삼 년 가까운 시간을 한 번도 집에 들르지 않았다. 꼭 한 번, 공중전화 부스의 동전 넘어가는 소리와 함께 어머니의 안부를 묻던 녀석의 목소리만을 동식은 기억하고 있었다. 어머니는, 어머니는! 이쪽에서 하는 말은 잘 들리지 않는지 녀석은 턱없이 큰 소리로 외쳐대고 있었다. 거기도 추워 형? 지금도 아파 형?

"여긴 원래 파도치지 않아?"

"그래. 원래 파도치지 않아."

아이들이 놀고 있었다. 가루가 고운 모래로 성을 쌓고, 막대기로 선을 그은 뒤 조개껍질로 땅뺏기 놀이를 하고 있었다. 아이들의 손도 바지도 개흙투성이였다. 파도 대신 아이들의 웃음소리가 거품처럼 부서졌다.

뒤따라오던 어머니가 가만히 동식의 손을 쥐었다.

"여긴 따뜻하구나."

섬 전체가 동쪽에서부터 부는 찬바람을 막아주어 해안은 푸근했다. 어머니의 손에도 온기가 있었으나 주름지고 거칠었다. 동식은 지난해부터 그녀의 손등에서 저승꽃을 발견했다. 나이 오십의 어머니가 귀밑과 팔다리에 저승꽃이 만발한 까닭이 무엇일까 하고 동식은 속으로 묻곤 했다. 그녀는 함부로 속내를 드러내는 종류의 사람이 아니었다. 그 단단하게 잠긴 통증이 내부에서부터 그녀를 그토록 빨리 늙게 했는지도 몰랐다.

어머니는 아버지의 죽음을 믿지 않았었다. 폭우가 쏟아진 그해 가을 변두리 계곡물은 무섭게 불었다. 그곳에서 술에 취한 아버지를 마지막으로 보았다는 사람들이 여럿 있었다. 그녀는 믿지 않았다. 아버지는 언제나 그랬듯이 온몸에 찬 밤바람을 묻힌 채 노래하며 돌아올 것이라고 말했다. 아버지의 너덜너덜한 구두 한 짝이 물 빠진 계곡 아래에서 발견될 때까지 어머니는 아버지의 생존을 확신했다.

시신 없이 신발 한 짝을 묻고 봉분을 세웠다. 어머니는 울지 않았다. 하관하던 날은 날씨가 쾌청했다. 그때 동식은 염색을 게을리한 어머니의 머리칼이 이미 반백인 것을 보았다. 동식은 그 후 한 번도 그 무덤을 찾지 않았다. 당시 중학교 졸업반이던 그는 고등학교를 졸업할 때까지도, 애초에 구두가 필요 없었던 발 없는 아버지가 으흐흐…… 웃으며 그 무덤 위에 올라타고 앉아 있는 광경을 상상하곤 했다. 달빛이 교교한 밤이면 무덤 위에서 목이 터져라 노래를 불러댈 아버지의 모습도 상상에 겹쳐졌다.

상상을 그만둔 것은 동식이 술을 마시기 시작했을 때부터였다. 그는 그 낙천적인 상상을 미워하기 시작했으며, 그렇게 아버지를 꿈꾸던 자신을 환멸했다. 이제 동식에게 아버지는 살아 있는 혼령이었다. 밤마다 들릴 듯 말 듯하게 들창을 두드리며 앓는 소리를 하는 사람이었다. 느닷없이 문구점 안으로 뛰어들어 쓰러지는 자였고 어머니와 함께 숨을 헐떡이며 방까지 운반해야 하는 자였다. 바람이 유난히 부는 새벽이면 여지없이 나쁜 꿈과 함께 잠에서 깨었다. 그의 옷을 벗겨야 하는데, 그의 몸을 매만져야 하는데……! 바위에 찍혀 망가진 그의 살집이, 옷에 엉킨 뼈와 혈관 들, 더러운 외투와 속옷과 흙탕물로 얼룩진 찢긴 바지가 흉몽 중에 격렬한 물살이 되어 출렁거렸다. 동식은 상상과 싸우기 위해 술을 마셨다. 맨정신이 되면 어마어마한 고통이 엄습해왔다. 종래에는 취기가 떨어지지 않도록 책가방 속에 싸구려 양주병을 담아가지고 다닐 만큼 그의 생활은 파국을 향해 달려가고 있었다.

그들은 모래밭에 앉아 점심 식사를 했다. 아침 내내 어머니가 공들여 만든 도시락이었다. 그들은 큰 소리로 떠들지도 않았고 웃음을 터뜨리지도 않았으나 간간이 조용하게 이야기를 나누었다.

"이걸 좀 먹어보렴."

"네, 어머니."

"물이랑 같이 먹으렴."

"그러지만 말고 어머니도 드세요."

"먹고 있잖니? 아유 너무 많이 먹었구나."

식사를 마치고 그들은 해안을 따라 북쪽 끝에 솟은 자그마한 산에 오르기로 했다. 조망이 좋을 것 같다는 어머니의 제안이었다. 바닷가를 걸어 산 가까이 다다랐을 때 동식은 어떤 물건을 발견했다. 산 그림자에 가려 여태 보이지 않았던 그것은 해안 모래밭에 처박힌 닻이었다. 잔뜩 녹이 슨 채 두 조각으로 분해된 갈고리는 사람의 키만큼 컸으며, 비스듬히 서로에게 기대어 지탱되고 있었다.

"……닻이야."

동영이 중얼거렸다.

"배는, 어디 있지?"

동식이 물었다. 동영은 대답 없이 서늘한 시선을 들어 바다 쪽을 향해 던졌다. 그곳에는 낡고 더러운 목선 한 척이 처박혀 있었는데, 가동할 수 있는 것 같지는 않았고 쓸 만큼 쓰고 나서 버려진 것처럼 보였다. 더 걸어갔을 때 동식은 몸을 떨며 걸음을 멈추었다. 산에 가려졌던 썰물 진 뻘 위로 수십 개의 거대한 닻들이 파묻혀 있었던 것이었다. 굵은 바윗돌이 즐비한 산기슭까지 띄엄띄엄 꽂힌 그것들은 붉은 녹으로 얼룩져 있었다.

그것은 마치 수많은 목선들이 이곳에 닻을 내렸다가 썩어 가고 남은 풍경 같았다. 오랜 항해 끝에 돌아왔으나 정박할 곳을 찾지 못하고 끝내 뭍에서 떠밀린 배들이 닻을 버려둔 채 망망대해 속으로 사라지고 난 흔적 같기도 했다.

거대한 무덤 같았다. 선사 이전부터 내려오는 발자국들 같았으며, 무수한 운명들의 잔해를 연상시켰다. 닻의 양쪽 갈고리들을 매어두었던 철제의 밧줄들 역시 검붉게 녹이 슬어 있었고 대부분 매듭이 끊겨 있었다. 동식은 마치 그 날카롭고 거대한 닻이 제 가슴에 꽂힌 것 같았다. 뿌리를 뽑으면 바스라져 버리는 흙덩이처럼 제 가슴이 찢기는 통증을 느꼈다.

동식은 황황히 그 풍경을 등지고 산으로 향했다. 묏등에는 반짝이는 억새풀들이 무성했다. 동영과 어머니는 서로 손이 닿지 않을 만큼 떨어져 있었다. 그들은 사람들이 잘 다니지 않아 비좁아진 풀숲길을 양손으로 헤쳐가며 말없이 등성이를 걸어 오르고 있었다.

꼭대기는 커다란 바위 여러 개로 이루어져 있었다. 중국으로 가는 것일 선박이 아스라이 점으로 떠가고 있었으며, 그 너머로 덕적 군도가 보였다. 서해에 이렇게 시야가 트이는 곳이 있다는 것이 신기할 만큼 서쪽은 일망무제였고, 동쪽으로는 산이 막고 있던 이 섬의 정경이 내려다보였다. 잘 정리된 논이 있었고 나무가 있었다. 빛나는 염전이 보였다.

"저것 봐라."

어머니가 가리킨 손가락 끝에 뭉클뭉클한 연기가 피어올랐다. 옆 산에 불이 난 것이었다. 위에서 내려다본 탓에 손바닥만 해 보이는 소방차가 마을 논두렁 사이를 달려왔다. 주민들에게 진화 작업을 도와줄 것을 호소하는지 스피커 소리가 불분명하게 들려왔다. 서해의 고즈넉한 하늘을 뒤덮던 연기가 차츰 사그라졌다.

"여기서는 불도 숨을 죽이면서 나는구나."

어머니가 중얼거렸다.

그들은 하산했다.

어머니는 낙조를 보고 가기를 원했으며, 그때까지 자신이 할 일을 금세 찾아냈다. 어머니는 소매를 팔꿈치까지 걷어 올리고는 뻘 속에 꼬무락거리고 있는 게들의 숨구멍을 찾아냈다. 그녀의 주름진 손이 흙을 파헤치면 어김없이 소라고둥이나 새끼손톱만 한 게들이 놀라 나타났다. 하나둘 아이들이 몰려들었다. 게들의 옆걸음에 아이들이 웃으면 그녀도 따라 웃었다. 백발의 어머니가 수많은 아이들에게 둘러싸인 모습은 신기해 보였다.

동식은 조금 떨어져서 그녀의 빛나는 머리카락과 검게 흙칠이 된 손바닥을 보고 있었다. 하산하던 길에 동식은 키가 웃자란 억새풀에 얼굴을 베었다. 놀란 어머니가 손수건으로 얼굴을 닦아주었으나 예리한 상처에서 계속 피가 흘렀다. 어머니의 손이 가늘게 떨고 있었던 것을 동식은 기억했다.

"괜찮아요 어머니."

어머니는 계속해서 상처를 문질렀다.

"피가, 피가 안 멈추는구나."

"됐어요, 자꾸 건드리면 더 덧나요."

이제 상처에서는 피가 흐르지 않았다. 동식은 자신의 머리맡에서 꼬박 밤을 밝히던 어머니를 기억하고 있었다. 대학을 졸업한 아들이 병석에 누워 사경을 헤매는데도 어머니는 한

마디의 신음 소리도 내어놓지 않았다. 무리하여 산보하고 돌아와 발바닥의 홍반(紅斑)에서 피가 흘렀을 때, 힘을 다하여 가제 수건을 처매는 어머니의 얼굴을 동식은 똑똑히 보았다. 얼핏 모르는 사람이 본다면 누구나 비정하다고 말할 만한 그 무표정 속에서 입술 안쪽을 악물고 있는 어금니의 모양을 분별할 수 있었다.

동식은 순간순간 박차고 일어나고 싶었다. 누구의 부축 없이도 걷고 싶었으며 월급봉투를 받아 귀가하고 싶었다. 출퇴근 만원 버스에 시달리고 싶었다. 상사들의 호통을 듣고 저녁이면 술자리에 앉아 그들을 헐뜯고 싶었다. 여자와 함께 살고 싶었고 자식을 낳고 싶었다. 제때 예방주사를 맞힌 자식들이 자라 조막손으로 만든 카네이션을 가슴에 달고 싶었다. 그는 자신의 두 발을 땅 깊이 묻기를 원했다. 그곳에 물을 주어 잎을 틔우기를 원했다. 그 울창해진 그늘에 백발의 어머니가 편안히 눕기를 원했다. 그는 지난해부터 아파트 청약금을 붓고 있었다. 그는 떠나기를 원했다. 다시는 아버지가 실체로든 혼령으로든 나타날 수 없도록, 영원히 그 동네를 등지기를 원했다. 동영이 돌아오기 전까지 동식은 그것이 가능하다고 믿었다. 아버지의 어둠이 까마득한 곳으로 흘러가버렸음을, 동식의 가계(家系)에서 말소되어버렸음을 믿고 있었다.

어두워졌다. 아이들은 제 부모를 따라 하나둘 사라졌다. 어머니는 혼자 남아 개흙을 매만지고 있었다. 어머니의 일거수일투족을 보고 있던 동식은 고개를 들었다. 동영은 보이지 않왔다. 동식은 녀석을 찾아야겠다고 생각했다. 무슨 말이든 해야 한다고 생각했다. 자신의 믿음과 희망을 배반하지 말아달라고 해야겠다고 생각했다. 그들의 가계를 다시 어둠 속으로 밀어뜨리지 말라고 말해야 했다. 할 수 있다면 사라져달라고 말해야겠다고 생각했다. 가장 어두운 곳을 향해, 산 그림자가 드리워진 해안을 향해 동식은 빠른 걸음을 걸었다. 바다가 들어오고 있었다. 바다는 오후 내내 서서히 물러가며 새겨놓았던 완급한 물결 자국을 하나둘 다시금 덮어오고 있었다.

진 곳을 마구 밟아 바지에 개흙이 튀었다. 동식은 이 바닷가가 불길하도록 고요하다는 생각을 했다. 물결만이 들릴 듯 말 듯한 소리로 차오르고 있었다. 마치 처음 잠자리에 함께 누운 여자처럼, 물결은 차근차근 옷을 벗기고 얼어붙었던 몸을 정성스럽게 입술로 적시듯이 고요히 뻘 속으로 밀려들고 있었다. 동식은 와락 현기증을 느꼈다. 수상한 갯내가 사위를 적시고 있었다.

닻들이 모여 있는 곳에 다다랐다. 뻘 가운데에 있던 닻들은 밀물이 되자 허리께까지 잠겨 있었다.

녀석이 거기 서 있었다.

"동영아."

다가가 그 옆얼굴을 보려 했을 때 동식은 낮게 비명을 질렀다. 황혼을 받은 그의 얼굴은 핏빛이었다.

유리문이 날카로운 소리를 내며 넘어졌다. 어머니가 울음을 터뜨렸다. 누가 당신을 때렸어요! 피 묻은 얼굴의 아버지가 조각난 유리 위로 엎어졌다. 그의 주먹도 옷도 피투성이였다. 허허허…… 아버지는 웃었다. 웃다가 흐느껴 울었다. 흐느낌이 점점 커졌다. 붉은 주먹이 유리 조각들을 내리칠 때마다 자잘한 가루들이 튀어 올랐다. ……아부지! 어머니가 동식의 등을 떠밀었다. 어서 넌 들어가! 동식은 고개를 내저었다. 입술을 떨며 어머니의 다리에 매달렸다. 그의 옷을 벗겨야 하는데, 그의 몸을 씻겨야 하는데……!

"형."

역광을 받은 캄캄한 얼굴이 동식을 막아섰다. 동식의 얼굴은 거세게 감싸 쥐는 바람에 아물었던 상처가 터졌다. 손에 엷은 핏물이 들어 있었다.

"내버려둬."

동식은 녀석의 팔을 뿌리쳤다.

노을이 바다를 물들이고 있었다. 날카로운 닻들이 불타고 있었다. 석양이 비추지 않는 곳은 완벽한 암흑이었다. 이제 거기서 무엇이 일렁이고 있는지 알 수 없었다.

"왜,"

동식은 체머리를 떨며 중얼거렸다.

"왜 넌 변하지 않았냐."

바람 끝이 매워지고 있었다. 차츰 동식의 호흡이 가라앉았다. 물든 구름장들이 소리 없이 검은 바닷속으로 스며들고 있었다. 동식은 찬바람에 얼얼해진 상처가 오히려 견딜 만하다고 느꼈다. 동영은 외투의 지퍼를 끝까지 올리고 있었다. 어둠 속에서 그의 어깨는 다시 단단해져 있었으며, 눈빛도 잘 영글어 있었다.

"형은 왜 아팠어?"

동영은 대답 대신 뜻밖의 물음을 했다.

"왜 술을 마셨어."

"……"

쉰 목을 가다듬어 무슨 말인가를 뱉으려 달싹이던 동식의 입술이 얼어붙었다. 동영이 말없이 구두를 벗기 시작했던 것이다. 구두와 양말을 아무렇게나 갯바닥에 팽개친 녀석은 맨발이 되었다. 녀석은 바다를 향해 걸어갔다.

파도가 들어오고 있었다. 일순 그 고요한 물결이 닻들의 무리를 어루만지며 쓸어오는 것처럼 보였다. 마치 그 수많은 운명들이 소리 없이 해안으로 밀려드는 것 같았다.

어머니가 물결을 따라 걸어오고 있었다. 동식은 동영의 구두들을 뒤로한 채 그녀를 향해 달리기 시작했다. 가까이 다다라 '어머니' 하고 부르려 하는 순간, 먼저 그녀의 입술에서 짧은 탄성이 터져 나왔다.

동식은 어머니의 목마른 시선이 닿은 곳으로 성급히 몸을 돌렸다. 불타는 닻들이 바닷속으로 가라앉고 있었다. 한 사내의 검붉은 그림자가 그 속에서 너울너울 춤추며 걸어 나오는 모습이 보였다.

해설

'되삶'의 고통과 우울의 내적 형식

강계숙
(문학평론가)

내 희망을 감시해온 불안의 짐짝들에게 나는 쓴다.
이 누추한 육체 속에 얼마든지 머물다 가시라고
모든 길들이 흘러온다, 나는 이미 늙은 것이다.

—기형도, 「정거장에서의 충고」

……오래 못 있을 것 같아요.
자흔의 마지막 독백을 들으며 나는 어렴풋한 사실을 깨달았다.
그녀에게는 미래가 없는 것이었다.

—한강, 「여수의 사랑」

소설가 기형도

초판 해설에서 김병익은『여수의 사랑』을 가리켜 "전혀 '신세대적'이지 않다"고, "그의 아버지 세대가 지금의 그의 나이로 살았을 1960년대, 혹은 그 이전의 시대에 속해 있을, 어둡고 간난스럽고 한스러운 세계"이며, "유행적인 것을 도모하지 않은 채, 전통의 세계와 정통의 양식 속에서 그의 정서와 문학의 깊이를 더하고 있다"고 말한다. 그리고 "적어도 겉보기로는, 풍요하고 밝고 미래는 한없이 열려 있는 듯한 이 1990년대 중반에, 이 시절의 풍속에 어울려야 할 나이의 젊은 작가가, 왜 그처럼 지쳐 있"는지, "이 가볍고 환한 세상에서 누가, 발랄해야 할 이십대의 그를 사랑도, 화해도 거부하게, 아니 그것에 다다르기조차를 포기하게 만들"었을까[1] 묻는다.『여수의 사랑』에 관한 한 이 물음은 가장 중요한 질문이자 핵심적인 지적이다. 김병익은 "존재의 피로감, 희망 없음의 좌절감"과 "고전적 낭만주의"[2]에서 답을 찾았지만, 삶의 원초적 고단함에서 발원하는 호소가 세대를 아우르는 정서적 교감을 낳는 보편성의 획득으로 나아간다는 설명에 충분히 긍정하면서, 이 소설집이 자리한 역사적 시간대를 고려하면 다른 답을 찾아볼 수도 있다.

---

1) 김병익, 해설「희망 없는 세상을, 고아처럼」,『여수의 사랑』, 문학과지성사, 1995, p. 307.

2) 김병익, 같은 글, pp. 316~17.

가령, 긴밀히 상호 조응하는 동일한 이미지의 진눈깨비가 있다.

> 진눈깨비 쏟아진다, 갑자기 눈물이 흐른다, 나는 불행하다
> 이런 것은 아니었다, 나는 일생 몫의 경험을 다 했다, 진눈깨비
>
> —기형도, 「진눈깨비」 부분

> 집채만 한 상선과 어선들이 들어오고 나가는 항구 난간에 서 있는 동걸의 모습도 스쳐 갔다. 콘크리트 바닥은 갯물로 젖어 있었다. 그의 손에서 그의 바수어진 젊음이 진눈깨비처럼 흩날리는 것을 나는 보았다. (pp. 196)

친구의 젊음이 위태롭게 소진되어가는 광경을 「야간열차」의 영현은 접안렌즈로 들여다보듯 날카롭게 스치는 환영 속에서 감각한다. 영현의 눈앞에 떠오른 동걸이 그 순간 터뜨릴 독백은 「진눈깨비」의 저 읊조림일 터이다. 아니, 새벽에 우유 배달을 하다가 사고로 식물인간이 되어버린 쌍둥이 동생 곁에서 가장의 역할을 떠맡아 사는 동걸의 암담한 처지를 지켜보며 정체 모를 무력감에 휩싸여 삶을 탕진하는 영현이야말로 흩날리는 진눈깨비를 "바수어진 젊음"의 상징으로, 생의 한 시절이 소멸되고 있다는 불길한 징조로 받아들이는 '기형도적 인물'이다. 동걸의 모습에서 '나는 불행하다, 나는 일생 몫의 경험을 다 했다'는 토로를 읽는다면, 그것은 동걸을 대신

한 영현의 뇌까림이다. 실제로 영현은 까닭 모를 우울을 곱씹고 모든 것에 실망한 채 겉늙었으며, 자신의 무력한 젊음이 헐거워 견디지 못한다. 그리고 이렇게 말한다. "나는 여전히 껍데기였다"(p. 182) "나는 인생에 관심이 없었다." "나는 아무것도 준비하지 않았다. 나는 아무것도 사랑하지 않았기 때문이었다"(p. 184). 대체 이 "바수어진 젊음"의 정체는 무엇인가? 무엇 때문에 젊음이 부서지고 있다고 여기는가? 가난한 생활고나 가족의 불행 때문에? 산다는 것이 본래 고행의 연속이어서? 아니면 타고난 성격이 우울질이라서? "무언가 사는 일을 귀찮아하는 듯한 그늘"(p. 152)을 거느린 동걸과 그런 동걸을 자기 분신으로 여기는 영현의 우울은 분명 기형도의 그것과 닮았다. 다시, 다음의 장면을 보자.

그리고 새벽녘이 되어 내가 깊이 잠든 사이에 자흔은 떠났다. 밑창이 떨어진 단벌 구두를 꿰어 신고, 두 개의 볼썽사나운 여행가방과 옷 보퉁이를 싸 들고 갔다.

내가 눈을 떴을 때는 사위가 훤하게 밝아 있었다. 아무렇게나 못에 걸리고 바닥에 널려 있던 자흔의 소지품들이 사라진 방은 낯설고 적막했다. 온 방과 세면장이 안개 같은 정적으로 부옇게 젖어 있었다. (pp. 62~63)

어둑어둑한 여름날 아침 창문 밖으로 보이는 젖은 길은 침대처럼 고요하다. 마침내 낭하가 텅텅 울리면서 문이 열린다. 잠시 동안 김은 무표정하게 거리를 바라본다. 김은 천천히 손잡이를 놓는다. 마침내 희망과 걸음이 동시에 떨어진다. 그 순간, 쇠뭉치 같은 트렁크가 김을 쓰러뜨린다. [……] 주위에는 아무도 없다.

—기형도, 「그날」 부분

정선의 지나친 결벽증을 가학으로 느낀 자흔이 떠나고 난 뒤의 쓸쓸하고 적막한 방 안 풍경은 정선의 심리적 공황을 그대로 반영하고 있다. 자흔의 외로움과 절망감, 부서질 듯 위태로운 앞으로의 행보까지 예감되는 안타까운 풍경이다. 그런데 「그날」의 '김'을 '자흔'으로 바꿔 읽으면, 방문을 열고 나가는 '김'의 형상은 세상 밖으로 흩어지기 직전에 놓인 자흔이 된다. 어둑한 여름날 새벽녘 자흔은 아마도 '잠시 동안 무표정하게 거리를 바라'보았을 것이다. 그녀가 걸어간 "젖은 길"은 정선의 "온 방과 세면장"으로 이어져 "안개 같은 정적으로" 그곳을 "부옇게" 적신다. 자흔과 '김', 자흔이 떠난 후 여수로 향하는 정선에 의해 「그날」과 「여수의 사랑」은 기약 없는 떠돎과 영원히 상실된 미래라는 주제로 한데 이어진다.

『여수의 사랑』의 주인공들이 영현, 동걸, 정선, 자흔과 비슷한 질환을 앓고 있음을 떠올릴 때, 이 시절 한강의 소설 세계는 1990년대 중반 젊은 시인들의 내면을 차지했던 음울한 집단적 무의식을 연상시킨다. 그러니 다시금 반추해보자. 그때 그 시절, 무슨 일이 있었던가? 기형도의 시가 '상징적 죽음'의 형식으로 이해되었다는 것은 잘 알려진 사실이다. 많은 이들이 그의 죽음에서 특정 개인의 죽음이 아니라 사회적·문화적 죽음을 읽고, 그의 이름을 한 시대를 관류하는 문학적 아이콘이자 결절점으로 보았다. 그의 시와 죽음을 '무엇'의 죽음을 대리한 표상으로 파악하였고, 그 '무엇'이 내포하는 사회적·문화적 함의가 간단치 않음을 감지하였기 때문이었다. 정과리는 "시가 문학의 죽음이라는 장기 지속적 과정을 예시적으로 비추는 상징 구슬의 기능을 하였다면, 기형도의 시는 그 상징의 상징, 거울의 거울이었다"[3]고 지적한 바 있다. '문학의 죽음'을 예비적 징후이자 계시적 사건으로 실연(實演)하는 방식을 통해 1990년대 시가 그 죽음을 자신의 몸으로 이입시켰다면, 죽음과 더불어 태어난 기형도의 시는 그러한 상징도의 핵을 이루는 미장아빔mise en abyme으로 존재했던 것이다. 이때 '죽음'은 "근대 이래 '문학'이라는 이름으로 행해진 문화적 실천이 함의한 존재론적 의미의 위기"를, 그리고 "현실에 대한 내적 반성의 소멸을 뜻하는 위기"[4]를 부인할 수 없는 실체로 경험한 사태를 함축한다. 한편, 그의 시에 내포된 문화적 죽음의 의미를 역사의 진보를 의심하는 자리에서 싹튼 묵시론적 전망과 관련시키면서 이광호는 "80년대 후반 이후 한국의 계몽주의는 자신의 논리를 점검하지 않으면 안 될 상황을 강요받고 있으며, 기형도와 그의 문학적 동지들은 이 시대적

---

3) 정과리, 『무덤 속의 마젤란』, 문학과지성사, 1999, p. 7.

4) 정과리, 같은 책, p. 6.

징후에 가장 예민하게 반응한 자들이다"[5]라고 풀이한다. 기형도의 시는 한국사를 이끌어온 지적 · 사상적 패러다임의 중심축이 심각한 위기에 봉착했음을 예견한 시적 직관으로 주목되었던 셈이다.

문학에 관심이 있든 없든, 1990년대 중반 예민한 감수성의 젊은이들은 기형도와 상관없이, 기형도를 알지 못한 채로도, 기형도를 앓았다. 실체는 알 수 없었다 해도 '어떤' 죽음의 파장을 감지한 이들에게 꽤 오랫동안 '기형도적인 것'이 머물다 가기도 했다. 세대적 감성으로든, 집단적 무의식으로든, 젊은 축들은 문화적 · 사회적 죽음이라 칭할 만한 국면을 동시대적 사건으로 맞닥뜨렸던 것이다. 돌이켜보면, 역사주의와 진보사관이 무너지면서 찾아온 '청년'의 몰락을 그들은 앓았던 듯하다. 근대적 계몽 주체의 붕괴로 일반화시킬 수도 있겠지만, 계몽주의의 위기와 함께 도래한 주체의 죽음을 1990년대 한국 시는 '청년'의 죽음이라는 형태로 드러내었고, 그 죽음은 몇몇 시에 국한된 현상이 아니라 세대적 공통 감각으로, 역사적 혼란과 상실감의 또 다른 얼굴로 내면화되었다. '청년'의 구호와 호명은 여전했지만, 더 이상 누구도 '청년'은 아니었으며, '청년'으로 살 수 없는 젊은이들은 아팠고, 절망했고, 고독했고, 우울했다. 한국 사회를 이끌어온 거대한 상징

---

5) 이광호, 「묵시(默視)와 묵시(默示): 상징적 죽음의 형식」, 『환멸의 시학』, 민음사, 1995.

체계의 몰락과 그에 따른 정신적 후유증, 방향 상실감, "어딘가 황막하고 버림받은 것 같은 분위기"(p. 230)에 대한 기이한 친화력, "고통은 지속될 것이며 어디에서도 그것을 진정할 수 없으리라는 초조함"(p. 237)은 '시인'의 몫으로만 주어졌던 것은 아니다. 이제 와 보니, 『여수의 사랑』은, 그리고 이 시기의 한강은 당시의 어떤 소설가보다도 이러한 동시대, 동세대의 망탈리테mantalité(심성)에 강하게 공명하며 육박하였고, 타고난 감응력으로 죽음이 난무를 추던 시의 통증을 소설적 버전으로 옮기고 있었던 것이다. 그리고 장르 이월(移越)의 이러한 유비적 조응을 통해 전통적 서사 형태에도 불구하고, 그래서 '신세대'적이지 않고 '아버지 세대'에 속해 있다고 독해되기도 했지만, 동세대의 고통과 절망을 기법이나 형식의 실험으로 환원하지 않고 정신과 감성과 육체의 전 영역—심각한 심인성 장애에 시달리는 '여수'의 주인공들을 떠올려보라!—에 걸쳐 오롯이 체현하는 인물들을, 그들의 삶의 내력과 치열한 아픔의 현장을 구상하고 구축해내었던 것이다. 그러니, 감히 이렇게 말하겠다. 『여수의 사랑』의 한강은 단 한 명의 '소설가 기형도'라고.

'되삶', 죽음을 건너는 역설

그럼에도 한강은 기형도가 아니다. 『여수의 사랑』은 '기형도의 문학적 동지'답게 당대의 집단 무의식에 대한 큰 반향에서 비롯한 문학적 소산이지만, 그는 실존적 죽음에 따른 정서적 여파보다 각각의 청춘에 추상적 관념이 아닌 육체적 사건으로 닥친 '상징적 죽음'의 개별적 과정과 낱낱의 사정을, 끝이 보이지 않는 어둠을 통과하는 자들의 사연을 소설화한다. 죽음에 감염된 삶, 혹은 삶에 이미 죽음이 내재된 형국은 『여수의 사랑』이 제각각 죽음의 사연을 내포하고 있다는 데서 확연히 드러난다. 그것은 해결의 기미가 없는 심각한 정신적 외상으로 인물들에게 잠재해 있다. 「여수의 사랑」의 정선은 아버지의 동반 자살로 인해 여동생을 잃고 혼자 살아남고, 「질주」의 인규는 어릴 적 동생이 동네 아이들에게 몰매를 맞아 죽은 상처를 안고 있다. 「야간열차」의 동걸에겐 식물인간이 되어 시체처럼 누워 있는 쌍둥이 동생이 있고, 「진달래 능선」의 황씨는 어린 딸의 죽음을 견디지 못해 폐인이 된다. 「어둠의 사육제」의 명환은 교통사고로 아내와 딸을 잃고 괴로워하다 자살로 생을 마감하고, 「붉은 닻」의 동식, 동영 형제에겐 익사한 것으로 추정되는 실종된 아버지가 있다. 죽음은 괴로운 이웃으로 인접해 있거나 애초부터 이들의 삶과 동거 중이다. 이러한 이야기로 인해 『여수의 사랑』은 삶이란 죽음의 육체화이거나 그 수행이라는 명제로 나아가는 듯하다.

하지만 소설의 언어로 죽음을 사는[生] 것보다 죽음 '이후'의 삶을, 목숨은 끊기지 않은 채 죽음을 거느리고 살아야 하는 영혼의 황폐함이 어떤 삶의 형태를 낳는가에 작가는 더 주목

한다. 죽음 자체, 혹은 그것의 현현(顯現)이 아니라 삶에 미치는 죽음의 지속적 파장에 관심을 집중하고 있는 것이다. 그 때문에 죽음의 재현이나 현시가 아니라 현재적 영향과 추후의 효과가 사건화된다. 달리 말해, 죽음은 억압된 트라우마이고, 이 트라우마가 지금 어떻게 귀환하는가가 서사의 중심을 이룬다. 음울한 베일처럼 서사의 배면에 죽음의 파문이 드리워져 있고, 인물이 앓고 있는 다양한 신경증은 서사의 전면을 차지한다. 가령, 『여수의 사랑』 곳곳에서 발견되는 "낯익은 체념과 회한"(p. 11), 무관심과 피로, 외로움, "지독한 여독"(p. 33), "무감각한 희망들"(p. 62), 사는 일의 귀찮음, 조로(早老), "누구에게도 발설할 수 없는 고독감"(p. 245), "불가항력적인 파멸의 냄새"(p. 107) 등은 정신적 외상에 따른 심리적 징후들이다. 『여수의 사랑』에는 이러한 병증과 정서적 장애가 가득하다. 이것은 필연적으로 심인성 질환을 동반한다. 정선은 심한 결벽증과 신경성 위장병을 앓고 있고, 인규는 힘껏 주먹을 쥐는 버릇 때문에 손바닥에 흉터가 있으며 이를 악무는 습관 탓에 성한 치아가 없다. 황씨는 딸에 대한 애도가 지나쳐 기이한 행동을 일삼고, 그를 지켜보는 정환은 위장 장애로 잠을 이루지 못한다. 동걸은 불현듯 엄습하는 이명에 시달리기 일쑤고, 명환의 불면증은 이미 도를 넘어섰다. 육체의 타락으로 자신을 내몬 동식 곁에서 동영은 몽유병 환자처럼 밤을 새워 떠돈다. 소설의 서사는 이러한 심인성 장애가 무엇에서 기인하는지를 인과적으로 밝힌다. 마치 신경증 환자의 증례가 정신 분

석되는 과정처럼 보이기도 한다. 그러나 병인(病因)과 증상의 연관성을 추적하는 것은 인물이 처한 상황을 되짚어보려는 일환일 뿐, 소설의 핵심은 아니다. 그보다는 병적 징후로 가득한 자기 현존을 확인하기 위해 죽음을 대면함으로써 그것의 강력한 영향을 인정하고, 그 영향력 속에서 온 힘을 기울여 현재를 진단하고 파악하고 조망하는 데 초점이 맞추어져 있다. 비록 죽음에 압도되어 밝은 전망 따위는 꿈도 꿀 수 없는 피폐(疲弊)를 목격한다 하더라도, 그래서 죽든 살든 별 차이가 없다는 사실에 직면한다 하더라도.

한 가지 주목할 것은 이러한 트라우마가 가족의 죽음에서 연유한다는 점이다. 왜 굳이 '가족'일까? 앞서 기술한바, 『여수의 사랑』이 시대의 '상징적 죽음'에 대한 반향이라면, 가족의 죽음은 이 모든 병적 징후를 발생시킨 연원으로는 너무나 투명한 인자(因子)이다. 가족의 죽음만큼 우울증을 유발하는 사태가 어디 있겠는가? 그렇다면 『여수의 사랑』을 처음부터 잘못된 역사적 층위에 둔 것인지 모른다. 그러나 이 점이 한강의 작가로서의 철두철미한 탐색을 역으로 확인시킨다. 1990년대 내내 큰 대중적 호소를 얻었던 '운동권 서사'와 후일담 소설들이 역사와 사회, 민족과 민중 등 거대 서사의 이데올로기에서 비롯한 집단적 상처를 이야기할 때, 한강은 개인의 개별적 삶을 형성하는 원초적 토대와 내밀한 기원을 파고든다. 죽음이 삶에 미치는 영향력, 그 무소불위의 힘을 이야기하려 한다면, 그것은 역사와 사회, 민족과 민중이라는 추상의 이름 아래서가 아니라 개인을 만들어내는 뿌리의 구체를 파고드는 데서 시작되어야 한다. 사생활의 영역인 가족의 내력을 다룸에도 불구하고, 『여수의 사랑』이 그 시기 직면한 실존의 위기와 한계 상황을 정면으로 다룬 예로 읽히는 또 다른 이유이다.

한편 가족이 개인을 사회의 상징적 질서로 진입시키는 출발지이자 사회화를 위한 훈련 장소라 할 때, 죽음의 사유가 가족에게서 촉발된다는 것은 두 가지 중요한 의미를 함축한다. 하나는 죽음의 외상 때문에 정상적으로 상징계 내부로 편입하기 힘들다는 점—『여수의 사랑』의 주인공들은 '남들처럼' 사는 일에 곤란함을 느끼는 부적응자들이다—이고, 다른 하나는 이러한 어려움이 새로운 목숨을 얻기 위한 일종의 통과의례initiation로 작용하여 현실 부적응 상태의 자아를 주체화로 이끄는 계기가 된다는 점이다. 가족의 죽음은 정신의 병을 초래하는 씨앗이자 역으로 자아에게 '되태어나기'를 요구하고 활성화하는 촉매제이다.

그 밤에 그 사람은 몇 살이었을까, 몇 번째로 이 세상에 다시 태어나고 있었을까.

나는 열세 살이었어. 죽은 어머니의 장롱 서랍을 정리하던 그해 이른 봄날 [……] 진저리 쳤던 때가 처음이었으며, 그 겨울 초입의 밤에 두번째로 다시 태어나고 있다고 느끼고 있었지.

이제부터 새 목숨으로 살아가야 할 몇십 년의 시간은 지나치게 길게 느껴졌지. 그동안에도 대체 몇 번을 더 되태어나야 할지 짐작할 수 없었어. 그러기 위하여 그때마다 다시 죽어야 할 일이 막막하고 두려워져서, 이미 희끗희끗 헐기 시작한 입술 안쪽을 떡니로 악물고 있었지.

—「철길을 흐르는 강」(『내 여자의 열매』, p. 342)

「철길을 흐르는 강」(1996)은 『여수의 사랑』 출간 직후 발표된 작품이다.[6] 『여수의 사랑』과 연장선상에 있는 이 소설에서 위 인용구는 『여수의 사랑』 전체를 관통하고 있는 중심 테마가 무엇인지를 상호 텍스트적 형태로 밝히는 주석에 해당한다. 요컨대, 어머니의 자궁을 뚫고 나오는 생물학적 출생이 사람으로 태어나는 단 한 차례의 사건은 아니며, 몇 번이고 '다시 태어나는 일' '새 목숨으로 살아가는 일'이 때때로 발생할 뿐더러, 이를 위해서는 "그때마다 다시 죽어야" 하고 그 같은 죽음의 되풀이가 "막막하고 두려워져서" "입술 안쪽을 떡니로 악물"어야 하는 고통을 감내해야 한다. 이는 상징적 죽음에 이어 도래하는 '상징적 재탄생'에 대한 작가 편의 서술이자 자기 성찰적인 의미 부여라 할 수 있다. 이를 염두에 두고 『여수의 사랑』을 재독하면, 이 소설집은 '되삶'을 위해 죽음의 회귀라는 힘든 입사식을 치르는 젊은이들의 내면 풍경을 그린 (무)의식의 드라마라 할 수 있다. 주인공들의 연령대

---

6) 같은 시기에 쓰인 작품 중 유일하게 긍정적으로 끝나는 「흰꽃」(1996)과 함께 '여수(麗水/旅愁)'의 시절은 마감되고, 「내 여자의 열매」(1997)를 기점으로 한강의 소설은 변모하기 시작한다.

가 이삼십대라는 점도 이러한 정황과 무관하지 않다. 이처럼 죽음의 집요한 귀환은 역설적으로 육체적, 정신적 통증을 수반하는 '되삶'의 일환이자 지난한 여정으로 인식된다. 이는 심각한 위기에 봉착한 주체의 자기 갱신을 실존의 절박함으로 파악하고 이 심원한 과제를 문학적으로 풀어가는 소설가 한강의 고유한 방법적 인식으로 자리한다. '새 목숨'에의 바람은 막연한 관념이기 쉽다. 불투명하고 추상적일수록, 생각만의 희구란 편안하고 수월한 해답이다. 그것이 관념의 위안과 유희가 되지 않으려면, 말로만 강조되는 상식과 거짓된 전망이 되지 않으려면, '되삶'은 죽음을 경유해야 한다. 더구나 그 결과가 삶의 긍정이나 행복의 가능성을 열어주지도 않으며, 주체는 난치의 병에 포박되거나 더 심각한 지경에 처할 수도 있다. '여수(麗水/旅愁)'의 인물들은 그래서 아프고, 괴롭다. 그들은 주체의 재탄생을 위해 '다시 죽어야' 하는, 아니 '다시 죽고' 있는 스스로를 애도하는 중이다. 이들이 우울한 세번째 이유이다.

반복되는 분신들

'되삶'의 방법으로 죽음의 필연적인 경유만 있는 것은 아니다. 『여수의 사랑』에 실린 소설들이 동일한 인물 관계를 반복하는 서사로 구성되어 있다는 사실은 자아가 주체로서 재정

립되기 위한 과정과 긴밀히 연관된 구조적 특징이다. 「여수의 사랑」의 자흔과 정선, 「질주」의 인규와 진규 형제, 「야간열차」의 영현과 동걸, 「진달래 능선」의 정환과 황씨, 「어둠의 사육제」의 영진과 명환은 서로의 분신alter-ego이다. 대체로 분신 모티프는 자아의 또 다른 인격화로서 의식(자아)의 분열을 전경화하는 소설적 장치로 나타난다. 분신의 출현 혹은 설정은 개인의 실존이 매우 불안정할뿐더러 개성을 확신하고 강조하는 순간에도 자기 분열의 가능성이 잠재되어 있음을 예견하고 암시한다. 그것은 인간이 이 세계에 '있음being'만으로 존재론적 확실성을 얻을 수 없다는 경고이며, 의식과 무의식, 욕망과 실행, 구체적 현실과 관념적 꿈 사이의 간극을 실체화하는 방법이다. 분신의 등장은 주체가 충족되지 않는 욕망의 결핍 가운데 찢겨져 있음을, 그로 인해 주체의 존립이 내적으로 붕괴될 여지가 충분하다는 사실을 무의식이 의식을 향해 알리는 긴급 신호라 할 수 있다. 그래서 분신의 테마는 자주 환상의 형식을 취하고 이중적 담화의 형태를 띤다. 『여수의 사랑』에도 이러한 특징이 없지는 않다. 가령, "밤 플랫폼의 어둠은 발차의 연기 속에 뿌옇게 젖어들고 있었다. 그 어둠을 바라보며 차창에 머리를 기대고 있는 동걸의 얼굴은 종종 뭉개어진 낯선 얼굴과 혼동되었다. 흠칫 놀라 상상에서 깨어나면 그것은 나의 얼굴이었다"(p. 154)와 같은 장면은 의식의 혼란 가운데 타자를 '또 다른 나'로 맞닥뜨리는 경우이다. 하지만 이런 예는 극히 드물다. 그렇다면 왜 각각의 인물들이 분신 관계에 있다고 읽히는 것일까?

서사를 이끄는 주동 인물들은 자신의 닮은꼴로 타자의 얼굴을 본다. 『여수의 사랑』은 동일자의 형상을 만나는 것으로 이야기가 시작된다고 해도 과언이 아니다. 정선은 자흔에게서, 영현은 동걸에게서, 정환은 황씨에게서, 영진은 명환에게서 자기 얼굴을 본다. 인규에게 동생 진규는 죽었으되 죽지 않고 함께 사는 내적 동거인이다. 그들은 서로가 서로의 거울이다. 그러나 이들의 관계는 분열적인 자의식의 투영과는 거리가 멀다. 그보다는 자기 내면을 장악하고 있는 어두운 상처의 인격화, 즉 트라우마의 외면화에 가깝다. 자흔과 동걸에게서 정선과 영현이 보는 것은 내면 깊숙이 자리한 자신의 상처이며, 거울 역할을 하는 그들의 모습은 억압된 트라우마의 객관적 상(像)이 된다. 그 역도 마찬가지다. 정선과 영현의 자기 응시는 자흔과 동걸이라는 거울에 비쳐 되돌려진 반사상(像)이며, 자흔과 동걸은 그 반사된 상—정선과 영현이라는 거울—을 자신의 외상이 구체화된 외현으로 본다. 마주 세워진 거울의 끊임없는 반사가 이들 간에 오가는 셈이다. 그런데 여기에는 한 가지 중요한 의미가 내포되어 있다. 주체의 자기 대면은 단독자로서의 순수한 자기 응시일 수 없으며, 자아 찾기의 여정에는 '타자'라는 불순물의 개입이 필요하다는 것, '나 아닌 것'의 시선에 노출되는 상황에서만 비로소 타자를 매개로 한 자기 응시가 개시된다는 것이다. 그러므로 자흔, 정선, 동걸, 정환, 영진, 명환은 말없이 상대를 '바라보는' 자들일 수밖에 없다. 심지어 영진은 명환이 어둠 속에서 매일 밤 자신을 보고 있었다는 사실에 진저리를 친다. 영진의 분신인 명환의 응시는 영진에겐 거울에 비친 끔찍한 자기 확인이 되기 때문이다.

한편 이러한 분신 관계는 『여수의 사랑』 전체에 걸쳐 되풀이되는 만큼 또 다른 의미망을 형성한다. 동일자로서 타자의 얼굴을 파악하는 주체의 서사를 이러한 분신의 설정에서 유추할 수도 있고, 상처의 공유라는 감정이입의 교류가 타자의 아픔을 '내 것'으로 받아들여 진정으로 타자를 이해하고 수용하는 참된 윤리의 길을 트는 유용한 방법이라고 할 수도 있지만, 타자의 응시가 억압된 것의 귀환을 촉발하는 상황은 주체에겐 내면의 병을 더욱 심화시키는 사태가 될 수도 있다. 정선이 자흔으로 인해 결벽증이 도지고 격심한 구토를 일으키는 예나 영현이 동걸의 이명을 똑같이 겪게 되는 예 등은 이를 잘 보여준다. 따라서 이 지점에서 '타자의 윤리학'을 말하는 일은 오히려 주체의 도덕적 우월감에서 기인한 자만의 소치일 수 있다. 이들의 독특한 분신 관계는 이를 암암리에 가리킨다. 억압된 것이 타자로부터, 타자를 통해 되돌아오는 과정이란 '나'에게 큰 고통이기에 타자의 상처를 어루만질 수 있는 심정적 여유를 갖기란 현실적으로 어려운 일이다. 타자에 대한 윤리를 말하기 이전에 주체는 우선 자신에 내재된 결핍의 흔적을 인정하는 작업이 필요하며, 이를 통해 주체의 정신적 생존이 먼저 이루어져야 한다는 강한 권고와 메시지가 이러한 분신 테마에는 자리하고 있다.

무엇보다 '여수'의 주인공들은 우울한 주체들이다. 우울의 주체란 애도를 과하게 수행 중인 주체이다. 사랑하는 대상의 상실은 자연스럽게 슬픔을 유발하지만, 그 슬픔이 지나쳐 애도를 적절한 시점에 종결짓지 못하면, 상실된 대상은 무의식적인 것이 되고 애도는 주체의 자기 비하로 돌아서게 된다. 자아의 빈곤, 즉 계속적인 자기 비난이 주체 내부에서 심화되고, 해소되지 못한 슬픔의 침전물은 어느덧 자아의 일부가 된다. 친모에게 버림받고 고아처럼 자란 자흔의 짙은 피로와 여독, 아버지와 동반 자살 끝에 홀로 살아난 정선의 죄책감, 동생 진규의 죽음을 기억하는 일에 삶 전체를 소진하는 인규의 분노, 어머니와 동생 정임을 버리고 가출한 정환의 고독감, 아내와 배 속의 아이를 한날한시에 잃은 명환의 원한에 찬 절망은 애도가 지나쳐 잃어버린 대상을 자기 안에 '부재하는 현존'으로, 마치 유령인 듯 합체한 우울증의 다양한 변주이다. 애도의 대상을 자기 안에 가두는 일은 우울증적 주체가 형성되는 첫 단계이다. 자아의 일부로서 대상을 보유하는 이러한 방식을 통해 자아란 곧 '상실된 타자'라는 역설이 주체 내부에 성립된다. 우울증은 자아가 타자의 상실을 타자와의 합치를 통해 만회함으로써 상실을 거부하고 대상을 보존하는 방법인 셈이다. 그런데 만약 이러한 주체가 누군가를 자아의 분신이자 거울로 인식한다면, 게다가 그 '누군가'가 우울증적 주체를 형성하는 트라우마의 구체적 외현으로 나타난다면, 주체는 자신의 '애도의 과함(지나침)'을 자각하지 않을 수 없다. 자흔이 떠난 뒤, 정선이 오래전 떠나온 여수를 다시 방문하게 된 까닭은 이 때문이다. 자흔에게 여수는 우연히 마주친 상상 속의 그리운 고향이지만, 정선에게 그곳은 돌이킬 수 없는 참혹한 지옥의 공간이다. 그런 악몽의 장소로 발걸음을 옮기는 이유를 뚜렷이 알지 못하지만, 자흔이라는 분신을 만남으로써 정선은 가족의 상실에 대한 오랜 애도 작업을 그만 끝내야 한다는, 그래야만 남은 삶을 제대로 살 수 있다는 사실을 무의식적으로 감지한다. "거짓말 같은 젊음이, 스스로 기쁨을 저버렸던 저 모든 나날"(p. 58)의 회복을 위해 정선은 "얼음 조각 같은 빗발들"(p. 64)이 내리치는 폭우를 뚫고 영혼을 잠식하는 상처를 맞닥뜨리고자 고향을 향해 간다. 정환이 황씨의 죽은 딸을 향한 기이한 추모 행위에 크게 동요하는 것도, 영현이 동걸의 '야간열차'에 대한 기묘한 집착을 자기 열망으로 환치하는 것도, 동식이 아버지의 실종 이후 동영의 방황을 불안과 초조 속에 제 일처럼 지켜보는 것도 모두 우울의 정체, 즉 애도의 과함을 감지한 데서 기인한다. 『여수의 사랑』에 반복되는 분신의 구조화는, 그러므로, 우울증적 주체가 자신이 앓고 있는 병을 목도함으로써 비록 불투명하고 의심스러울지라도 치유의 가능성을 스스로에게 제시해보려는 자기 인식의 능동적 장치라 할 수 있다.

그런 점에서 『여수의 사랑』은 각각의 개인이 치유하기 힘든 마음의 병을 안고 각자의 '여수(麗水)'를 향해 느릿느릿, 그러나 마치 주어진 운명의 수락을 조용히 거부하는 수난자처럼 자기 몫의 고통을 지고 회귀하는 이야기라 할 수 있다. 어쩌면 이들이 앓는 병이야말로 삶에의 의지를 대신 표현하는지 모른다. '질병으로의 도피'는 자아를 위협하는 외부의 위험으로부터 자신을 지키고자 하는 최선의 방어책이기도 하다. 이들의 병은 생을 파멸로 이끄는 죽음 충동의 소산이 아니라 자기를 파괴시킬지도 모르는 정신적 압박을 이겨내고자 의식과 무의식이 한판 싸움을 벌여 자아 내부에서 힘겹게 조율된 결과물이다. 그러니 '여수(旅愁)'의 인물들은 죽고자 아픈 이들이 아니라 살고자 아픈 이들이다. "자신의 내부에서 솟구치는 속력"(p. 212)은 의식의 부면으로 솟구치는 상처의 속력이자 상처에 지배받길 원치 않는 욕망의 속력이다. 프로이트는 이를 가리켜 삶의 욕동이자 에로스적 충동이라 했을 것이다. 하지만 이들이 되돌아간 '여수(麗水)'는 결코 이들을 반갑게 맞이하지 않는다. "여수, 마침내 그곳의 승강장에 내려서자 바람은 오래 기다렸다는 듯이" "어깨를 혹독하게 후려"(p. 64)친다. 이들의 여정이 해피 엔딩으로 끝나기엔 치러야 할 삶과 죽음의 다툼이, 목숨의 치명적 회전이 아직도 많이 남아 있는 모양이다.

그러나 우리에겐 젊은 영혼들의 이 길고 지루한 도정이 값지기만 하다. 『여수의 사랑』이 시간의 풍화 작용에도 그 빛을 잃지 않고 튼튼히 살아남을 것임을 확신하는 까닭은 삶의 대립쌍이 죽음이고, 죽음 곁에 있는 삶이란 사랑의 상실을 피할 수 없는 숙명으로 짐 지는 일이며, 상처는 죽음을 동반하는 '되태어나기'를 강요하기에 가장 두려운 적이자 장애물이지만, 동시에 그러한 '되삶'의 가치란 인간을 '인간'으로 살게 하는 힘이라는 사실을 심원하고 도저한 정신의 층위에서 성찰하도록 이끌기 때문이다. "오오 계절이여! 오오 성(城)이여! 흠 없는 영혼이 어디 있으랴"라고 어느 시인은 노래했지만, 흠 있는 영혼들, 상처받은 영혼들은 살기 위해 때로 죽어야 한다. 그것이 존재를 위협하는 죽음으로부터, 엄혹한 상처로부터 자유로워지는 길이다. 『여수의 사랑』은 그러한 역설의 진실을 소설의 진정한 육체로서 실현한 우리 시대의 가장 젊은 '고전(古典)'이다.

[2012]

작가의 말

이 길뿐일까, 하는 끈질긴 의문을 버리고 나니 마음이 편해졌던 기억이 난다. 되돌아 나가기에는 너무 깊이 들어왔다고, 꺼질 듯 말 듯한 빛을 따라 계속해서 걸어갈 일만 남았다고 생각하자 미처 상상하지 못했던 안도감이 찾아왔었다. 물에 빠진 사람이 가라앉지 않기 위해 팔다리를 허우적거리는 것처럼 썼고, 거품을 뿜으며 수면 위로 얼굴을 내밀 때마다 보았다, 일렁이는 하늘, 우짖는 새, 멀리 기차 바퀴 소리, 정수리 위로 춤추는 젖은 수초들을. 그래서 나는 그들에게, 그들의 어머니인 이 세상에서 갚기 힘든 빚이 있다.

느릿하고 힘 부치는 걸음걸이를 견디어주고 힘을 불어넣어준 분들에게, 부끄럽지만 이 책을 밝은 정표(情表)로 드리고 싶다. 원고를 묶어준 문학과지성사의 여러 분께 진심으로 감사드린다.

1995년 7월

韓江

1993년 10월부터 1994년 10월까지 약 일 년 동안 이 단편들을 썼다. 만 스물세 살에서 스물네 살에, 워낙 오래전에 쓴 글들이라서, 2007년에 개정판을 내며 한번 손보았음에도 불구하고 몇몇 문장들과 크고 작은 장면들을 고치고 다듬었다.

문학과지성사의 여러분께, 이십여 년 동안의 인연에 감사드린다. 표지에 작품을 싣도록 허락해주신 이정진 작가님께도 감사 인사를 드린다.

2018년 가을, 바람이 서늘해진 서울에서

한 강

수록 작품 발표 지면

여수의 사랑 『리뷰』 1994년 겨울호
어둠의 사육제 『동서문학』 1995년 여름호
야간열차 『문예중앙』 1994년 여름호
질주 『한국문학』 1994년 5 · 6월호
진달래 능선 『샘이깊은물』 1994년 3월호
붉은 닻 『서울신문』 1994년 신춘문예 당선작